Quelque chose comme de l'or

Du même auteur

Blue,
Flammarion, 1993

Sans compter la neige,
Les Escales, 2019

Allons danser,
Éditions Anne Carrière, 2022

Brice Homs

Quelque chose comme de l'or

roman

CALMANN LÉVY

Couverture
Création graphique : Hélène Crochemore – Le Petit Atelier
Maquette : Thomas Hamel / 'Olo
Illustration : © Mark Adams / Millennium Images, UK

ISBN 978-2-7021-9444-7

À la ville de Lafayette

À la ville de New Orleans

« Chacun a sa blessure et son trésor au même endroit. »

Christian Bobin

I

Là, des arbres avec de longues mousses grises qui pendent de leurs branches comme des lambeaux d'étoffe. Des arbres dont le tronc s'évase en triangle au miroir de l'eau, dans le silence encore parfait de l'aube, avant que le premier oiseau ne s'éveille. Il est possible que le temps passe plus lentement ici qu'ailleurs. À cet instant précis, on voudrait le prendre entre ses mains et le retenir pour garder encore cette lumière particulière du matin, teintée de rose pâle et d'orange. Une lumière qui donne plus de contraste à chaque chose, chaque couleur, par exemple le rouge de cette ancienne grange, sous un chêne vert, au bord d'une prairie presque bleue. Le ciel se reflète dans la fenêtre à côté de la porte. Le soleil se regarde dans sa vitre. Il s'observe. Il retient son souffle avant que la journée ne commence. Il n'y a pas encore de vent. Ni de nuage. Ni d'insectes. Juste de la brume qui fume au-dessus de l'eau du bayou. Dans quelques instants, à l'intérieur de cette maison de bois, une jeune femme va se réveiller. Elle s'est encore endormie tout habillée avec ses bottes mexicaines aux pieds. C'était pas une très bonne journée, hier. Et c'était pas une très bonne soirée non plus. Et comme elle sait ce qui se profile aujourd'hui, elle préférerait sûrement faire comme le vent, le soleil et les insectes, attendre encore un peu avant de se lever pour commencer cette journée.

Jodi LeBlanc

Il ne faut pas que ça arrive. Si je pouvais, je donnerais une partie de moi, n'importe quoi, un bras, un rein ou une jambe pour que ça n'arrive pas. Vous devez vous demander pourquoi une fille de vingt-quatre ans serait prête à s'amputer d'une partie d'elle-même. Je vais vous le dire. Cette chose qui se passe, elle va m'amputer d'une partie de ma vie. Celle qui me fait me lever tous les matins en me disant que je vais faire quelque chose que j'aime, avec des gens que j'aime dans un endroit que j'aime. Voilà, c'est une partie de ma vie que ça va m'enlever. Mais je suis plus forte que ça. Mes ancêtres ont traversé un océan pour venir jusqu'en Amérique depuis la France. D'abord le Canada. L'Acadie. Puis ils sont descendus à pied le long du Mississippi quand les Anglais les ont mis dehors. Ils sont arrivés ici, dans le sud de la Louisiane, et ils ont survécu dans ces bayous infestés de moustiques, de serpents et d'alligators. C'est pas une expulsion de plus qui va nous vaincre. Ces gens que j'aime et moi, on ira ailleurs. Je ne sais pas où ni comment. Je trouverai. J'aurai besoin de mes deux bras, de mes deux jambes et de mes deux reins pour ça, alors autant les garder. Je trouverai. Je vais trouver. En parlant de mes reins, quand même, ma chute de reins, elle est pas si mal…

*

Jodi LeBlanc en était là de ses réflexions quand le réveil a sonné. Elle ne dormait pas, mais même quand on ne dort pas le réveil sonne, sinon ça ne serait pas un réveil, non ? Jodi regarda vers la fenêtre. La lumière du matin dansait dans les feuilles du chêne vert. Il n'y a rien de plus beau ici que la lumière du matin et du soir. Jodi fit pivoter ses jambes vers le côté du lit. Elle se levait toujours comme ça depuis qu'elle était petite. Les deux jambes parallèles. Elle prit une douche froide, passa une culotte, un débardeur, ramassa sur le sol le jean troué aux genoux qu'elle venait de quitter, l'enfila en rentrant le ventre, releva ses cheveux blonds bouclés sur sa tête avec ses deux mains. Après ça elle remit ses bottes encore chaudes, préleva une cannette de soda dans l'antique frigo rouillé par l'humidité de l'air et sortit pour aller jusqu'à sa voiture, attrapant en chemin un cordage enroulé sur un piquet de bois. Elle l'avait tressé pour le déposer chez Anselme Dugas au passage. Le vieux cheval du fermier avait bien du mal à se faire respecter par un jeune étalon. Il avait mangé un bout de cette corde de ses dents usées pour montrer sa force au nouveau venu. Enfin, c'est comme ça que Jodi voyait les choses. Elle aimait les vieux chevaux, et les vieilles personnes aussi.

Et porter des bottes mexicaines, les fesses dissimulées dans un jean à la toile épaisse. Ce qu'on appelle ailleurs un garçon manqué et ici une fille parfaitement réussie. Une femme qui préfère manger la cuisine que la faire. Faire l'amour plutôt qu'en rêver. Et passer la soirée à réparer les bêtises des vieux chevaux.

Voilà. Jodi monta dans le pick-up truck aux sièges de cuir craquelé, tourna la clé et fit démarrer le moteur qui toussa avant de se lancer. Tout était vert autour d'elle, les arbres, les prairies, les herbes hautes au bord de la route. Tout était vert sous le ciel bleu entre Grand-Coteau et Lafayette, dans le sud de la Louisiane.

Jodi déposa la corde tressée chez Al Dugas. Le vieux fermier et son vieux cheval seront contents avec une nouvelle corde bien tressée comme celle que Jodi vient de faire. Jodi se rend compte qu'il y a deux fois le mot vieux dans cette pensée. C'est peut-être le mot qui revient le plus dans sa journée.

En fait, elle a lancé la longe dans l'allée depuis la voiture parce qu'elle était pressée. Le vieux homme – ici on dit comme ça : le vieux homme – est sorti avec son chapeau de paille sur la tête et l'a remerciée en touchant le bord avec deux doigts. Il s'est ensuite éloigné en admirant entre ses doigts déformés par l'arthrose le tressage de la corde. Il n'aurait pas fait mieux. Avant. Quand il pouvait encore le faire. Anselme dit Al a lancé son pied de côté pour esquisser une petite valse cajun. Une façon de saluer la bonne fortune. Une bonne journée. Ou une bonne corde bien tressée.

Jodi n'avait pas le temps de s'attarder avec Anselme Dugas ce matin. D'autres vieux l'attendaient, là-bas, dans les faubourgs de Lafayette. Ils ne connaissaient pas encore la nouvelle. Celle qu'elle avait apprise la veille, tard, en allant boire un verre au Blue Moon Saloon. Un gars de la mairie qui voulait se donner de l'importance. Il avait entendu des choses mais ne pouvait pas dire quoi. Quatre bières et trois danses plus tard, il avait craché le morceau et Jodi savait ce qui allait se passer.

Alors Jodi voulait être là, avec ses deux mains, ses deux pieds, ses deux reins et son assurance de garçon manqué ou de fille réussie. Elle voulait être avec les pensionnaires quand leurs yeux jaunis allaient se lever avec l'air mille fois ignoré de ceux qui n'ont jamais pu compter sur personne à part sur eux-mêmes.

Et maintenant sur elle.

*

En arrivant devant l'institution Bon Temps, Jodi vit deux voitures des hommes du shérif stationnées.

Avait-on vraiment besoin d'envoyer des policiers armés à une poignée de vieillards ?

Jodi sortit de son pick-up, prête à laisser exploser une colère qui fut désarmée par l'expression sur le visage du jeune assistant shérif Courville Bergeron. Courville était un géant aux bras trop longs pour son corps. Rien chez lui n'allait avec rien, ni sa tête qui semblait trop petite, ni ses bras trop longs, ni son buste rond comme une barrique, ni ses cheveux en duvet d'oiseau déjà rares sur sa tête. Courville aurait pu passer pour l'idiot du village. Il était pourtant d'une intelligence affûtée. À ses heures perdues, sans rien y connaître, il pouvait réparer n'importe quel ampli de guitare, n'importe quelle console de mixage, n'importe quel ordinateur, rien qu'en les démontant pour comprendre comment ils fonctionnaient.

Courville était une sorte de génie. C'était aussi un garçon sensible et sensé. Et un Cajun de Ville Platte, chef-lieu de la paroisse d'Évangeline, à quelques minutes de là. La honte qui se lisait sur son visage frappa Jodi au cœur. Le géant éteignit son regard courroucé d'un sourire contrit. Celui de l'honnêteté mise à l'épreuve. Une sorte de torture qui lui brûlait l'intérieur du corps et réduisait sa fierté en cendres. Col regardait partout autour de lui, cherchant un point à fixer, un ailleurs où il aimerait être pour ne pas se tenir là, en face de ces vieux musiciens démunis. Un long Créole en costume d'Indien, le grand chef Antwane DeVille, vint affectueusement le prendre par le coude et ils restèrent là, bras dessus, bras dessous, l'Indien noir en coiffe de plumes et le shérif blanc en chapeau de cow-boy, unis dans le même désarroi.

Les huissiers que les policiers accompagnaient produisirent une lettre et proclamèrent qu'ils devaient s'assurer que chacun en avait bien pris connaissance. Jodi s'apprêtait à la lire à haute voix quand une large main se posa sur la sienne. Courville Bergeron avait fait vœu en s'engageant dans la police d'honorer la devise sérigraphiée sur l'aile de son véhicule : protéger et servir. Il entendait protéger Jodi en lui épargnant cette corvée, et servir tous en faisant office de porte-voix, cette voix fût-elle celle des mauvaises nouvelles, des injustices et des cruautés de la cupidité humaine.

Courville redressa la tête, enleva son chapeau, se racla la gorge, prit une longue inspiration, et commença d'une voix solennelle la lecture. Ses mains de géant ne tremblaient pas. Sa voix ne tremblait pas. Les feuilles des arbres sous le vent des bayous s'en chargeaient pour lui. Courville but la coupe jusqu'à la lie et lut la feuille jusqu'à la dernière ligne. Il pensa à aller se confesser à l'église Saint-Jean-le-Baptiste en repartant comme on se précipite pour se laver les dents après avoir croqué dans un fruit pourri. Rien ne lui serait épargné. Mais pourquoi le monde l'épargnerait, lui ? Pourquoi le monde épargnerait-il maintenant Courville Bergeron, fils unique d'un homme tué par un ouragan et d'une mère assassinée par le chagrin, l'alcool et la misère ? Tous les regards se détournaient pour ne pas le regarder. Qui veut voir une mauvaise nouvelle se tenir droit devant soi, même les épaules basses ?

Le message était le suivant. Il fallait quitter les lieux. Pour aller où ? Les huissiers n'avaient pas la réponse à cette question. Ils avaient juste une date. Une date limite. Avant l'expulsion. Les nuages s'étaient en quelques secondes salis de gris. La pluie pouvait maintenant venir. Ou l'orage éclater.

*

La pluie ne vint pas. L'orage n'éclata pas. Chacun reprit le cours de ses occupations. On donna le change. On fit en sorte que la journée se déroule comme elle le devait, avec ses rituels, ses petites joies, ses beautés et ses routines. La seule différence notable était qu'aujourd'hui les soins du matin avaient été repoussés à plus tard dans la journée. Personne n'était malade cette semaine, quelques rhumatismes à masser, des yeux rougis à nettoyer, des exercices de mobilité à faire, étirer les jambes, marcher, tout cela pouvait attendre. L'âme plus que le corps avait besoin à ce moment-là de soin, de réconfort et d'attention.

Jodi regardait avec tendresse ses vieux patients. Deux ans qu'elle avait trouvé ce job, dans cette petite maison de retraite gérée par une association qui n'avait cessé de rétrécir avant de disparaître. Quand elle était arrivée pour l'entretien d'embauche, elle avait immédiatement accepté. Jodi aimait les vieilles personnes. Jodi aimait les histoires. Et les vieilles personnes ont des histoires à raconter.

À la seconde où elle avait mis les pieds dans cette ancienne école, elle avait déjà la réponse oui en tête. Quel que soit le salaire. Quelles que soient les conditions d'assurance maladie, de mutuelle, de frais de transport. Elle avait aperçu cette poignée de vieillards à la peau sombre dans la cour, assis à l'ombre, leurs instruments à la main. Le grand chef Antwane DeVille était passé devant elle avec le genre de sourire tout en fossettes du rappeur Snoop Dogg. Lui, semblait déjà savoir. Il a dit bienvenue. Pas bonjour. Ce vieux Créole savait qu'elle était venue pour ne plus repartir. Bienvenue. Tous les jours on est là, sous cet arbre. C'est un chêne vert. Un chêne de Louisiane qui ne perd jamais ses feuilles. Vous savez que Saint Louis, le roi de France, rendait la justice sous un chêne ? Nous, on ne rend pas la justice. C'est juste qu'on est bien sous un chêne. Un chêne de Louisiane. Louisiane, ça vient du roi Louis, mais un autre. Louis est un nom de roi. Moi, je m'appelle Antwane. Vous verrez, on est bien ici.

Une fois qu'il avait eu dit ça, le vieil homme à la silhouette longiligne était parti rejoindre les autres à l'ombre, sous le chêne vert de Louisiane. Le même chêne vert sous lequel ils étaient rassemblés cet après-midi encore, perpétuant le rituel des jours.

Jodi LeBlanc regardait donc ses vieux patients. Dans le monde des musiciens de blues, les titres prestigieux se portaient comme autant d'invitations au respect, au cachet minimal, et au whiskey distillé deux fois. La marque d'une science reconnue, prête à susciter toutes les admirations, tous les applaudissements pour la modeste gloire des artistes en maîtrise de leur art. Tout ça pour dire que le Dr Chance n'était pas plus docteur que son cousin le révérend Billodeau, assis quelques mètres plus loin, n'était révérend, ni que Sista Rosetta n'était bonne sœur. Et encore moins que le grand chef Antwane DeVille n'était indien. Encore qu'il était un Indien du Mardi gras, une vocation qui, à deux heures d'ici, dans les quartiers noirs de La Nouvelle-Orléans, suscitait admiration et respect.

En face d'eux, Ti-Bone Thibodeaux, avec sa couronne de cheveux blancs entourant un crâne lustré comme un ballon de cuir, caressait les cordes de sa guitare en fer. Ti-Bone revêtait une sorte de majesté. Une attitude. Il aurait pu être le souverain débonnaire qui posait sous ce chêne, un roi en costume élimé, patiné par des années de fumée dans des clubs obscurs. Un roi à l'embonpoint gracieux et à la voix éraillée. Une voix fatiguée à réclamer la justice plutôt qu'à la rendre.

Le regard de Jodi allait de l'un à l'autre, observant chacun avec le même émerveillement qu'au premier jour. Ti-Bone. Antwane. Le Dr Chance. Le révérend Billodeau. Sista Rosetta. C'est là que Jodi se figea. Où était Alfie Guidry ?

*

« C'est pas les notes que tu joues, c'est celles que tu ne joues pas. » Cette définition du groove selon Miles Davis s'applique parfaitement à ce qui va suivre. Car en n'étant pas là Alfie Guidry imprima son rythme à la partition. Celle qui allait changer le cours des événements.

Reprenons les choses au début, la journée au matin, et le soleil de la Louisiane à ses premiers rayons, effleurant en reflets scintillants la surface paisible des bayous. Au lac Fausse Pointe par exemple, un poisson sauta pour attraper un insecte qui zigzaguait à la recherche d'une jacinthe d'eau accueillante. Il fut le premier prédateur d'une chaîne qui se noua autour de lui quand un héron gris le saisit avant même qu'il ne soit retombé à l'eau pour lui offrir une montée aux cieux vers la cime d'un mesquite, ces hauts arbres qui éloignent les moustiques. C'est peut-être à cela qu'Alfie Guidry, qui avait dans sa jeunesse chassé dans cette étendue d'eau, pensait lorsqu'il accomplit sa propre montée aux cieux.

Car oui, Alfie Guidry n'était plus là. Il n'était déjà plus là aux premières heures du matin quand les huissiers, accompagnés des hommes du shérif, s'étaient pointés à la grille de la maison de retraite Bon Temps, à quelques centaines de mètres de la route de Pont-Breaux, Louisiane, capitale mondiale de l'écrevisse. Alfie Guidry n'était plus là quand Courville Bergeron avait lu l'arrêté d'expulsion. Quand les regards s'étaient détournés, Alfie Guidry n'était plus là. Les premiers rayons du soleil l'avaient soulevé pour l'emmener, dans une lumière semblable à celle des vitraux de la cathédrale Saint-Jean où il avait été baptisé, vers d'autres cieux, aussi bleus que le blues. Quand tout le monde retenait son souffle, Alfie Guidry avait déjà rendu le sien. Le dernier.

Alfie avait eu l'existence discrète des modestes, des invisibles, de ceux qui ne dérangent rien ni personne. On aurait donc pu en toute légitimité penser que tout serait pareil avec ou sans lui. Alfie ayant déjà renoncé à tout, à commencer par causer de la peine aux autres. Il avait eu, dit-on, des problèmes psychologiques qui s'étaient un jour résolus d'un seul coup, sans que personne sache pourquoi ni comment. Quand on lui demandait pourquoi il creusait des trous partout aux quatre coins de la ville, abîmant les pelouses comme un armadillo ou provoquant dans les allées des nids-de-poule plus profonds que ceux de la pluie et du soleil, Alfie avait longtemps répondu qu'il était un armadillo, qu'il était la pluie et le soleil, qu'il était un tas de choses dont personne n'avait idée.

Il était devenu évident pour tout le monde qu'Alfie faisait juste cela pour récupérer quelques subsides des propriétaires de massifs de fleurs retournés, qui finissaient par lui glisser dans la poche des billets afin qu'il les replante, remette leur pelouse en état, et les débarrasse au passage de quelques nids de fourmis rouges.

Bien sûr, Alfie avait son caractère, il refusait de creuser à certains endroits, assurant que ça ne servait à rien, et ceux qui tentèrent de lui faire exécuter la cavité nécessaire à quelque canalisation ou tranchée de fondation en furent pour leurs frais. Ils n'obtinrent que le spectacle d'un Alfie secouant la tête avec mépris devant les ouvriers qui perdaient leur temps. Et puis un jour Alfie avait arrêté de creuser. Il s'était lassé d'attirer l'attention du monde et de dévaster les parterres de fleurs et les routes goudronnées. Il avait disparu quelque temps. Quelques années, dit-on. Et il avait réapparu pour arriver là, à la maison Bon Temps.

Il convient d'expliquer qu'Alfie Guidry se distinguait des autres résidents par plusieurs particularités. D'abord, Alfie était blanc, ce qui pour un vieux bluesman du delta du Mississippi n'est pas vraiment la norme. Ensuite, il était incapable de chanter la moindre note et personne ne l'avait jamais entendu jouer d'aucun instrument. Pourquoi il avait obtenu sa place à la maison Bon Temps relevait du mystère. Toujours est-il qu'Alfie était là. Chaque après-midi de chaque jour, il s'asseyait avec les autres sous le grand chêne vert et profitait de son ombre protectrice en les écoutant jouer, appréciant en connaisseur la moindre des chansons. Alfie était ainsi devenu pour chacun, au fil du temps, ce que le public doit être. Une oreille pour entendre, des yeux pour admirer, des pieds pour suivre et des bras pour applaudir.

Alfie laissait un vide immense fait de petits espaces disjoints, épars, et pourtant réunis en un tout. On y trouva l'occasion de se rendre compte à quel point une présence sur terre, fût-elle si peu remarquée, pouvait se révéler remarquable. Alfie était donc le public, et comme tous les publics, on connaissait peu de choses de lui. S'il cachait des surprises ou recelait des secrets, on ne le savait pas. Enfin, pas encore.

*

Toute sorte d'entité administrative ayant disparu depuis des mois à la maison Bon Temps, c'est à Jodi LeBlanc que revint la tâche d'accomplir les démarches. Et bien entendu le premier problème arriva dès le premier rendez-vous. L'employée de l'état civil était formelle : Alfred Guidry n'existait pas. Jodi insista. Ce n'était pas possible. Alfred Guidry existait bel et bien, il vivait avec nous depuis deux ans, et à l'heure qu'il était on pouvait le trouver en chair et en os, quoique immobile, reposant dans une chambre froide de la maison funéraire Romero et Prudhomme sur la route d'Abbeville.

Suzanne Trosclair, l'employée de mairie, enleva son chewing-gum de sa bouche, chercha un endroit pour le coller, n'en trouva pas, remit son chewing-gum dans sa bouche, l'enleva à nouveau et le colla sur le bout d'un crayon de papier qu'elle planta dans un pot. Une fois cette tâche accomplie, Suzanne tourna l'écran de son ordinateur vers Jodi. Regarde par toi-même, béb', le seul Alfred Guidry à être né dans ce coin de paradis entre le Texas et le Mississippi qu'on appelle « chez nous » est mort il y a deux ans, et il était noir.

Jodi, incrédule, regarda le nom et la date affichés sur l'écran. Comment vous savez qu'il était noir ? L'employée de l'état civil reprit dans le pot la fleur artificielle qu'elle avait créée avec un crayon et son chewing-gum, la fit tourner entre ses doigts en la regardant comme un trophée dûment gagné, et lâcha dans un soupir d'évidence : parce que c'était le marchand de beignets au coin de Freetown, béb', et que je lui dois au moins trois centimètres de la graisse que j'ai là sur mes hanches !

Jodi était abasourdie. Alfie Guidry n'était pas Alfie Guidry ? Non ma béb' ! Mais tu sais, les gens ont tellement changé de nom dans ce pays. Suzanne replaça l'écran vers elle, le chewing-gum dans sa bouche, et le crayon redevenu crayon dans le pot. Regarde voir s'il n'a pas fait une connerie ou deux, ton faux Guidry. Avec les empreintes digitales, les gars du bureau du shérif te retrouvent un délinquant plus vite que tu matches avec ton *date* du soir sur une appli de rencontre. Tu vois ce que je veux dire, béb' ?

*

Jodi sortit de là bouleversée, c'est-à-dire, en termes de Jodi, déterminée. Elle se dirigea vers le bureau du shérif. Courville Bergeron n'eut d'autre choix que de la suivre avec sa voiture de police jusqu'à la maison funéraire Romero et Prudhomme, sur la route d'Abbeville.

Toute personne qui passa à ce moment-là sur le trottoir, devant la porte vitrée, dut voir des bribes de la scène qui s'ensuivit sans rien y comprendre. Le gros assistant shérif, celui avec les bras trop longs, gesticulait pour convaincre le réceptionniste de le laisser accéder à la chambre funéraire, aussi nommée le frigo. La jolie petite blonde qui se trémoussait derrière lui essayait de convaincre avec d'autres arguments, en prenant des poses, la main sur la hanche. La réponse aux deux approches était invariablement la même. Vous avez pas de mandat, vous avez pas le droit. Personne ne sut qui, de la loi ou des lois de l'attraction, emporta l'affaire, mais l'employé finit par s'effacer pour les laisser passer, non sans leur avoir fait signer une décharge. Si quelqu'un devait être blâmé, ce ne serait pas lui.

Jodi et Courville entrèrent dans la salle où reposait Alfie en frissonnant. De froid, bien sûr. Le clerc du funérarium avait refusé de les accompagner. Courville avait apporté un tampon encreur, ces petites boîtes en métal pour recueillir les empreintes digitales. Alfie Guidry avait peut-être déjà été conduit au poste. Peut-être des dizaines de fois. Peut-être même qu'il était un criminel en fuite, un de ces gars qui se cachent sous une apparence banale et tentent de se faire oublier. Ou peut-être pas. Une interpellation pour un petit délit de jeunesse sans gravité, mais juste assez pour avoir laissé une trace dans un fichier fédéral. C'était la seule façon de le savoir. Jodi avait su en convaincre Courville, comme ils avaient su en convaincre le planton de l'accueil qui avait insisté sur l'obligation de bien nettoyer les doigts après, parce qu'il n'avait pas l'intention de se taper cette corvée. Vous êtes priés de laisser le corps dans l'état où vous l'avez trouvé !

Courville avait relevé les empreintes de dizaines d'interpellés. Il avait appris la procédure à l'école de police et il avait répété le geste de nombreuses fois avant de le pratiquer sur un suspect. D'abord le premier doigt, l'index qu'on pose à plat et qu'on fait tourner, bien droit, en appuyant suffisamment pour que ça encre, ensuite on le pose sur le papier, dans le carré prévu à cet effet et marqué « index ». Et ainsi de suite pour tous les doigts. Sans oublier le pouce. Les bleus oublient toujours le pouce. Comment veux-tu piquer un truc ou serrer un cou si tu n'y mets pas le pouce ? Il ne fallait pas l'oublier. Courville avait donc répété ce processus des dizaines de fois sans oublier le pouce. Il l'avait ensuite pratiqué avec des dizaines de gars bourrés, défoncés, récalcitrants, énervés, ou simplement réticents. Sur un cadavre, jamais.

Courville détendit ses épaules, sortit le tampon encreur, enfila ses gants en latex, saisit un doigt froid, le premier, l'index, et se trouva, dès le contact, pris de vertige. Une vague de sueur lui inonda le front. Courville tourna de l'œil, titubant d'un pas en arrière avant de s'asseoir lourdement sur le sol, le souffle court. Ça, il ne pouvait pas. Une barrière invisible faite d'air solidifié, de nausée et de panique incontrôlable l'en empêchait, lui refusant toute tentative d'y retourner.

Heureusement, Jodi était infirmière. Elle avait vu la mort de près. Et elle l'avait touchée bien des fois. Alors elle prit les doigts d'Alfie et les appuya sur la petite toile encrée de la boîte métallique, puis sur le carton, l'un après l'autre, dans les cases prévues à cet effet, sans oublier le pouce, bien sûr. Quand cela fut fait, elle tendit le tout à Courville, nettoya les doigts d'Alfie avec un coton à démaquiller imprégné de solvant, recommença. Replaça la main d'Alfie sur sa poitrine, s'excusant auprès de lui de devoir forcer un peu, lissa son front bleuté d'une douce caresse et suivit Courville qui, livide, sortait d'un pas encore instable.

La jolie blonde passa devant le gars de l'entrée en retenant ses larmes. Jodi avait une tendresse particulière pour Alfie. Comme elle avait une tendresse particulière pour chacun des résidents de la maison Bon Temps. Mais ça, c'est une autre histoire. Celle des cœurs d'artichauts qui s'effeuillent encore plus facilement que des strip-teaseuses. N'empêche qu'elle aimait Alfie d'une tendresse particulière qui lui avait même fait penser que c'était un ange. Un ange sans ailes, mais avec une moustache et un ventre à bière à la place. Pourquoi j'ai toujours des idées comme ça, se dit Jodi en se mordant les lèvres.

Elle mâchonna cette pensée jusqu'à son pick-up, vérifia sa lèvre dans le rétroviseur, ses dents, ses yeux encore embués de larmes retenues. Je serais totalement nulle comme Niagara, se dit-elle. Avant d'avoir une autre pensée de ce genre qui vienne jouer à pousse-toi-de-là-que-je-m'y-mette avec la précédente, Jodi démarra en pestant contre le moteur qui toussait au lieu de ronronner. Au moins, elle avait quelque chose à engueuler. C'était déjà ça. Le moteur démarra au bout de trois essais et les empreintes collectées, qui voyageaient, elles, dans une voiture de shérif à la motorisation bien réglée, furent envoyées au bureau fédéral de Bâton-Rouge, capitale de l'État de Louisiane, pour identification.

*

Guidry ou pas, on ne pouvait garder le corps d'Alfie indéfiniment. Le bureau fédéral n'avait répondu à aucune relance, ayant certainement d'autres individus plus intéressants à rechercher, et on obtint un permis d'inhumer.

Le jour retenu pour l'enterrement étant un mardi, on décida de l'appeler le mardi des Cendres. On pourrait de cette façon se rappeler cette date et ajouter au calendrier un nouveau jour sacré, celui de la crémation d'Alfie Guidry ou plutôt de celui que l'on connaissait sous ce nom. Disposition qu'avait, avec un certain à-propos, suggérée le révérend Billodeau, et qui fut adoptée à l'unanimité.

La cérémonie se tint dans la petite chapelle, ou ce qui en tenait lieu, de la maison mortuaire-funérarium-pompe à essence-magasin de vente de munitions Romero et Prudhomme, sur la route d'Abbeville. Chacun s'était mis sur son trente-et-un, Ti-Bone Thibodeaux avait lustré son vieux chapeau, Chance et Billodeau arboraient chacun une cravate sombre découpée dans un sac plastique, plus brillante que la meilleure des soies et du meilleur effet sur une chemise qui avait bien dû être blanche un jour ou l'autre. Le grand chef Antwane DeVille portait juste un collier d'Indien du Mardi gras sur un T-shirt sombre, Sista Rosetta était enveloppée d'un châle de dentelle qui aurait tout eu d'un rideau s'il avait été devant une fenêtre mais qui, teint en noir, ressemblait à une de ces mantilles des tableaux d'église. Jodi se tenait devant eux, droite dans ses bottes western et tout entière dans ses pensées. Alfie était Alfie et il se distinguait à nouveau. Tout le monde était vivant et lui était mort.

On regarda le cercueil disparaître derrière une trappe au milieu du mur. Le panneau se referma derrière lui. Un peu plus tard on remit à la « famille » une petite urne cerclée de doré. Le mardi des Cendres était terminé. En dehors des résidents de la maison de retraite et de l'assistant shérif Courville Bergeron, on recensa l'employé Paul Melançon, dont c'était le travail d'actionner le levier, la secrétaire de mairie Suzanne Trosclair, qui venait par sympathie, et ce fut la fin.

Enfin, non, ce fut le début.

Ti-Bone Thibodeaux

Ça remonte aux champs de coton. Cette colère qui ne peut pas se dire. Celle qui passe par les yeux qui se lèvent. On pourrait y voir de la résignation, c'est ce que croient ceux qui ne savent pas, ceux qui n'ont pas porté, vécu, subi. Ceux qui ne savent pas que la dignité, comme le squelette qui tient un homme debout, est faite de silence et d'os. Quelque chose de minéral. Un caillou dur et obstiné. Un regard qui résiste. Les yeux qui se lèvent. Sans rien déplacer de l'ordre du monde. La dureté des pierres usées qui brise le vent. Et parfois, le temps lui-même.

Il faut que vous compreniez ceci : la douleur n'est pas qu'à l'intérieur, elle ne se transmet pas que dans les familles, de génération en génération. Elle ne se transmet pas que par les plaies invisibles qui empêchent, entravent, déchirent. La douleur se transmet à l'extérieur, comme un rappel. On change les mots, les règles, les lois, mais tout reste. Les actes. Les chaînes.

On a aboli l'esclavage, mais il fallait bien que les hommes noirs continuent à travailler gratuitement. Il fallait bien que le coton soit ramassé. Les cailloux cassés. Les rails posés. Il fallait bien creuser les routes et les canaux. Il fallait bien que le Sud continue à gagner de l'argent. Le Sud et le Nord, et tout ce qu'il y a entre les deux. Que les riches y restent riches. Que leurs belles idées se transforment en bonne conscience. Alors on a aboli l'esclavage, mais il est resté là. Et on a trouvé un autre nom pour le remplacer : la prison.

L'homme noir avait le droit d'être un homme, mais pas un homme libre. Ils ont décidé qu'il était plus mauvais que les autres ou qu'il travaillait mieux, je ne sais pas, mais ils ont rempli les prisons avec ses bras et ses jambes et sa force. Les chaînes encore. Toujours. Les chaînes. Aux pieds. Et dans la tête aussi. Tu es un homme mais tu es mauvais. C'est comme ça que l'homme noir devait se regarder. Et c'est comme ça qu'on le regardait. L'injustice est là-dedans. Celle de dehors. Et celle en dedans. Celle qui guette au coin d'un trottoir, au détour d'une rue, à la porte d'un hôtel, dans un restaurant, un magasin. Elle pose les yeux sur toi. Et son regard te rentre à l'intérieur.

Il faut que l'on parle de ça. Si l'on ne parle pas des choses on ne les voit pas. Si on ne les voit pas on ne peut pas les comprendre. Si on ne les comprend pas on ne peut pas les changer. Je sais, on me le dit souvent, que je parle trop. Mais il faut bien parler pour dire les choses. Sinon elles ne sont pas entendues. Et si on ne peut pas en parler, alors il faut les chanter. Vous avez compris ça, vous avez à peu près la définition du blues. Ajoutez juste un accord de septième majeure.

*

La disparition d'Alfie avait ébranlé Ti-Bone. En perdant Alfie, il perdait plus qu'un ami. Un public. Une raison d'être. D'être un musicien chaque jour. Et cela le plongeait dans une profonde mélancolie.

Pour comprendre cet état, pour en approcher les affres et en quelque sorte l'origine, il fallait remonter des années en arrière. Quand Julius André Thibodeaux ne s'appelait pas encore Ti-Bone mais juste Ti-boy, petit gars, fils d'un couple de travailleurs agricoles du sud de la Louisiane, descendants d'esclaves comme la plupart des gens du coin. Des gens dits de couleur, comme si les autres n'en avaient pas. Imagine un monde sans couleurs, disait son oncle Arto. Arto était le frère aîné de sa mère. En dehors de son travail d'ouvrier, il peignait des fresques dans les églises, et à ses heures perdues des filles nues sur les murs des bordels de Bourbon Street. Il était aussi à ses autres heures perdues, ou ses instants trouvés, musicien. Libre comme le vent, selon sa propre définition. Quand cet oncle fut assassiné dit-on par un mari jaloux, un homme sans couleur, Ti-boy sut qu'il lui revenait de prendre dans le monde la place laissée par cet homme aux talents indispensables. Qui pourrait se dispenser des notes, des couleurs, du vent libre ?

Ti-boy n'étant pas doué pour la peinture, et trop pauvre pour avoir un instrument, il apprit à jouer de la guitare consciencieusement sur son avant-bras, en traçant au stylo à bille les lignes parallèles des frettes sur sa peau aussi brune que le palissandre de la touche des instruments, refusant de laver ce bras pendant des jours, des semaines entières, malgré les réprimandes, les menaces, les punitions. Ti-boy tenait bon. Il pratiquait ses accords, pliait ses doigts serrés et les déplaçait en rythme. Le soir il se cachait pour observer les musiciens dans les bars. Se plaçant en arrière vers la ruelle, il pouvait apercevoir les musiciens de face lorsque la porte des cuisines s'ouvrait. Il notait la position, l'endroit sur le manche, traçant de petites croix et des ronds sur la grille formée sur son bras par les frettes. S'efforçait de se souvenir du son de l'accord, le décomposant note par note dans sa tête. Il développa ainsi une oreille qui lui permit de repérer une tonalité en une fraction de seconde.

Comme beaucoup de musiciens autodidactes, Ti-boy ne connaissait ni le solfège ni l'harmonie, il ne savait pas lire la musique et n'apprit le nom des accords que bien plus tard. Mais avant même de poser les doigts pour la première fois sur des cordes d'instrument, Ti-boy connaissait déjà toutes les positions et en avait même inventé d'autres, chantant les notes l'une après l'autre, une technique qui influença son jeu et le fit remarquer rapidement par les chefs d'orchestre. Grâce à cette capacité qu'il avait acquise, Ti-boy, devenu plus tard Ti-Bone Thibodeaux, ne joua plus jamais en public sans être payé. La première guitare que joua Ti-Bone ne lui appartenait pas, il la louait dans une petite échoppe où les musiciens fauchés venaient mettre au clou contre quelques dollars leur instrument. Le patron finit par la lui vendre, après le délai légal et quand Ti-Bone eut amassé un pécule suffisant, le propriétaire n'étant jamais revenu la chercher.

*

Ti-Bone Thibodeaux avait donc un principe. C'était à peu près le seul qu'il avait. Le genre de chose que l'on garde avec soi, comme un caillou d'une drôle de forme qu'on a ramassé au bord du chemin et qu'on a mis dans sa poche. Tous les jours il sortait donc ce principe de sa tête, une poche chaque fois plus profonde qu'il ne le pensait, et le regardait, c'est-à-dire qu'il l'énonçait pour lui-même. Le principe était le suivant : Ti-Bone Thibodeaux chante seulement quand on le paye. En théorie, il ne devrait donc plus chanter. Mais la théorie s'adapte, l'expérience apprend ça à un homme, et Ti-Bone acceptait d'étendre le concept de rétribution à un de ces délicieux carrés de chocolat que Jodi ne manquait jamais, chaque jour, de lui apporter. Ti-Bone chantait donc tous les jours. Dignement. En continuant à faire son métier et en étant payé pour le faire.

Être vieux, c'est redevenir un enfant, entendait-il souvent dire. Comme si on avait commencé sa vie par un avant-goût de la fin, en se faisant dessus et en aimant les sucreries. Et les seins lourds des femmes accortes. Et s'endormir sur leur ventre. On s'aperçoit de toute façon qu'on n'en sait pas plus au début qu'à la fin, alors on reste un enfant toute sa vie, et c'est sans aucun doute le cas de Ti-Bone Thibodeaux. Un gosse de soixante-dix-huit ans et quatre-vingt-dix kilos, au crâne couleur de vieux cuir. Rester un enfant lui avait évité d'en avoir. Les femmes avaient déjà assez à faire avec celui-là. Cela faisait aussi qu'il s'était retrouvé sans famille pour prendre soin de lui.

Ti-Bone n'avait personne mais il avait Jodi, qu'il partageait avec les autres pensionnaires de l'institution Bon Temps. Et le chocolat qu'il ne partageait avec personne. Un homme qui a travaillé toute sa vie a le droit d'avoir quelque chose à lui, même si ce n'est qu'une sucrerie. Ces instants uniques de propriété, Ti-Bone les savourait avec la majesté des possédants, paupières mi-closes et tête légèrement inclinée. Une solitude des cimes. Ce chocolat, fondant sous la langue, devenait un continent entier. Le roi Ti-Bone en dégustait les saveurs, jouissait de leurs richesses, y trouvant l'humidité de l'air, la verdeur des coteaux, le cou gracile des femmes qui récoltent le cacao, épluchant les fruits de leurs mains expertes pour en extraire les fèves, puis vient le grillé de la torréfaction, le parfum dans l'air. La lointaine Afrique qui coulait dans ses veines comme une mémoire enfouie. Oui, il y avait un monde dans ce carré de chocolat. Un royaume sans confins. Quand tu as été pauvre toute ta vie. Quand tu as connu la faim, la soif, la misère et les coups, un royaume de cette taille, du fait qu'il est là tous les jours, vaut bien tous les continents, toutes les guerres perdues. Et même celles qui n'ont jamais été menées.

*

Le problème est que ce matin-là Jodi avait oublié le carré de chocolat. Pour la première fois en deux ans. Pour la première fois en cinq saisons de l'année, incluant ici et ici seulement une saison supplémentaire, celle des écrevisses, qui se trouve entre l'hiver et le printemps, avec les premiers rayons du soleil nouveau. Pour la première fois depuis plus d'une semaine que le mardi des Cendres était passé. Elle l'avait oublié. Et selon l'effet domino qui fait qu'une pièce qui s'écroule en entraîne une autre dans une réaction en chaîne, cette carence allait créer un véritable cyclone, perturbant la sérénité de tous les résidents, déjà assez éprouvés par les circonstances. Sans chocolat, Ti-Bone refuserait de chanter. Les autres, par solidarité ou orgueil, suivraient, et la journée partirait de travers.

Jodi fit donc demi-tour. Quelques minutes plus tard, son pick-up truck s'immobilisa devant une bâtisse jaune et blanche sur la route d'Arnaudville. Sur la porte vitrée était accrochée une pancarte qui annonçait fièrement : ici on parle français. C'est d'ailleurs ce que faisait ce jeune Blanc aux cheveux longs attablé avec un vieil homme noir portant la casquette d'une société de pétrole, cet homme en costume de marque, à l'élégante moustache en guidon, qui commentait le journal local avec son frère en veste cravate et cette tablée de vieilles femmes qui riaient fort. On s'arrêtait ici le matin pour déjeuner en parlant français cajun ou kouri-vini, le créole de Louisiane, qui sont quasiment la même langue.

La serveuse, une fille nommée Kimberley Touchet, accueillit Jodi d'un sonore Bonjour Jolie blon', quoi ça dit ? Dans le pays cajun, toute blonde est Jolie blon', comme la chanson traditionnelle du même nom, et toute brune une 'Tite brune. Là, Jolie blon' voulait une *root beer*, autrement dit un soda à base de racine de salsepareille, et un carré de chocolat, tu sais ceux qu'on met à côté de la tasse avec les cafés. À emporter, hein !

Une voiture vint se ranger à côté du pick-up de Jodi. Un homme en chemise à carreaux cheveux longs et lunettes de soleil, un vrai look de musicien de rock, en descendit. En voyant sa haute silhouette s'approcher de la porte, la fille du comptoir lança un « Yé yaille chà' ! » appréciatif en claquant ses propres fesses. Le petit groupe de vieilles femmes attablées plus loin approuva, multipliant les allusions en français au physique avantageux de l'homme. Kimberley s'excusa de son geste – pas d'offense béb' – en pensant que Jodi avait peut-être rendez-vous avec lui.

Jodi leva les yeux au ciel, ramassa la canette glacée, attrapa une paille dans le pot en verre qui en était rempli, et sortit en roulant des hanches comme une fille réussie. Elle s'installa dans le pick-up, posa le carré de chocolat sur le siège passager, inséra la paille dans la cannette de salsepareille, but une gorgée avec délice, et en rota bruyamment les bulles avant d'ouvrir la fenêtre. Elle logea ensuite la cannette derrière le levier de vitesse dans le compartiment prévu à cet effet. Puis tourna la clé. Et le pick-up ne démarra pas.

C'est l'homme en chemise à carreaux qui la déposa au coin de l'institution Bon Temps. C'était sur son chemin. Il ne dit rien d'autre pendant tout le trajet, laissant la radio, branchée sur KRVS, la station francophone de l'université de Louisiane, faire la conversation à sa place. Jodi but sa salsepareille en tenant le carré de chocolat bien à plat sur la paume de sa main pour qu'il ne fonde pas. Les yeux du conducteur souriaient à cette vision mais il ne dit rien. Le genre d'homme qui ne parle pas beaucoup et s'occupe de ses affaires. Enfin, c'est ce que s'est dit Jodi à ce moment-là.

Ce carré de chocolat, il devait penser qu'elle le gardait pour plus tard, pas pour quelqu'un. Elle aurait peut-être dû lui dire, même s'il n'avait pas posé de question. Jodi se demanda pourquoi elle se sentait en devoir de se justifier. Pourquoi ça lui était venu à l'esprit. Pourquoi elle se souciait de ce que ce type pensait. Quelle sorte d'autorité émanait de lui pour ne serait-ce que donner l'idée de le faire. Un type qui écoute la radio. En français cajun. Le genre de truc qu'elle aimerait être capable de faire, si elle en savait plus que quelques mots. C'était sûrement pour ça. Ou pas.

Jodi en était là de ses pensées quand il arrêta sa voiture au coin de la rue Jefferson. Après il continuait tout droit. Merci. Moi c'est Jodi. Bye Jodi, répondit l'homme sans se présenter à son tour. Jodi n'insista pas. Il faisait déjà très chaud à cette heure du matin. Elle avait un carré de chocolat sur la paume de sa main tendue à plat devant elle et elle était consciente d'avoir l'air ridicule dans la pose d'une peinture égyptienne. Sans les yeux allongés. Et sans les pyramides. Ce qui faisait au moins deux bonnes raisons de ne pas traîner.

*

De loin, Jodi aperçut devant la grille de la maison de retraite Bon Temps, une silhouette en costume noir, mallette de cuir à la main. Après les huissiers, quoi encore ?

L'homme qui attendait portait sur lui les signes visibles du nouveau problème qui te tombe dessus. Coupe de cheveux travaillée au gel, lunettes d'écaille, et le sourire qu'il faut pour faire passer les saisies, contrôles, exigences, relevés et citations à comparaître. Il transpirait l'autorité de sa mission, ou plutôt l'exhalait avec assurance. C'est vous la responsable ?

Jodi le fit entrer, s'excusa, s'absenta quelques secondes pour aller déposer le carré de chocolat dans la main de Ti-Bone – ça c'est fait – et rassembla ses esprits. Elle prit une longue inspiration, secoua ses bras de chaque côté de son corps pour se détendre, se réajusta devant la glace du couloir, remonta bien ses seins vers le haut de son soutien-gorge, entra dans la pièce en bourrasque et, prenant les devants, se lança dans une grande tirade pour ne pas laisser à l'homme en costume le temps d'en placer une. Les responsables étaient en train de chercher une solution puisque vous connaissez la situation, etc.

L'homme au costume impeccable l'arrêta d'un geste de la main. Non, il ne connaissait pas la situation. Il enleva ses lunettes de soleil et la pria, une fois qu'il eut verrouillé son regard dans le sien comme un pilote de chasse son viseur sur sa cible, de la lui expliquer. Jodi se dit que c'était un ancien militaire.

Et elle se dit qu'elle pouvait faire confiance à ce genre de gars. Un type qui a été au front sait écouter et entendre. Il sait que sa vie en dépend. La sienne et celle des autres. Entendre et écouter. En tout cas, tout dans sa pose disait qu'il était prêt à le faire. Alors Jodi raconta toute l'histoire.

Au départ, cette ancienne école maternelle était louée à une Église épiscopalienne. Quelques musiciens qui jouaient dans le coin offraient une partie ou parfois la totalité de la recette d'un concert pour financer la maison de retraite. Avec l'arrivée de la crise sanitaire et de la pandémie, les tournées s'étaient arrêtées. Les groupes, même locaux, ne venaient plus, les salles avaient fait faillite. Les clubs avaient fermé et ceux qui avaient rouvert peinaient à faire le plein et à payer leurs charges. La plupart des musiciens, des techniciens, des chanteurs avaient dû prendre un autre travail, quand ils en trouvaient, ou vendre leur voiture, quand ce n'était pas leur maison.

Le fondateur et mystérieux bienfaiteur qui centralisait tous les dons, un musicien du nom d'Albert Prince, que personne ne se rappelait avoir vu, avait tout bonnement disparu, sans doute parti comme les autres, en zone moins sinistrée. La responsable qui avait embauché Jodi était partie la semaine d'après sans préavis, ravie de se débarrasser, laissant les clés et les factures à Jodi. Elle-même n'avait pas été payée depuis des mois. Jodi était donc une sorte de bénévole qui travaillait en dehors, prenait des gardes de nuit à l'hôpital tous les week-ends, aussi en semaine parfois, et payait ce qu'elle pouvait de sa poche pour ne pas abandonner ces vieillards à leur sort. Un appel aux dons avait été lancé. Une cagnotte sur Internet. Sans succès. Les aides et les subventions devaient aller partout et se réduisaient comme des peaux de chagrin. Le chagrin, lui, s'étendait et prospérait. Jodi reprit son souffle après cette longue tirade, gonfla sa poitrine, et lâcha le dernier mot qu'elle pouvait encore trouver : voilà.

L'ancien militaire avait écouté avec attention, acquiesçant de la tête pour relancer. À la fin, en bon gradé habitué à synthétiser, il parvint à sortir de cette explication complexe une conclusion simple. Eh bien il me semble, à ce que vous me dites, que c'est bien vous la responsable que je viens voir.

C'est là que Jodi posa la question. Celle qu'elle aurait dû poser dès le départ.

*

Bâton-Rouge. C'était le nom écrit sur la carte de visite que l'homme posa sur la table. Bâton-Rouge, LA, avec le code postal 70806 à côté. Au-dessus il y avait une adresse, et au-dessus encore il y avait son nom : Jean Tupelo. Il n'était pas militaire. Ni huissier. Ni militaire devenu huissier ou détective privé. Et il n'avait jamais été ni l'un ni l'autre puisque dans le coin droit, en haut, était écrit en gris : Notaire. C'était ça la réponse à la question.

Le notaire Jean Tupelo exposa à Jodi ce qui l'amenait ici. Suite à l'envoi de l'assistant Courville Bergeron, du bureau du shérif de Lafayette, Louisiane (à ne pas confondre avec Lafayette, Caroline du Nord, précisa-t-il), les autorités fédérales de Bâton-Rouge avaient fait des recherches à partir des empreintes digitales du décédé et elles avaient trouvé une correspondance dans leurs fichiers. Oui. Un employé du bureau fédéral avait fini par traiter la demande. Les empreintes avaient parlé. Et dans leur langue étrange, elles avaient raconté une histoire que personne n'attendait.

Alfie Guidry ne s'appelait pas Alfred mais Alphonse. Alphonse Landreneau. Guidry était le nom de jeune fille de sa mère. Selon le notaire Tupelo, qui avait fait des vérifications avant de venir, Alphonse, qui s'était lui-même renommé Alfred Landreneau-Guidry, puis Alfie Guidry tout court, était un géomètre de Houston Texas. Ce qui fournit à Jodi une explication immédiate au premier des mystères d'Alfie, à savoir pourquoi, lors de ce qu'elle qualifiait à sa façon de « pétage de plombs dans les règles », il mesurait et creusait dans toute la ville. Alfie se raccrochait à son métier de géomètre. Sans travail, il l'exerçait partout. Désorienté. Cela fait sens, approuva Tupelo.

Après les empreintes, juste un délit routier précisa le notaire, les documents avaient parlé, eux aussi.

Car il y avait des documents ou plutôt des actes de propriété et un testament. Alphonse Landreneau dit Guidry, géomètre de profession, avait hérité à la mort de ses parents d'une maison dans la paroisse de Saint-Landry. La maison Landreneau, dont j'ai ici la photo, déclara Tupelo en tapotant le flanc de son cartable de cuir comme celui d'un animal fidèle. Jodi s'attendit, à ces mots, à voir une bicoque en ruine, une de ces maisons dites « coup de fusil », typique de la Louisiane, qui doivent leur nom au fait que leurs pièces sont en enfilade, d'une largeur juste suffisante pour une porte et une fenêtre. À coup sûr il n'en resterait qu'un pan de bois mangé par la végétation et les termites ou un amas de tôle ondulé, vestige d'un toit soufflé par un ouragan.

Jean Tupelo sortit de sa sacoche un dossier qu'il posa avec cérémonie sur la table et en extirpa une photo qui ne montrait rien de tout ça mais une prospère demeure à colonnade dans le style des plantations du Sud, entourée de chênes centenaires. Les yeux de Jodi se posèrent sur la photo avec stupéfaction. Alfie ajoutait donc une quatrième exception aux prérequis des pensionnaires de l'institution Bon Temps. Il n'était pas musicien, il était blanc, mort, et maintenant riche !

Oui, Alfie était riche, il avait un autre nom, il avait un notaire, et il avait fait un testament, revu récemment, qui léguait cette bâtisse aux résidents de la maison de retraite Bon Temps, dont la liste nominative était détaillée sur le document. Le testament était valable, car Alfie n'avait pas de descendants pour s'y opposer, et il se déclarait sain d'esprit au moment de sa modification. Pardon, j'aurais dû commencer par-là, s'excusa Tupelo, je représente la succession Landreneau. L'homme que vous appelez Guidry.

Les questions se bousculèrent dans la tête de Jodi. Pourquoi Alfie vivait-il dans la rue s'il avait une maison ? Pourquoi l'avait-il laissée en héritage à sa mort au lieu d'en faire don de son vivant alors qu'on était en sursis et qu'on peinait à payer factures et loyers depuis des mois et des mois ?

Le notaire Jean Tupelo n'avait pas de réponse à ces questions. Jodi n'avait pas de réponse à ces questions. Ti-Bone Thibodeaux n'avait pas de réponse à ces questions. Le Dr Chance n'avait pas de réponse à ces questions. Ni le révérend Billodeau, ni le grand chef Antwane DeVille. Sista Rosetta en avait une.

*

C'est celle-là, votre maison Landreneau ? Sista Rosetta pointa un doigt vers la photo posée sur la table et commença aussitôt un signe de croix. Cette maison est hantée. Tout le monde le sait. Ma tante Daphné habitait pas loin. Elle se signait chaque fois qu'elle passait devant. Un signe de croix complet, pas bâclé, avec une grande inspiration pour le faire entrer au dedans de soi et qu'il y reste bien, comme je viens de faire là, et vous feriez bien de le faire aussi.

Sista Rosetta raconta que pendant la guerre de Sécession cette maison de style plantation avait servi d'hôpital aux confédérés, et que les âmes des soldats qui y étaient morts la hantaient depuis. On peut les entendre geindre les soirs de vent. Des cris atroces. Tout le monde évitait cette maison comme la peste, un chat noir, un corbillard vide, passer sous une échelle, ou trouver une poupée traversée d'aiguilles sur son paillasson. Cette maison est abandonnée. Et malgré ça, malgré le temps, le vent, la pluie, l'humidité qui pourrit tout, la chaleur de l'été et les ouragans qui passent, elle est restée en état. Impeccable. Regardez la photo. Nickel. Comme neuve. C'est pas une preuve qu'elle est maudite, ça ?

Tout le monde se pencha pour regarder la photo. La maison Landreneau paraissait en effet sur ce cliché dans un état de conservation étonnant. Elle était constituée de deux étages surplombés d'un vaste toit en pente qui pouvait aisément en abriter un troisième. Il y avait d'ailleurs de petites fenêtres en chien-assis posées sur la toiture. Sur sa façade blanche, quatre hautes colonnes à l'antique supportaient un balcon qui courait le long des portes-fenêtres de l'étage. Entouré d'une balustrade ouvragée, avec des sortes de quilles sculptées, il lui donnait un raffinement que peu de bâtisses, même aussi anciennes, avaient par ici. On voyait que cette maison avait été construite par de bons artisans et qu'on avait mis un espoir dedans, celui d'en faire un bâtiment unique, qui dure et qui reste.

La porte d'entrée était en haut d'un petit escalier de pierre aux trois marches légèrement creusées par les nombreux pas qui s'y étaient succédé. Là encore un détail assez rare. Qui construisait des escaliers en pierre devant ce genre de maison ? Il fallait faire venir de loin ces longs morceaux de granit taillés, il était même du plus grand chic de les acheminer de France, par bateau, arrachés à quelque château détruit pendant la Révolution. La pluie, le vent, l'humidité et la chaleur du Sud avaient sans aucun doute fait leur ouvrage obstiné, mais la maison était restée comme un vaisseau échoué du passé, en haut d'une pente boisée dont les arbres formaient devant elle un épais rideau de branches. Vu comme ça, avec, en plus, les ombres du soleil qui découpaient des angles à l'aplomb de ses corniches, elle pouvait sembler inquiétante. Et elle inquiétait Rosetta. Je comprends pourquoi Alfie préférait dormir dans la rue. Moi aussi, je préférerais dormir dans la rue plutôt que là. Saint Antoine de Padoue, le saint des saints, priez pour nous.

Sista Rosetta était réputée avoir un penchant pour la superstition. Elle ne marchait jamais du côté gauche de la rue, même si celui-ci était à l'ombre. Récitait un chapelet entier chaque fois qu'un corbeau se posait sur un des arbres du jardin. Elle avait toujours sur elle quelques os d'alligator, ces petits boutons qu'ils ont sous la peau et qui servent à conjurer le mauvais sort. Elle invoquait aussi régulièrement saint Antoine de Padoue qui, pour une raison mystérieuse, était considéré depuis des siècles dans la lointaine Afrique de ses ancêtres comme presque aussi important que Jésus lui-même, croyance qui avait été importée avec les bateaux d'esclaves et avait fait son chemin jusqu'à aujourd'hui.

Une fois qu'elle eut donc placé saint Antoine entre elle et le mal, Sista Rosetta jeta un « hum » définitif, haussa les épaules, exécuta un nouveau signe de croix en bloquant sa respiration, et s'éloigna d'un pas pressé. Pour ce qui la concernait, elle n'irait pas dans cette maison. Ni maintenant. Ni jamais. Elle n'y mettrait pas les pieds. Elle se signa une nouvelle fois en se rendant compte qu'elle venait de repenser à cet endroit et s'enfuit de l'autre côté de la cour.

Jodi LeBlanc

Bon ! Si je dois dire la vérité, je suis passée devant cette maison des dizaines de fois, peut-être même des centaines. Tout le monde est passé devant cette maison. Et personne ne l'a vue. Comme si elle était elle-même un fantôme ou quelque chose comme ça.

La maison est dans un virage et c'est vrai que dans un virage, justement parce que ça tourne et que tu ne sais pas ce qui va arriver en face, tu regardes devant toi. Pas sur le côté. Pas vers la maison. Mais ce n'est pas seulement ça. La maison est en retrait, en haut d'une pente. Elle est cachée par des arbres, des chênes verts et des pins, deux variétés qui ne perdent jamais leurs feuilles. Ce qu'on faisait ici avant l'arrivée de la climatisation, c'était construire au milieu des grands arbres pour garder un peu d'ombre et de fraîcheur dans la fournaise de l'été. Alors la maison, on ne la voit pas en entier, juste quelques bouts épars, au loin.

Ce matin, j'ai fait un détour et j'ai ralenti pour la regarder, j'ai tourné la tête et j'ai tenté de l'observer. Impossible de la voir vraiment. Je ne sais pas pourquoi. Peut-être qu'elle ne voulait pas être vue.

La maison hantée. C'est comme ça qu'on l'appelait quand j'étais petite. Et puis à force de passer devant et de ne pas la voir, au fil des années, ça s'est effacé. Ce qui ne veut pas être vu, on finit par l'oublier.

Je ne vois plus mon père depuis longtemps non plus, même si je n'arrive pas à l'oublier. Lui, c'est plutôt l'inverse de la maison. Il ne reste pas à la même place. Sa façon à lui de se cacher c'est de bouger tout le temps. Au début je gardais toutes ses adresses, j'en tenais la liste en me disant qu'il allait forcément repasser, un jour ou l'autre, à l'une d'entre elles. Et puis j'ai fini par comprendre que ça n'arriverait pas. Je devais avoir treize ans, peut-être quatorze. Je m'en souviens parce que j'ai couché avec un garçon pour la première fois après ça. Je me suis dit que quand t'as plus de père, c'est peut-être le moment de devenir une femme. Je croyais que ça suffisait. Qu'une fois que tu l'avais fait, ça y était. Tu étais une femme. Une adulte. Avec des décisions, une voiture, des seins et une vie à toi. Comme par magie.

Mais après, je suis restée comme j'étais. Ça m'a rien fait à part mal au ventre et des histoires avec ma mère. Alors ces trucs de magie, j'y crois plus vraiment. On est comme on est. On fait ce qu'on fait. Voilà. Mon père est comme il est. Je ne sais pas vraiment ce qu'il fait. Peut-être des trucs pas clairs pour devoir déménager tout le temps comme ça. C'est ce que disait ma mère avant de mourir. En tout cas, il est devenu une sorte de fantôme.

Parfois je lui parle comme s'il pouvait m'entendre. Surtout quand je suis en colère. Il faut que je m'en prenne à quelqu'un alors ça tombe sur lui. Je le traite de fils de pute. Ce qui n'est pas cool pour ma grand-mère, que je n'ai pas connue. Mais c'est un fils de pute. Ma mère l'appelait comme ça chaque fois qu'elle parlait de lui, et donc moi je suis la fille d'un fils de pute. Une petite-fille de pute. C'est peut-être pour ça que j'aime autant ces vieux de la maison de retraite. On est un peu pareils. Des rebuts. Des gens mis de côté. Ceux qu'on ne voit pas. Comme la maison dans le virage. Oui c'est ça, on est des gens du virage. Ceux qui restent quand les autres vont tout droit. Personne n'en a rien à faire de nous. Tout ça pour dire que j'ai une certaine habitude des fantômes et des trucs qui te hantent.

*

La maison Landreneau était là. En montant la côte par le chemin de terre, après avoir dépassé les arbres, on la voyait enfin en entier. Une vaste demeure à colonnade, majestueuse dans le soleil orangé du soir. Un instant, Jodi fut prise d'une sorte de vertige. Comme Alice au Pays des merveilles, elle se sentit rétrécir, de sorte que la maison lui parut encore plus grande. Irréelle. Elle se retourna et vit qu'elle était bien de la même taille que les autres, qui marchaient à quelques pas derrière elle. C'était juste une impression. Un effet d'optique. Ils avançaient vers la maison. Tous sauf Sista Rosetta qui restait en retrait sur la route, une centaine de mètres plus loin, un chapelet autour du cou et quelques os d'alligator, ronds comme de petits cailloux plats, dans ses mains. Sista Rosetta ne voulait pas mettre un pied sur ce terrain maudit.

Jean Tupelo, le notaire de Bâton-Rouge, attendait devant la porte avec un jeu de clés. Dans la serrure la rouille résistait. Ou peut-être la maison. Elle empêchait d'entrer. On essaya plusieurs fois. Il fallut à Tupelo aller chercher une petite bombe d'huile mécanique dans la boîte à outils de sa voiture. Un mince cylindre de plastique semblable à une paille fiché dans le bouchon permit d'envoyer une brume de dégrippant à l'intérieur.

Enfin la porte s'ouvrit. L'entrée, couverte de poussière, de sable, et de feuilles séchées, sentait le cyprès vieilli. Face à la porte, un escalier montait vers l'étage. Tupelo s'avança en premier pour tester les marches. Il remarqua au passage le beau travail du bois ajusté, bien séché et vernis, de la rambarde. Du bel ouvrage, comme on en faisait encore à l'époque. Il posa le pied sur chaque marche, appuyant de tout son poids au milieu puis aux extrémités. Elles tenaient bon, ne craquaient même pas. La structure n'avait pas bougé. L'escalier était solide.

Tupelo était formel. La maison avait été entretenue. Impression confirmée quand Jodi poussa la porte à deux battants qui était à droite de l'escalier. Elle s'ouvrit sans grincer et donnait sur une pièce vide mais en parfait état. Un sifflement d'admiration s'échappa des lèvres de Jodi. On découvrit ainsi de pièce en pièce que quelqu'un avait pris soin de cette demeure. Cette maison était censée être abandonnée. Mais ça, c'était encore une légende. Alfie l'avait entretenue. Alfie avait dû inventer cette histoire de fantômes pour éloigner les gens, les acheteurs, les sociétés d'investissement. Rien de tel qu'une bonne histoire de malédiction pour faire tomber la valeur d'un bien et le rendre invendable. Alfie devait donc habiter en dehors, SDF, pour accréditer son histoire. Garder son héritage. Oui, c'était ça ! Quelle bonne blague cette histoire de maison hantée. La visite continua, un état des lieux dont le notaire consigna chaque détail avec précision.

*

Chacun commença à rêver que c'était possible. Que c'était là. Que l'on allait être bien. On pouvait même dans l'avenir imaginer la construction, au fond, d'un espace capable d'accueillir des concerts, avec un parquet en bois pour les danseurs. La salle, de la taille d'un club, pourrait chaque semaine accueillir du public et au printemps un festival pour rapporter de quoi payer quelques factures. Il n'était pas impensable qu'une maison de retraite abritant de vieux bluesmen puisse attirer des spectateurs. La musique ne prend pas de retraite, contrairement à ceux qui la jouent, et encore, chacun d'entre eux avait le désir secret de jouer jusqu'à la dernière seconde. Comme on respire.

Jodi habitait à quelques minutes de là. On passait la ferme d'Anselme Dugas, la maison des Legendre, celle des Sonnier, des Broussard, et après avoir dépassé la barrière récemment construite par les fils de Karl Latiolais, on trouvait au bout d'une allée caillouteuse cet endroit à la fois rustique et charmant. Authentique et confortable. Isolé et chaleureux. La maison de Jodi LeBlanc, ses boucles blondes, ses fesses pleines et ses vingt-quatre ans. Jodi pensait que ça serait une bonne accroche pour trouver des locataires.

Car dans l'aménagement nouveau de la maison Landreneau, Jodi aurait son petit appartement à elle à l'arrière de la maison pour pouvoir prendre soin des patients même la nuit et même le week-end. Pendant ce temps-là, elle louerait sa maison, ce qui en payerait les traites en attendant de pouvoir dégager un salaire.

Tout était donc pour le mieux. Chacun se projetait dans cette maison bientôt restaurée. Tout le monde sauf Sista Rosetta qui manipulait un attirail complet pour briser les sorts, secouant une poignée d'os d'alligator et sollicitant en boucle la protection de saints, par ordre d'importance et d'efficacité. Elle continuait à dire qu'on verrait. Elle savait ce qu'elle disait. Qu'on le veuille ou non, cette maison était hantée, et ne se laisserait pas faire comme ça.

Les superstitions, comme les maladies, étant contagieuses, chacun avait fini par les attraper. Ainsi le réfectoire de l'institution Bon Temps, où avait eu lieu cette révélation, était devenu zone contaminée. On faisait des détours. On préférait déjeuner dehors, ou dans sa chambre, ou dans le couloir qui avait soudain gagné en fraîcheur et en attrait. Seul le grand chef Antwane DeVille, qui se targuait de ne pas craindre les esprits, passait en coup de vent, emportant à manger pour les autres. Bien entendu cette assertion était démentie par la rapidité qu'il mettait à sortir de la cuisine à reculons, du pas en moonwalk d'un Michael Jackson, faisant le moins de bruit possible pour ne pas attirer l'attention.

Jodi se trouvait donc face à un nouveau problème. Une sorte d'épidémie silencieuse. Le genre d'atteinte que l'on ne vous enseigne pas à prendre en charge à l'école d'infirmières, la superstition ne faisant partie ni des maladies répertoriées, ni des symptômes à surveiller, ni des plaies à recoudre, ni des os brisés à plâtrer. Jodi n'avait jamais été confrontée à ce genre de pathologie. Il lui fallait de l'aide. Une autorité scientifique. Faute de pouvoir traiter les symptômes, s'attaquer à leur cause.

*

L'université de Louisiane à Lafayette est un des plus beaux campus des États-Unis. Sa partie la plus ancienne est plantée de chênes centenaires, le long des routes qui bordent les façades de brique rouge. Elle abrite en son centre un véritable lac planté de cyprès d'eau dont les branches chargées de mousse espagnole, longues barbes ondulant sous le vent léger, offrent refuge à des oiseaux de toutes espèces. Le marais lui-même héberge les mascottes de l'université, une paire de jeunes alligators que l'on peut observer depuis les terrasses en surplomb.

Jodi connaissait bien les lieux, elle avait fait ses études d'infirmière dans un des bâtiments adjacents et avait découvert de nombreux films au cinéma de l'université, le Bayou Bijou. Elle flâna quelques instants sur une des passerelles qui avançaient au-dessus du petit lac, regardant les tortues d'eau rassemblées sur un bois flottant. Un des alligators ondula en dessinant des arabesques avec sa queue et vint se faire admirer sous la lumière caressante du soleil matinal, gris sur le gris cendré de l'eau.

Jodi se posa quelques instants pour profiter du soleil. Cet endroit lui était cher. C'est là qu'elle avait lu, deux ans auparavant, dans le journal local, l'offre d'emploi qui l'avait conduite à l'institution Bon Temps. Là, sur ce même banc. Le journal, ouvert à cette page, avec cette annonce entourée d'un cercle tracé au stylo-bille, avait dû y être laissé par une étudiante. Recherche infirmière, de préférence spécialisée en gériatrie. Débutantes acceptées. Elle. Exactement elle.

Jodi profita de l'ombre des branchages et du vent léger. En plissant les yeux, on pouvait effacer la silhouette des bâtiments de brique rouge au loin, et se sentir hors du temps, dans cette Louisiane éternelle de beauté. Quand l'heure du rendez-vous arriva, elle se leva et se dirigea vers les bâtiments du département d'histoire. Quelques minutes et un long couloir plus tard, Jodi arrivait devant le bureau où le professeur Brazos Cormier, qu'elle avait contacté par mail, l'attendait.

Le professeur Cormier était un homme d'une quarantaine d'années, avec des cheveux noirs, un menton dessiné et des pommettes hautes. Il portait une chemise à carreaux aux manches retroussées et ressemblait davantage à un musicien de rock qu'à un professeur d'histoire. Le professeur Cormier était aussi l'homme qui avait déposé Jodi au coin de l'institution Bon Temps, le jour où son pick-up était tombé en panne à Arnaudville. Elle regretta : un, d'avoir roulé des fesses comme une idiote en sortant du café ; deux, de ne pas avoir expliqué pourquoi elle avait tenu ce carré de chocolat à plat sur la paume de sa main tout le trajet durant comme une idiote. De toute façon c'était trop tard. Alors idiote une, deux fois, ou pas. Jodi exposa au professeur Cormier le motif de sa visite.

Ah ! la maison hantée, dit-il d'un ton blasé quand elle prononça le nom de la demeure, on vous a servi cette légende ? La maison a en effet servi d'hôpital pendant la guerre de Sécession. Mais on raconte la même histoire à propos de toutes les maisons qui ont servi d'hôpital. Si on devait la prendre au sérieux, la moitié des demeures encore debout de la région se qualifieraient. Donc elle n'est pas hantée ? demanda Jodi. L'histoire hante les mémoires, pas les maisons, répondit Brazos Cormier. Il y a bien plus d'esclaves qui sont morts de façon horrible dans ces plantations que de soldats confédérés. Leur attribue-t-on pour autant de hanter ces demeures ? Pas du tout. Il faut toujours que ce soit des soldats. Ça ne vous étonne pas ?

L'homme savait en deux phrases remettre les choses à leur place. Il marqua un temps d'arrêt et posa ses yeux au centre de ceux de Jodi. Quand même, un détail semblait le troubler. Vous avez hérité de cette maison, dites-vous ?

*

Brazos Cormier

Disons que j'ai vécu une des plus belles histoires d'amour qui aient jamais été vécues. Et une des plus courtes. Mais même ce qui dure peu dure toujours. Il reste une trace qui ne s'efface pas. Je le sais. J'aimerai toujours Madeline.

Ce jour-là, celui où je l'ai rencontrée devant la pharmacie du centre-ville. Elle avait le crâne rasé, lisse et quand même blond, plus de sourcils, et j'ai compris qu'elle était malade, que c'est pour ça qu'elle était frêle, une silhouette si vulnérable que même le vent léger de la rue semblait la mettre en péril.

C'est une petite ville, ici. Tout le monde se croise. Alors je l'avais déjà vue. Je crois qu'on attendait juste une occasion de se parler. Elle a trébuché et elle s'est retenue au mur. Je l'ai ramenée chez elle. Elle s'est accrochée à moi dès qu'on a passé sa porte. Je ne sais même pas comment nos vêtements sont arrivés sur le sol. Et nous aussi dessus. Et on a fait l'amour longtemps, doucement et violemment en même temps. Et j'étais tellement amoureux de Madeline que j'en aurais pleuré de joie. Mais je n'ai pas pleuré. Elle aurait pensé que j'étais triste pour elle parce qu'elle allait mourir. Elle a joui longtemps, respirant tout l'air qu'elle pouvait. Elle est restée serrée contre moi et elle a murmuré à mon oreille : tout le monde va mourir un jour, tu sais… moi, c'est juste un peu plus tôt que les autres.

Le monde s'est dérobé sous mes pieds, sous mon corps, sous le sien, comme si on flottait en apesanteur. J'ai pensé que si on avait fait ça avant, quand elle allait bien et qu'elle remplissait sa chair insouciante, on n'aurait jamais connu la beauté de ce moment, l'intense vérité de l'amour qui se donne en entier, se vit plus haut et plus grand que tout, parce qu'on n'aura pas le temps d'autre chose.

Madeline a allumé un joint. Pour la douleur, m'a-t-elle dit. Elle a tiré une longue taffe en toussotant. Son regard brillait. Elle m'a tendu la cigarette. Mais je ne voulais pas perdre une seconde, pas une seule seconde de cet instant. Madeline est allée chercher une bière dans le frigo et me l'a mise dans les mains. Je l'ai regardée recroquevillée sur le fauteuil, nue, si blanche et fragile. On lui avait enlevé les deux seins. Elle avait deux cicatrices en croissant à la place, masquées par des tatouages colorés. Des fleurs. Il y a déjà des plantes qui poussent sur moi, tu vois. Elle a pris son violon et elle a joué une de ces petites valses cajun à la fois tristes et gaies. Je n'avais jamais réalisé à quel point ces deux sentiments peuvent être mêlés, parfois même indissociables. Et je pensais qu'il fallait que je me souvienne de ça. Toujours.

Une semaine. Si j'ai bien compté, il me reste une semaine. Ça va être moche. Elle souriait en prononçant ces mots. On a vécu notre vie d'amour dans cette nuit. Toute une vie et toute la nuit. On est restés en silence blottis l'un contre l'autre. Le monde était plein et complet. Il n'y manquait rien. Tu me rends très heureuse, Brazos Cormier, m'a dit Madeline. Et maintenant il faut que tu partes. Laisse-moi la beauté. Juste ça. Je t'en supplie. Elle m'a embrassé longtemps, nos langues se mêlaient comme nos corps l'avaient fait quelques instants auparavant. Putain, Brazos Cormier, sacré beau gosse, tu me rends tellement heureuse. Pars, maintenant. Pars.

Madeline est morte trois jours plus tard. Son cœur s'est arrêté. Elle est morte heureuse, je le crois. Je le sais. J'ai vécu la plus belle histoire d'amour qui puisse être vécue. Elle tient dans une vie et elle tient dans une nuit.

*

Brazos Cormier posa le bouquet de fleurs sur la tombe. Comme il le faisait de temps en temps quand ça le prenait, dans le petit cimetière de la ville de Carencro, à quelques kilomètres de Lafayette. C'était un simple bouquet de fleurs des champs, ramassées au cours de sa promenade, dans l'herbe verte.

Il avança la main pour sentir l'ombre du petit arbre fraîchement planté juste à côté. Elle couvrait à peine sa paume, mais elle était bien là. Brazos retira sa main doucement, comme s'il caressait cette ombre autant qu'elle le caressait. Il s'éloigna de la tombe de Madeline Delcambre, monta dans sa voiture, et décida de pousser quelques kilomètres plus loin, là où se trouvait cette maison. Il y avait quelque chose dans le récit de Jodi LeBlanc qui avait intrigué Brazos. Quelque chose qu'elle avait dit avant de partir. Le nom de l'homme qui leur avait légué la maison, Alfie Guidry. Brazos était certain de l'avoir déjà lu quelque part.

Il se gara sur le bas-côté et regarda la maison longuement, derrière les arbres, cherchant dans sa mémoire. C'est là que ça lui revint. Il reprit la route de l'université et se dirigea vers les archives de la bibliothèque. Il mit un peu de temps à y trouver ce qu'il cherchait : un dossier contresigné par le professeur Otheil Trahan, mythique patron du département d'histoire, mort quelques années auparavant. C'était une thèse rédigée par un jeune étudiant, plutôt un mémoire, qui avait été refusé une vingtaine d'années plus tôt à cause de son manque de rigueur.

Brazos l'avait eue entre les mains quand il avait pris ses fonctions et elle avait piqué sa curiosité car, au-delà de sa valeur toute relative de contre-exemple, elle se centrait sur les prémices et les suites de la bataille du Bayou Bourbeux. L'une des dernières de la guerre de Sécession. Et l'une des plus surprenantes. Parce qu'elle avait été gagnée par les troupes du Sud, pourtant déjà presque vaincu en ce mois de novembre 1863. Oui, les sudistes avaient gagné cette bataille et fait prisonniers deux régiments du Nord, là, juste derrière Carencro.

Une des particularités de cette bataille, c'est qu'elle avait été documentée par un observateur. Quatre pages écrites en petits caractères sur une double colonne dans un journal de l'époque. Un article encore disponible aujourd'hui, dans son édition originale numérisée sous la cote F 8347 BA, sur le site de l'université du Wisconsin. Brazos connaissait cet article, comme tous les étudiants en histoire de la région. Il relatait quelques faits remarquables.

Le colonel Guppy commandant les troupes du Nord avait exigé une tasse de café pour ses hommes. Il avait aussi exigé qu'ils puissent voter puisque c'était jour de vote, et reçoivent leur paye avant de partir au combat puisque c'était jour de paye. La guerre était presque finie. Déjà gagnée. Un retour à un peu de vie normale était le bienvenu. On mangerait. On boirait un bon café. On voterait. On serait payé. On avait de nombreux canons et le Sud aucun. Gagner ne serait qu'une formalité.

La suite lui donna tort car les sudistes, profitant de l'aubaine, lancèrent une attaque surprise et arrivèrent si près des canons qu'ils ne purent plus servir.

Habile tactique qui tourna la victoire quasi acquise du Nord en déroute chèrement payée. Les troupes du Nord remontèrent vers Memphis et les sudistes se replièrent vers le Texas voisin. On connaît la suite. Voilà pour l'histoire.

La thèse refusée que venait de retrouver Brazos prétendait, elle, révéler des faits inconnus s'étant déroulés autour de la bataille. De nombreux esclaves avaient été abandonnés par les confédérés, les plus faibles, les hommes en état de travailler ayant déjà été emmenés à l'ouest, au Texas. Ils se trouvaient dans le plus grand dénuement, frappés par la faim, la maladie, et beaucoup d'entre eux moururent. Ceci était connu et avéré. Ce qui l'était moins en revanche était ce qu'affirmait ensuite l'étudiant.

Selon ses écrits, un jeune officier du Nord nommé John Milliken trouva lors de l'avancée de son régiment un groupe de ces esclaves abandonnés près de la ville de Lafayette, à l'époque encore nommée Vermilion. Il les affranchit immédiatement et envoya à son commandement des messages réclamant des moyens pour leur venir en aide. Pour parer à l'urgence, Milliken avait dépensé une partie du budget destiné à nourrir ses hommes et se trouvait désormais démuni, avec des vieillards, des malades et des femmes enceintes sur les bras.

Milliken avait plaidé sans relâche afin d'obtenir de l'Union l'envoi de fonds permettant de faire face à cette situation. Un coffre d'or avait finalement été attribué. Cette somme, issue de rapines dans des plantations ou saisie à l'ennemi, fut envoyée trop tard pour se joindre au convoi acheminant la paye des soldats de Guppy. Si celle-ci, sous bonne garde, fut bien réceptionnée et distribuée, le coffre d'or qui suivait n'arriva lui jamais à destination, disparaissant dans la confusion de la bataille.

Toujours selon l'étudiant, une partie de ce mystère était résolu par un rapport rédigé par un médecin militaire du nom de Frédéric Dubois. Le médecin y mentionnait les dires d'une vieille esclave qu'il attestait avoir examinée. Cette femme, qu'il décrivait comme portant des cheveux ras et blancs, assurait avoir vu, au détour d'un chemin, trois soldats en uniforme sudiste décharger un lourd coffre d'un chariot pour l'enterrer. Elle n'avait pu en donner la position exacte, ayant marché plusieurs jours et beaucoup tourné en rond au milieu des bayous.

Le médecin Dubois pensait que la femme disait cela pour se donner de l'importance. Cela semblait d'ailleurs marcher sur les autres esclaves libérés car ils la traitaient avec un mélange de crainte et de déférence, l'appelant Maman Brigitte. Dubois mentionnait plus loin que cette femme avait disparu comme elle était arrivée, de façon inexpliquée. La légende prit le relais, concluait-il. Une légende qu'il énonçait ainsi : apprenant que l'or du coffre disparu était destiné aux esclaves abandonnés, Maman Brigitte, qui se vantait de pouvoirs occultes, avait maudit les trois voleurs pour l'éternité en invoquant le Baron Samedi, personnage de leur superstition qui décide selon eux du passage entre la vie et la mort. Ces trois soldats étaient depuis lors condamnés à hanter les lieux.

Prenant le récit de ce médecin à la lettre, l'étudiant rapprochait la disparition de l'or de l'exécution de trois déserteurs confédérés par les leurs, dans un hôpital de campagne près de la bataille, et il prétendait avoir retracé certains de leurs déplacements.

Le professeur Otheil Trahan avait annoté les pages. Références ? Sur quelles preuves ? Il avait même apposé, en marge des conclusions, des commentaires plus incisifs : Conjecture. Affabulations. Fantaisie ! Son verdict était sévère mais juste. La thèse n'était pas étayée, remplie de suppositions présentées comme des faits, et ne pouvait en aucun cas être considérée comme un travail d'historien sérieux.

Dans un contexte d'embuscades permanentes, de lignes de front changeant au jour le jour, beaucoup de trésors furent volés, saisis, repris et changèrent parfois même plusieurs fois de mains durant cette période. Rien n'établissait que ces déserteurs avaient quelque lien que ce soit avec l'or disparu pendant la bataille du Bayou Bourbeux. En tout cas, comme le coffre, l'étudiant disparut lui-même du jour au lendemain, humilié.

Brazos continua à fouiller dans le carton d'archives et trouva enfin ce qu'il cherchait. L'étudiant avait cartographié la bataille du Bayou Bourbeux et les mouvements des troupes sur un grand calque plié en quatre. Ce travail, distinct, était lui remarquable. La carte était précise, avec un niveau de détail allant jusqu'aux nivelés du sol pour expliquer les positions. Un vrai travail de géomètre. Elle recelait aussi des indications inexpliquées, de petits repères à des endroits autour de la bataille dont l'étudiant n'avait pas noté l'utilité et dont personne n'avait pu déduire l'objet ni la pertinence.

Brazos Cormier scanna le calque et le superposa sur l'écran de son ordinateur à une vue satellite de la région. L'endroit était désormais en ville, là où il y avait autrefois une nature sauvage et hostile. Un faubourg de Lafayette.

Voilà ce que cherchait Brazos Cormier.

C'est quand Jodi lui avait raconté cette histoire de géomètre et de trous qu'il creusait partout que Brazos s'était rappelé une signature, en bas de cette carte géographique, dans le coin à droite. Et le nom de l'étudiant. Alphonse Landreneau, l'homme que l'on connaissait aussi sous le nom d'Alfie Guidry.

*

La salle de lecture de l'institution Bon Temps était le nom pompeux qu'on avait attribué à une pièce vide avec des chaises et quelques jeux de société auxquels personne ne jouait. Une salle qu'on n'utilisait guère mais qui avait le mérite d'être à l'abri des regards et des oreilles indiscrètes. Tout le monde comprenait que le choix de ce lieu revêtait ce jour-là un caractère stratégique.

Quand les résidents arrivèrent, Jodi était déjà là. Elle n'était pas seule sur la petite estrade rescapée du temps où cet endroit était une salle de classe. D'abord il y avait ce type avec un nom d'arbre, le notaire de Bâton-Rouge, Tupelo. Un homme qui porte le nom d'un arbre qu'on trouve partout dans les bayous peut attirer les questions. Est-ce que c'était même son vrai nom ? En attendant il était là, assis les pieds joints et les tibias serrés dans un pantalon gris, comme deux tuyaux posés côte à côte.

De l'autre côté d'elle, se tenait un homme d'une quarantaine d'années, avec les cheveux longs et un visage aux yeux sombres. Lui était assis le torse en arrière et les bras posés sur ses cuisses. Il affichait cette majesté décontractée qu'on appelle ici le cool. L'assurance tranquille de celui qui sait ce qu'il fait. C'est fou ce qu'on peut apprendre de la façon dont quelqu'un s'assoit, pensa Ti-Bone. Cette impression de majesté se confirma quand il croisa le regard de l'homme. De ses yeux émanait une autorité de professeur. Et ça tombait bien, car il l'était. En tout cas c'est comme ça que Jodi le présenta, le professeur Brazos Cormier, de l'université de Louisiane à Lafayette.

Pour résumer, le type à gauche de Jodi avait un nom d'arbre et celui à droite un prénom de rivière, Brazos, les bras, étant le nom qu'on donne aux affluents dans le Texas voisin. C'est donc entre un arbre et une rivière que Jodi avait choisi de parler. Il y avait peut-être là un symbole, un message. Il était tout aussi possible que Jodi ne s'en soit pas rendu compte. Ti-Bone choisit, lui, d'y voir un signe. Que peut vouloir dire l'association d'une rivière et d'un arbre dans un endroit où il n'y a que ça à perte de vue et à longueur de bayou ?

C'est l'arbre qui parla le premier. Et il n'avait pas de bonnes nouvelles. Nous allons devoir payer des droits de succession. Et ils seront élevés. Il faudra ensuite financer les travaux de remise en état, d'assainissement, de mise aux normes, installer électricité, chauffage et climatisation. S'acquitter des impôts locaux, des taxes sur la propriété, sur le terrain, créer le tout-à-l'égout etc. Mais ce n'est pas tout, le plus important est que, comme nous avons un bien, nous devenons solvables, et nos débiteurs peuvent exiger qu'il soit vendu aux enchères pour rembourser les créances de l'endroit où nous nous trouvons actuellement. N'ayant pu acquitter les frais, loyers, taxes, impôts, et faire l'entretien nécessaire de ce lieu depuis plus de deux ans, cela peut représenter des sommes considérables.

Au moins, l'arbre s'était mis du côté du blues. Il disait nous. C'était bien la première fois que quelqu'un parlait d'argent à payer sans pointer les résidents du doigt en disant vous.

Voilà, a dit l'arbre, la liste des problèmes. Et je dois vous avouer que pour l'instant nous n'avons pas le début d'une solution. Je peux juste vous dire que depuis que les bâtiments de l'institution Bon Temps ont été acquis par le télévangéliste d'une « méga-église », le loyer a été réévalué à la hausse et a presque triplé. Et il est limpide que cet homme est bien renseigné et qu'il essaie d'utiliser ces dettes pour mettre la main sur la maison Landreneau et la racheter une bouchée de pain. L'arbre se racla la gorge et toussa dans son poing serré. Il a déjà pris contact avec moi en ce sens. Il ajouta d'un ton circonspect : il m'appelait depuis son jet privé. Voilà ce que j'avais à partager avec vous, merci de m'avoir écouté, conclut le notaire Jean Tupelo à la façon d'une réunion des Alcooliques anonymes.

Le silence se fit et Jodi se tourna ensuite, sur sa droite, vers la rivière. La rivière, de son flot tranquille qui avait traversé plaines et vallées, se fixa sur un point imaginaire au fond de la salle. Une sorte de ligne d'horizon. Elle devait assembler ses idées et choisir ses mots. De la manière dont le font les orateurs pour capter l'attention de leur audience.

Comme toutes les rivières, celle-ci charriait dans son courant des éléments indispensables à la survie, parmi lesquelles des solutions, ou en tout cas leurs promesses. Le professeur Brazos Cormier ramena ses mains de chaque côté de la chaise et se leva de façon solennelle. Vous avez peut-être entendu parler de la bataille de Carencro…

Jodi LeBlanc

Il y avait un brouhaha dans ma tête quand je me suis réveillée. Une sorte de foule agitée où tout le monde parle en même temps. Sauf que ce n'étaient pas des gens. C'étaient mes pensées. Une foule de pensées différentes qui s'étaient accumulées comme des nuages poussés par le vent, luttant à laquelle prendrait le dessus, et je sentais que ça allait virer à la bagarre. Je crois qu'il s'était passé trop d'événements ces derniers jours. La vie s'était tout à coup remplie de problèmes et de solutions, d'histoires et de projets, de peurs et d'espoirs, de rires et de larmes, et de beaucoup de gens nouveaux. Ce n'est pas habituel pour moi. La vie est calme ici, d'habitude. Douce comme la lumière du soleil du matin, et de celui du soir. Je me lève tôt, avec la belle lumière, je prends une douche, j'enfile un jean, une chemise, j'attrape une cannette de soda dans le frigo et je pars dans mon pick-up truck.

Et moi j'aime cette vie-là. Je suis une fille de la campagne. Une fille des bayous. On aime bien que le temps prenne son temps, ici. Mais là, ce matin, j'avais toutes ces idées dans la tête. Je pensais à Alfie. Il y avait beaucoup de questions sur cette ligne-là. Ah oui, j'ai décidé de démêler les idées comme des lignes de pêche. J'ai appris à le faire avec mon grand-père quand j'étais gamine. C'était mon boulot sur le bateau, quand j'allais avec lui dans l'Atchafalaya. Démêler les lignes. Défaire les nœuds. C'est sans doute la raison pour laquelle je suis bonne pour tresser des cordes. J'y avais jamais pensé avant. C'est drôle comme les choses font leur chemin et resurgissent tout à coup. Si toutes les réponses aux questions qu'on ne s'est jamais posées pouvaient arriver comme ça, sans qu'on ait rien de plus à faire, ce serait bien.

*

La première action à entreprendre, avait indiqué le notaire Tupelo, était d'occuper cette maison pour prouver qu'elle n'était pas abandonnée mais dûment habitée. Ça éviterait une procédure de saisie conservatoire que pouvait déclencher le nouveau bailleur des locaux de l'institution Bon Temps pour récupérer l'argent des loyers impayés par une vente aux enchères. Là comme ailleurs, une procédure d'expulsion prendrait des semaines, voire des mois. Il fallait donc jouer la montre. Dans le même temps, il fallait aussi continuer à occuper l'institution Bon Temps pour qu'il ne puisse pas y faire mettre des scellés.

On fit donc venir un huissier à la maison Landreneau pour constater la réalité des faits. Jodi avait sorti de son pick-up la liste des objets demandés par Jean Tupelo, dont un lit pliant qui constitua le meuble appelé lit nécessaire à entériner l'occupation. L'huissier, un homme d'expérience nommé Raymond Bourque-DeJacques, jeta un regard circulaire. Il était bientôt l'heure d'aller pêcher dans l'Atchafalaya et certains rituels cajuns, comme la prise d'un poisson-chat, prennent le pas sur les détails vétilleux des inventaires de justice. Il y avait tout ce qu'il fallait pour attester l'occupation de la maison. Certifié, approuvé, et ligne de douze montée sur la canne pour attraper peut-être un black-bass, dont c'était la pleine saison.

Jodi resta seule dans la maison Landreneau dès le constat effectué, l'huissier devant revenir le lendemain pour confirmation. On avait nettoyé la partie du bas et elle s'aménagea une chambre de fortune où elle transporta le grand miroir abandonné à l'étage supérieur. Jodi avait toujours rêvé d'avoir un miroir comme ça. Un haut miroir entouré de bois, comme un tableau. Un miroir ancien, avec ses endroits patinés. En se regardant dans le miroir, elle se vit comme sur un cliché aux couleurs passées. Les jeux de lumière semblaient lui faire remonter le temps. Devant le miroir, il sembla à Jodi que son T-shirt et son jean troué aux genoux ne collaient pas au décor. Il aurait fallu une robe blanche, longue, serrée à la taille, ornée de dentelle, et tombant sur des bottines à lacets. N'ayant rien qui aille avec les moulures du plafond, le bois ancien des planchers, et le cadre vieilli du miroir, elle décida pour effacer ce sacrilège d'enlever ses vêtements. Un corps nu n'a pas d'époque. Il faisait encore chaud à minuit et personne ne viendrait avant le matin.

Jodi se contempla dans la glace. Elle savoura l'instant, remonta ses cheveux au-dessus de sa tête, tout était ton sur ton. Une sorte de sépia. Jodi tourna sur elle-même, offrant la rondeur de ses hanches à la caresse bleutée de la lune dans le grain du miroir. Quand même, ma chute de reins, à l'époque, elle aurait fait des ravages ! Son corps nu dansa, des gestes lents, une valse suspendue, en équilibre. Traversant les siècles, elle crut voir passer l'ombre de cavaliers galopant derrière les fenêtres, mais ce n'étaient que des branches basses agitées par le vent. Dans la glace il lui sembla voir un visage se superposer au sien. Un visage qui lui faisait face. Si elle n'avait pas elle-même posé ce miroir contre le mur, elle aurait pu croire à une glace sans tain, abritant une alcôve d'où quelque observateur caché la fixerait. Elle avança et plaça ses mains en visière contre la glace pour regarder à travers. Non, il n'y avait rien. Juste son imagination, une glace ancienne mal dépolie, et le mouvement des arbres dehors sous le vent, qui sculptait de ses jeux de lumière ces illusions. Le même vent qui faisait craquer le bois de la vieille maison sous ses coups de boutoir. Jodi dansa comme ça, sans musique, tournant sur elle-même, les bras en corbeille, enlaçant le rayon de lune qui traversait la fenêtre.

Soudain le vent tomba. Le silence se fit inhabituel. On n'entendait même plus le bruit des insectes et des grenouilles qui coassaient dehors. Un coup résonna. Jodi se figea et retint sa respiration. Elle entendait des bruits de pas, des mains qu'on posait sur le mur. Elle passa la tête par la double porte ouverte. Personne n'était là. Pourtant les bruits venaient de cette pièce. Voilà. La maison hantée. Les soldats confédérés. Dans le doute, ou peut-être pour se donner du courage, Jodi mit ses mains sur ses hanches et éleva la voix. Non mais les gars, vous avez pas honte ? Vos mères vous ont pas élevés ou quoi ? Je comprends que ça fait quelques siècles que vous avez pas vu ça, mais quand même, un peu de tenue, non ? Les bruits reprirent. Vous êtes puceaux ou quoi ?

Jodi remit son T-shirt et son jean. Bon ! Le spectacle est terminé. Elle s'assit à califourchon sur une chaise, croisa les bras sur le dossier et regarda droit dans le miroir. On va mettre les choses au point ! Vous avez compris ? Si vous avez compris, tapez trois fois. Contre toute attente, une rafale de vent vint gifler la maison, trois craquements espacés résonnèrent. En une fraction de seconde qui mit la chair de poule sur sa peau, Jodi oublia la science, la raison, la vraisemblance, la rationalité, les paroles du professeur Cormier, et se prit à croire aux histoires de fantômes de Sista Rosetta. Elle décida quand même, par précaution, de faire sienne l'inflexion qu'y avait, de façon préventive, apportée le révérend Billodeau. Si ces gars ne sont pas en enfer, c'est qu'ils ne sont pas si mauvais. Les mauvais vont en enfer, c'est écrit. Pas de raison d'en avoir peur. Jodi, rassurée à cette idée, se rapprocha du miroir et cogna dessus avec son doigt, de la façon dont on frappe à une porte. Toc-toc. Vous êtes là ?

Un craquement répondit.

Bon, vous êtes là ! Alors je vous explique : les fils de pute et les fantômes, c'est un peu mon écosystème d'origine, vous voyez ? Les bisons grandissent dans les plaines, les alligators dans le bayou, et moi j'ai grandi dans ce truc-là, les gens qu'on ne voit pas. Compris ? Vous êtes combien là-dedans ? Trois coups résonnèrent, comme un volet de bois qui claque ou une branche haute qui bat contre le bord du toit. Jodi acquiesça de la tête, c'est bien ce que je pensais !

Donc je continue : personne n'a peur de vous et personne ne va changer d'avis, alors le mieux c'est de faire avec. Et de la jouer profil bas. Elle expliqua la situation. Elle avait l'impression de parler pour elle-même, alors elle changea de ton. Je vous explique encore mieux. Vous êtes les petits veinards qui vont avoir de la musique black gratos et une fille canon comme coloc. Bienvenue au pré-paradis !

*

Est-ce que Jodi croyait aux fantômes ? Non. Bien sûr que non. Jusqu'à maintenant. Jodi prit cependant une décision. Celle de croire qu'il y en avait dans cette maison. Jodi décida d'y croire parce qu'Alfie y croyait. Il y croyait au point d'y avoir consacré sa vie. Alfie laissait derrière lui une trace de son passage sur terre. Une maison. Mais pas n'importe quelle maison. Une maison avec des fantômes. Et elle les avait entendus. C'est ce qu'elle venait de décider.

Jodi se sentit dans une communion nouvelle avec Alfie Guidry. Elle regretta de ne pas l'avoir mieux connu, de ne pas l'avoir assez serré sur son cœur quand il avait mal au dos, brisé par une vie à creuser le sol, ou que ses yeux, par moments, s'embuaient de tristesse. Alfie n'était pas fou, il avait l'étrangeté des saints. Alfie était un ermite, reclus en lui-même. Et il l'avait aussi été dans les rues. Avant de changer. De se fondre dans la foule pour devenir le public. Une sorte de multitude.

Alfie n'avait pas découvert le trésor. Les vérifications menées par le professeur Cormier, à partir de la carte en papier-calque, avaient conduit à identifier les endroits marqués de petites croix comme ceux où Alfie avait creusé. Seul, puisque personne ne le croyait. Et s'il avait abandonné, après tant d'années, c'est qu'il avait épuisé ses hypothèses, acquis la conviction ou la preuve que le trésor n'était plus là, ou qu'il ne l'avait jamais été. Épuisé, Alfie avait abandonné. On l'avait pris pour un fou. On avait eu tort. Il fallait que quelqu'un le croie, et ce serait Jodi LeBlanc.

Jodi avait l'intuition que le plan d'Alfie allait plus loin. Forcément. Qu'il lui passait une sorte de relais. Il lui confiait une maison et des fantômes. Un peu comme des personnages imaginaires. Ou un fils de pute qui existe mais qu'on n'a jamais vu. Qu'on devrait ignorer mais qu'on engueule quand même. Quelqu'un à qui parler. Sauf que là l'objectif était qu'ils répondent. Et puisqu'ils étaient censés en savoir long, qu'on leur tire les vers du nez.

Sur ce dernier point, Jodi avait une idée.

*

Depuis toujours, il y avait à la sortie de Lafayette, entre les entrepôts, les restaurants et les garages automobiles, une voyante qui tenait boutique. Et Jodi avait toujours voulu y entrer pour voir. Pour voir quoi ? Elle venait enfin de trouver.

Jodi gara son pick-up devant le bungalow orné d'une enseigne affichant : Spiritisme – voyante medium extralucide – la maison ne fait pas crédit. Une femme tellement lucide qu'elle s'astreint à refuser les paiements à crédit ? Jodi vit cela comme un bon signe. Elle coupa le moteur, prit une grande inspiration puis, ayant rassemblé son courage, claqua la portière et se dirigea vers la maison. Y a quelqu'un ?

Pas de réponse. En poussant la moustiquaire de l'entrée, Jodi se trouva face à une jolie Vietnamienne d'une trentaine d'années qu'elle identifia au premier abord comme étant la femme de ménage. La voyante est là ?

La voyante était là. La voyante était la jeune femme vietnamienne. Elle s'appelait Hông, et non elle n'avait rien à voir avec la voyante d'avant, une fille de Gentilly qui était partie à Las Vegas avec un camionneur, ni avec celle d'avant, qui avait hérité ce business de sa mère, qui elle-même le tenait de sa tante, morte de mélancolie à force de voir des horreurs dans le marc de café et de trouver du réconfort dans la gnôle frelatée achetée dans le bayou.

Hông était là depuis peu. Elle passait le plus clair de son temps à se faire les ongles, surtout ceux des pieds, qu'elle avait petits et fins. Elle tendit la jambe et montra ses orteils à Jodi, faisant tournoyer sous la lumière ces magnifiques attributs. Chaque ongle en était verni de couleur différente, comme des bijoux. Échantillons. Voilà le nuancier ! C'est vingt dollars les deux pieds et je te fais les mains pour moitié prix. Tu peux choisir la couleur là… Moi je prendrais le rouge comme tes lèvres. On dirait des fraises brillantes. Tu es en bonne santé, ça se voit. On fait le rouge alors ?

Jodi déclina poliment. Je ne savais pas que vous faisiez aussi les ongles. Hông afficha un sourire commerçant, je fais aussi des massages très bons. Des pieds. Et du reste aussi. Là c'est gratuit pour toi parce que je m'ennuie et que j'aime les femmes. Surtout celles avec des lèvres comme des fraises brillantes. Je promets que je ne mordrai pas. Hông était une jolie femme, aux traits délicats et aux yeux rieurs. Les clientes, comme les clients, ne devaient pas manquer pour ce genre de service. Visiblement, elle avait converti le commerce en une sorte de supérette où l'on pouvait trouver à peu près tout ce qui se fait, se dit ou se pose sur les ongles et la peau, des stickers aux baisers.

Jodi lui expliqua l'objet de sa visite et ce qu'elle attendait de ses talents de voyante, ou plus exactement de medium. Entrer en contact avec des fantômes. Le visage de Hông s'empourpra. Ah medium c'est pas moi, c'était celle d'avant. Moi je fais pas medium, plutôt du small et de l'extra-small, lança-t-elle en tournant ses seins puis ses petites fesses vers Jodi. Les petites bouchées offrent plus de plaisir, il faut les faire durer, ajouta-t-elle comme une nouvelle invite. Jodi acquiesça poliment. Et revint à son problème. Hông l'écouta sans quitter ses lèvres des yeux. Elle alluma une cigarette et se versa un verre de vodka texane Tito. Il se trouve qu'elle ne connaissait rien aux maisons hantées, au dialogue avec l'au-delà ou autres sorts et malédictions. Et elle n'y croyait pas plus qu'à l'honnêteté des vivants ou aux promesses de fidélité de ses amoureuses successives. Son truc à elle, c'était le tarot. Hông croyait que chacun porte en lui son destin et peut choisir de l'accomplir ou pas, il faut juste trouver où le lire. Voilà ce qu'elle croyait. Et puis elle croyait aux algorithmes et aux mathématiques.

Hông lisait le destin dans les cartes comme d'autres dans les diplômes. Une science exacte. Après s'être une nouvelle fois assurée que Jodi n'était pas partante pour un massage gratuit – tu es sûre hein parce que je me taperais bien tes lèvres et le reste aussi –, elle insista pour que Jodi mette un billet de vingt dollars sur la table, maintenant qu'elle l'avait dérangée, et tire cinq cartes. Jodi, embarrassée et quand même curieuse, s'exécuta. Hông retourna une à une les cartes que Jodi avait posées devant elle. Elle tira une bouffée de sa cigarette, but une gorgée de vodka et affirma d'un air définitif qu'elle y voyait trois choses. Une femme noire. Un poulet. Et une grosse somme d'argent. Jodi s'esclaffa, un poulet vraiment, vous êtes sûre ? Hông étudia les cartes à nouveau et se ravisa : peut-être deux.

*

En repartant, Jodi continua sur cette route qu'elle prenait dans son enfance pour aller à la pêche avec son grand-père. Parfois sa mère venait avec eux. Sa mère, à la surprise de Jodi, en savait long sur les poissons. Elle disait que les gens étaient des poissons, avant. Et qu'en cessant d'être des poissons, les mammifères sortis des marécages de la préhistoire avaient, dans leur longue mutation vers l'humanité, acquis d'autres qualités que ces minuscules trucs à écailles dans l'eau. Par exemple le fait d'être des sacs à merde. Jodi ne comprenait pas, si les poissons étaient devenus des gens, pourquoi il y avait encore des poissons. Et sa mère lui répondait, c'est parce que tu ne connais pas la théorie de l'évolution, ma fille. Jodi pensait alors que sa mère était supérieurement intelligente et savante. Mais peut-être que la mère de Jodi, Jeanne-Arcole Gautreau, n'avait pas la moindre compétence à s'exprimer sur la vie aquatique ou même la vie tout court, vu la constance avec laquelle elle avait détruit la sienne.

Jeanne-Arcole devait son deuxième prénom à une bataille gagnée par Napoléon, réputé avoir brandi un drapeau pour s'élancer à la tête de ses troupes et traverser ce foutu pont. Jeanne-Arcole n'avait, elle, rien conquis, à part l'intérêt d'un employé de plateformes pétrolières, vite renommé fils de pute, qui avait rapidement disparu sans laisser d'adresse. Elle avait, depuis lors, régné en maîtresse absolue sur la dépression et le désespoir. Et le seul pont qu'elle avait traversé enjambait un fleuve de whiskey à bas prix qui, mélangé avec les bons médicaments, irriguait son cerveau comme les rues d'après l'orage d'eaux opaques et boueuses, charriant toutes les ordures que les gens, c'est-à-dire le fils de pute, y avaient abandonnées. Jeanne-Arcole Gautreau s'y connaissait en poissons et en sacs à merde.

Jodi suivit la route et peu à peu des images se formèrent dans ses pensées. Des souvenirs. La caravane. Le panneau. La voyante d'avant la voyante. Enfin, celle d'avant celle-là, celle qui avait le trailer. Et Jodi se rappela que la peinture murale vers laquelle elle levait les yeux quand elle était enfant était différente. Elle représentait un jeu de cartes et une planche de ouija. Oui, il y a des années, la voyante d'avant la voyante, celle qui était vraiment medium ou supposée telle, avait peint sur sa devanture une planche de ouija. Un truc d'ici qu'on trouvait jusque dans les boutiques à touristes de Toulouse Street à La Nouvelle-Orléans. Une plaque de bois avec un alphabet gravé dessus en demi-cercle, les mots oui et non aux extrémités, et quelques couleurs basiques, rouge, blanc et noir si on veut la version décorée qui se rapproche d'une table de casino. En posant un verre ou un vieux fer à repasser de voyage dessus, et en chauffant avec la main, le ouija te pointe les lettres que lui dictent les esprits. C'était bien ça qui était dessiné sur le panneau devant la maison de la voyante.

Jodi se dirigea vers la brocante de Catahoula, une sorte de bric-à-brac avec un peu de tout, tout ce que les gens peuvent vendre pour quelques dollars et acheter pour à peine plus. Elle se rappelait avoir vu une vieille planche de ouija dans une des vitrines. Chase Perrodin, un ancien camarade de classe, tenait la boutique, il lui prêterait bien l'objet pour un jour ou deux sans dépôt de garantie. Quand on n'a rien d'autre sous la main et qu'on a décidé de croire à des trucs incroyables, une planche en bois et un fer à repasser ne sont pas plus idiots qu'autre chose comme téléphone avec l'au-delà. Foi de Jodi.

T'aurais dû passer la semaine dernière ! Chase Perrodin était désolé. Il avait vendu cette maudite planche. Il s'immobilisa en entendant qu'il venait de coller le qualificatif de maudite à une planche de ouija. Façon de parler, corrigea-t-il. Ils éclatèrent de rire. Un bon rire libérateur. En plus le mec a acheté la planche pour en faire une planche. Une planche de skateboard. Ces trucs reviennent à la mode. Le skateboard et le vaudou. Chase suggéra à Jodi d'aller jusqu'à La Nouvelle-Orléans pour en acheter une dans la boutique du révérend Zombie. Ils en ont tout le temps.

C'est quand Jodi chercha l'adresse sur son smartphone que cette idée se transforma en une autre idée. Jodi repartit vers la maison de retraite Bon Temps. Elle brancha son ordinateur portable sur le home cinema de la salle commune et projeta une des photos de planches de ouija qu'elle venait de trouver sur Pinterest. Voilà. Pas besoin d'aller en acheter une. Elle transporterait tout ça dans la maison Landreneau. Elle enverrait la photo de la planche sur le miroir. En inversant l'image à l'écran, elle arriverait à la projeter dans le bon sens. La souris sans fil de l'ordinateur ferait office de fer à repasser, juste une plus petite pointe qui se déplace en glissant, et le tour serait joué.

Sauf que le ouija, comme tout le monde le sait et le mode d'emploi l'explique, requiert des fluides contraires, donc au moins deux personnes, pour fonctionner. Et puis pour dire toute la vérité, qu'on y croie ou pas, ça fiche quand même un peu la trouille aussi.

Alors il fallait trouver quelqu'un.

Antwane DeVille

Quand l'ouragan a frappé, on avait barricadé les portes et les fenêtres avec de grandes plaques de bois clouées. On a l'habitude, ici. On avait débarrassé tout ce qui pouvait s'envoler, se projeter, s'affaisser. Tout ce que les vents tournoyants pouvaient emporter, on l'avait retiré des rues, des trottoirs et des jardins. Et nous les Indiens du Mardi gras de Moon River, on avait montré l'exemple, on avait mené les opérations.

Quand l'ouragan est passé, même s'il a causé des dégâts, enlevé des toitures, renversé des poteaux, le principal a tenu. Le quartier est resté là. Notre quartier. Nos maisons. Notre fierté. On peut être fier de peu, vous savez. Fier de venir d'un endroit pauvre et abandonné. Un endroit est ce qu'on y fait. Oui, c'est ce qu'on y fait qui compte. Et on y faisait des vies. Les nôtres. Un endroit où l'on fait des vies, des tous-les-jours, et des enfants, mérite le respect. Et la fierté. Alors nous étions fiers de notre quartier, de ses maisons usées, de ses jardins pelés, de ses trottoirs édentés. Nous étions fiers de nos rues crevassées par la chaleur, le soleil, les pluies et la misère. Nous étions fiers de notre endroit. On faisait tant avec si peu que je vous jure qu'on pouvait être fiers.

Alors quand Katrina est passé et qu'on est sortis dans la rue et qu'on a vu que notre quartier était sauf, on a été soulagés. Et d'une certaine façon, heureux. La pluie avait cessé et on était encore là. On avait dansé pour la chasser. Pour qu'elle s'éloigne. On avait dansé, avant, pour l'impressionner, lui crier qu'on était là. Et l'ouragan nous avait entendus. Il était passé un peu à l'est, vers le Mississippi. On a cru que c'était fini. On a cru qu'on était sauvés.

C'est là que les digues ont cédé. L'eau était tellement montée que les levées se sont effondrées et qu'un lac entier s'est déversé sur notre quartier, recouvrant tout. De nos rues, de nos vies, de notre fierté, il ne restait plus rien. On ne comptait plus les morts. Les gens emportés. Et ceux qui, même réfugiés sur le toit de leur maison, avaient les pieds dans l'eau et attendaient un hélicoptère ou un bateau pour les sauver. Quand l'eau se retira après des jours et des jours, il ne restait plus rien. Rien qu'un amas de gravats et de boue. Là où il y avait des maisons. Là où il y avait des rues. Là où il y avait des jardins. Tout avait été perdu. Du quartier des Indiens du Mardi gras de Moon River. Des rues de ma famille, mes cousins, mes voisins, il ne reste rien aujourd'hui.

Tous ceux qui avaient survécu sont partis. J'ai mis des années avant de pouvoir revenir. On ne nous l'interdisait plus mais quelque chose me l'interdisait à moi. La honte. La honte d'avoir été séparés, abandonnés, oubliés. La honte d'avoir vu nos rues dévastées, nos vies éparpillées. La honte de n'avoir plus rien quand nous étions fiers de si peu. La honte d'avoir perdu ma femme et notre fils. La honte d'avoir été dans la rue pendant des années. Sans-abri. En haillons. La honte là où il y avait eu la fierté. C'est ça que l'ouragan nous a fait. Et la pauvreté. Et tout le reste. Mais je suis revenu. Il y a sûrement une raison à ça, même si je ne la connais pas.

*

Jodi devait trouver quelqu'un pour cette séance de ouija. Sista Rosetta, qui était celle qui en savait sans doute le plus sur ce genre de pratique, ne se mêlerait certainement pas de ça, par superstition. Ti-Bone portait trop de douleur en lui pour aller traiter avec les oppresseurs de ses ancêtres. Le révérend Billodeau comme le Dr Chance rigoleraient devant ces histoires de fantômes qu'ils qualifieraient de superstitions « de bonnes femmes ». Ce qui déclencherait la colère légitime de Sista Rosetta qui leur lancerait à la figure qu'il vaut mieux être une bonne femme qu'un mauvais homme. Réplique qui vexerait immédiatement ces deux mâles bêta. Ti-Bone interviendrait alors pour dire que le problème avec leur communauté c'est qu'elle passe son temps à se déchirer au lieu de s'unir pour relever la tête face au joug de l'oppression. Sista Rosetta rétorquerait qu'on peut relever la tête sous le joug mais pas face au joug, le joug se situant derrière la nuque, comme chacun le sait, et pas devant. Ce qui mettrait d'accord les deux hommes de science et les placerait du côté de Rosetta, eux qui étaient en opposition avec elle une phrase auparavant. Ti-Bone les accuserait alors de s'unir, comme d'habitude, contre la plus élémentaire des sagesses. Ce qui aurait pour effet de décupler les railleries quand Sista Rosetta éructerait que même ces deux idiots étaient d'accord avec elle sur ce point, provoquant un nouveau revirement géographique qui les replacerait de l'autre côté de la ligne. Bref, on serait reparti pour un après-midi entier de chamailleries, d'éclats de voix, où chacun aurait autant de plaisir que de peine à hausser le ton, les épaules et la voix, trop heureux quand même au fond de faire passer le temps de façon moins monotone que la veille, ou l'avant-veille. À moins que ce ne soit les deux. On pouvait là aussi d'ailleurs trouver un autre sujet de désaccord pour relancer la machine.

Pendant ce temps-là, comme toujours, le grand chef Antwane DeVille se tiendrait en retrait dans son coin, faisant semblant de ne pas entendre mais hochant la tête à quelques saillies bien senties, pendant qu'il coudrait avec un fil de nylon des rangées de sequins sur le nouveau plastron bleu ciel et orange de son costume de Mardi gras. Oui, Antwane serait en train de coudre sur le tissu tendu sur un cercle de bois. Comme Pénélope, il était probable qu'il défaisait la nuit ce qu'il cousait le jour, car on ne voyait jamais cet ouvrage finir. Ni les disputes. Ni l'animation qu'elles mettaient dans chaque journée. Comme le filé dans le gumbo, le sel dans les haricots, que l'on aime ici rouges et croquants et de la marque Camellia, établie depuis 1923 à La Nouvelle-Orléans.

Antwane DeVille arriva donc par ses talents pour la broderie, la cuisine et la patience en haut du podium du choix de Jodi. Elle se souvint qu'il se comportait depuis quelques jours de façon étrange, sortant du réfectoire à reculons pour s'assurer de ne pas être suivi, mais c'était l'élu, le champion sur la plus haute marche. Il n'y en avait pas de meilleur. Et il avait mérité ce titre sans avoir rien fait, justement parce qu'il n'avait rien fait.

Le grand chef écouta avec attention Jodi lui exposer le projet, le système, ses modalités, son utilité. Il s'agissait du bien de tous. De l'héritage d'Alfie. Une mission sacrée. Le revers de la médaille, c'était qu'il allait falloir discuter avec les esprits de trois soldats confédérés, défenseurs des esclavagistes qui avaient acheté, vendu, et exploité ses ancêtres. Mais on n'avait pas le choix. Il faudrait bien de toute façon les avoir comme colocataires puisqu'ils étaient pour l'éternité condamnés à hanter cette maison. Autant mettre les problèmes sur la table tout de suite. Soit on avait cette maison et on pouvait rester ensemble. Soit on était dispersés dans des hospices aux quatre coins de la Louisiane et dans les misérables institutions de l'aide publique puisque personne ici n'avait d'argent ou de famille. Si ce n'était pas tout simplement à la rue. Et la rue, pour l'instant, personne n'y avait été à part lui.

Antwane fut touché par cet argument. Oui, la rue il l'avait connue, et la honte, et il ferait ce qu'il devrait pour en préserver les autres. Tout ce qui était en son maigre pouvoir. Après un long moment de réflexion, douloureux, il accepta de parlementer avec les troupes ennemies – en tout cas leurs fantômes – puisqu'il le fallait pour négocier leurs informations.

Deux raisons principales avaient motivé son choix. D'abord ils étaient morts, et un ennemi mort est vaincu. Ensuite ils n'existaient pas, ce qui en soi réglait la question. Si on décidait de leur parler quand même, même morts et non existants, Antwane voyait cela comme un interrogatoire et rien d'autre. Mais par respect pour ses ancêtres et mépris pour ces esclavagistes, il n'interagirait pas avec eux directement. Jodi serait le medium. C'est elle qui devrait laisser sa main sur la souris et il ne toucherait que cette main, posant la sienne dessus. À Jodi d'interpréter la chaleur et les vibrations et de laisser la souris bouger sans la retenir.

Jodi n'était pas totalement dupe de la tentative d'Antwane de garder sa main sur la sienne. Un des sujets de compétition favoris des pensionnaires de l'institution Bon Temps était d'accaparer Jodi le plus longtemps possible. De donner l'impression qu'elle le préférait ou lui accordait plus d'importance qu'aux autres. Tout le monde voulait être aimé de Jodi. Et chaque petit geste grappillé pouvait être une preuve ostensible et incontestable de sa faveur. C'est peut-être aussi en partie pour cela que le sosie du rappeur Snoop Dogg accepta de se retrouver en secret avec Jodi derrière une planche de ouija, à minuit, à la maison Landreneau.

*

Antwane, déposé par Courville, se présenta devant la vieille bâtisse quelques minutes avant l'heure convenue. Il avait apprécié ce trajet, assis à l'arrière comme un prévenu mais sans les menottes. Il avait insisté pour que Courville mette les gyrophares durant tout le trajet. Les flics font ça quand ils accompagnent des personnalités d'importance. Il faut dire qu'Antwane avait tenu pour la circonstance à revêtir son costume d'Indien du Mardi gras, son costume entier qui, même allégé du fait de son âge, pesait plus de trente kilos. Il avait d'abord enfilé son pantalon de sequins bordé de plumes jaunes, en ligne comme un galon sur toute la longueur. Il avait ensuite enfilé la chemise en soie brillante et par-dessus un plastron brodé de sequins de couleurs vives représentant une tête d'Indien de profil, sur un dégradé couleur soleil couchant. Tout autour étaient incrustés des signes géométriques ainsi que le nom du quartier, Moon River, la rivière de la lune. Et bien entendu deux lunes symétriques, à des phases différentes de leur cycle, gibbeuse croissante et décroissante, à la place des lettres o du mot Moon, écrites en arc de cercle sur le haut du plastron.

Enfin le grand chef Antwane DeVille avait avec cérémonie enfilé sa coiffe de plumes, dont les deux rangées descendaient en procession jusqu'au sol. Il avait pris sa lance, entourée d'un long fourreau d'étoffe orné de plumes et de gris-gris. Tracé sur son visage avec ses doigts joints les traits horizontaux des peintures de guerre et de fête. Laissant sa main droite non gantée, il s'était approché de la petite table d'un pas solennel. Antwane se parait ainsi de siècles d'histoire pour affronter les fantômes du passé. Un uniforme contre les uniformes.

Jodi, qui ne l'avait jamais vu ainsi en costume complet, leva les yeux, émerveillée. Comme l'apparition d'un ange de lumière, et dans toute sa majesté, le grand chef des Indiens du Mardi gras de Moon River s'assit devant la planche de ouija que constituaient la souris d'ordinateur et le tapis de mousse plastifiée glissé dessous, tourna son visage vers Jodi, et lui fit signe d'un mouvement de tête qu'elle pouvait commencer.

Jodi baissa les lumières et régla le projecteur. Elle se plaça devant l'écran et posa sa main sur la souris pour l'amener au centre de la planche d'ouija. Elle tourna la tête vers Antwane qui posa sa main sur la sienne, la recouvrant de la façon dont on abrite un oiseau blessé. Sa chaleur se diffusa dans la main de Jodi. Vous êtes là ? demanda-t-elle en direction du miroir. Rien ne vint. Elle recommença plusieurs fois. Chaque fois, Antwane recouvrit avec précaution de sa main l'oiseau palpitant. Au bout de quatre tentatives, il perdit patience. Maudits sudistes, grommela-t-il. Maudits, justement, il se trouve que ces gars l'étaient et qu'ils devaient le savoir, car le pointeur de la souris se dirigea vers le mot oui. Le contact était établi.

Jodi n'était pas sûre que sa main ait suivi la souris qui se déplaçait. Peut-être l'avait-elle par surprise poussée de quelques millimètres. Elle retint en tout cas l'option première et s'éclaircit la voix. Je vais vous poser des questions, vous répondez par oui ou non. La séance commença. Vous êtes des soldats confédérés ? Oui. Vous êtes morts ? Oui. Vous hantez cette maison ? Oui. Vous voulez parler ? Jodi eut la sensation, alors que la souris de l'ordinateur, dans sa main, ne bougeait pas vraiment, que le pointeur se déplaçait imperceptiblement vers le mot oui. Vous savez où est le coffre ? Le pointeur se dirigea vers oui. Puis vers non. C'était sans doute un faux mouvement de Jodi. Elle reprit, se concentrant. Vous pouvez nous dire où est le coffre ? Désignez la première lettre ! Le pointeur se dirigea à nouveau vers oui, puis vers non. Jodi reprit : je recommence, pouvez-vous désigner la première lettre de l'endroit où est enterré le coffre ?

Le pointeur se dirigea à nouveau vers oui… et non. Jodi et Antwane échangèrent un regard. Pourquoi oui et non ? Antwane était méfiant. Il était évident pour lui que c'était un piège. Il demanda une pause et un conciliabule hors de la maison.

Jodi et Antwane s'éloignèrent de quelques dizaines de mètres, à contre-vent, pour ne pas être entendus. Si Antwane prenait toutes ces précautions c'est qu'il était convaincu que les sudistes essayaient de les manipuler en ne lâchant rien. Tu comprends, s'ils ne répondent que par oui ou par non, c'est pour nous faire déballer tout ce que l'on sait. Du point de vue de la logique et des techniques d'interrogatoire et de contre-interrogatoire, l'assertion d'Antwane se tenait. Une tactique classique pour savoir où en est l'adversaire. Valider ou invalider ses hypothèses sans rien lui apporter de plus. Antwane, formé par de nombreux séjours sous la lampe des commissariats de La Nouvelle-Orléans, du temps de sa jeunesse, aurait fait un brillant agent de renseignement. Le problème est qu'on ne savait rien. On n'avait pas de questions à poser. Encore moins d'hypothèse à vérifier.

La technique la plus efficace, comme dans toute négociation, était donc de gagner la confiance de l'interlocuteur en donnant des gages de bonne foi. Un bon accord est celui où les deux parties sont gagnantes. Les gars sont des militaires, ils doivent pouvoir comprendre ça. On commença à échafauder des stratégies, des questions qui mènent aux questions qui mènent aux questions. On sait que la vieille esclave les a vus. Et ils ne savent pas jusqu'où elle les a vus. Oui mais nous non plus. Ça, ils le savent pas. Mais nous non plus. On tournait en rond. La vieille femme de la légende avait vu trois soldats. Et Jodi avait entendu trois coups. Trois esprits squattaient la maison. Étaient-ce seulement les mêmes ? C'est peut-être pour ça qu'on n'obtenait rien.

Le vent était tombé, les moustiques assaillaient Jodi et même Antwane, pourtant protégé par sa lourde carapace de sequins et de perles. Ces maringouins étaient obstinés. Un moindre trou dans la cuirasse et ils faisaient de toi un festin. Les deux négociateurs durent battre en retraite et reprendre là où l'on en était resté en faisant très attention. Sur le chemin du retour Jodi eut une révélation. Elle se frappa le front. Mais non, on a tout faux. C'est beaucoup plus simple que ça.

Jodi venait de se rappeler le pourquoi des X à la fin des noms cajuns. Quand les gens ne savaient ni lire ni écrire, ils signaient d'une croix à côté de leur nom. Les Américains l'ont recopié ainsi sur les registres ensuite. C'est comme ça que des Thibodeau sont devenus des Thibodeaux, des Arceneau des Arceneaux, des Boudreau des Boudreaux etc. Les fantômes étaient de jeunes soldats, des gars du Sud, sans doute de petits fermiers, des trappeurs ou des bûcherons. S'ils ne pouvaient répondre que par oui ou non, c'est parce qu'ils ne connaissaient pas l'alphabet. Jodi rentra dans la maison d'un air déterminé. Elle tenait sa première question.

La question, comme toutes les bonnes questions auxquelles on ne peut répondre que par oui ou par non, contenait déjà sa réponse. Le pointeur de la souris se dirigea donc vers oui. Les gars ne savaient ni lire ni écrire. Ça n'allait pas aider.

Pour compliquer le tout, le petit générateur de courant s'éteignit, à court d'essence. Jodi avait oublié de faire le plein. De toute façon, il était tard. Jodi ramena Antwane à la maison Bon Temps dans son pick-up rouge. Antwane continuait à douter. Toujours se méfier de l'homme blanc avec un uniforme et de l'homme noir avec un costume d'Indien ! lâcha-t-il. Jodi aimait son humour et sa gentillesse depuis le premier jour. Vous serez bien ici, vous verrez. Oui, elle était bien. Ils étaient bien. Elle n'avait pas vu passer la soirée et ils s'étaient bien amusés, comme deux gosses qui jouent à se faire peur.

Chaque jour elle aimait davantage ces vieux facétieux qui mettaient tant de joie en partage dans chaque instant de vie. Elle se pencha pour embrasser le vieux farceur dans le cou, fit une embardée, évita un armadillo qui traversait la route, faillit verser dans le fossé mais redressa à temps et chanta en faisant danser ses épaules au son de la radio, vitres ouvertes dans l'humidité du soir.

*

Après avoir déposé Antwane, Jodi alla remplir un bidon d'essence pour le générateur et rentra dormir à la maison Landreneau. Les fantômes s'étaient remis à taper aux murs, ou peut-être le vent, ou n'importe quoi qui aimait la voir déambuler en petite tenue devant la glace, à commencer par elle-même. Alors elle les mit en garde pour le lendemain. Jodi avait réfléchi en route et elle avait trouvé son argumentaire.

Depuis tout ce temps, ils s'étaient efforcés d'éloigner les gens, de persuader les autres de leur présence. Ils avaient habité les peurs, les superstitions, les histoires. Si personne ne croyait plus en eux, si plus personne n'avait peur, si plus personne ne se détournait, n'évitait les lieux, ne se signait au passage, si personne ne préférait oublier cet endroit plutôt que de l'utiliser, alors la maison serait vendue. Les gens qui l'achèteraient la raseraient pour se construire un ranch ou une résidence de luxe. Deux coups de bulldozer et on brûlerait les planches, le bois, l'âme des lieux. Et les trois âmes en peine qui les hantent.

Ils seraient perdus pour l'éternité. Comme les choses auxquelles personne ne croit plus. Ils disparaîtraient, frappés de la pire des malédictions, celle qui vous efface pour toujours. Non, ils ne pouvaient pas laisser faire ça. Ils étaient là pour une raison. Ils devaient se racheter avant.

On est votre seule chance, les gars. Alors il va falloir cracher le morceau, et fissa !

*

L'argumentaire énoncé fut entendu, ou peut-être que c'est ce soutien-gorge enlevé face au miroir qui fit le travail, ou la chute de reins sous la lueur bleutée de la lune, mais la deuxième tentative, le lendemain, s'avéra plus fructueuse.

Quand le soir arriva, Jodi fit à nouveau le plein du générateur et attendit que la nuit complète se fasse. Le grand chef DeVille avait troqué son costume d'Indien pour un survêtement plus léger. Jodi et lui avaient, dans l'après-midi, développé une technique de ouija pour illettrés et fini par remplacer la planche par une carte. Celle dessinée par l'étudiant Alfie, qu'avait transmise en PDF Brazos Cormier. On pointa des lieux, n'importe quel soldat, même illettré, étant capable de lire une carte. Au bout d'une vingtaine d'endroits passés en revue, on obtint un oui. Un oui confirmé.

Antwane eut alors l'idée loufoque de prendre la voiture pour emmener les gars faire un tour de reconnaissance. Il fallait pour ça déplacer la fenêtre par laquelle ils voyaient le monde d'aujourd'hui. Le miroir. Jodi avait tout d'abord eu un peu de mal à suivre le raisonnement d'Antwane. Si un fantôme peut être coincé dans une maison et voir ce qu'il y a devant un miroir, il le verra où que soit celui-ci, sans quitter la maison pour autant, non ?

Face au scepticisme de Jodi, Antwane développa son argumentation : est-ce que tu crois qu'un simple petit écran dans la main appelé smartphone te permet de voir et d'être vue à l'autre bout du monde ? Oui ? Alors imagine que ce miroir est leur téléphone portable. Antwane avait façonné là une forme de logique irréfutable. Si des bouts d'aluminium et de plastique soudés ensemble peuvent faire ça, pourquoi pas du bois et du verre ?

Jodi se demanda ce qui, de l'imagination débordante, la confiance dans les lois de la physique, ou la mauvaise foi d'Antwane DeVille, prévalait dans cette explication. De toute façon, une bonne balade ne ferait de mal à personne. On avait un lieu et on continuait à bien s'amuser. Il fallait juste trouver une personne assez forte pour porter ce miroir. Antwane avait déjà en tête un candidat, quelqu'un avec les bras trop longs qui pourrait tenir l'objet à distance devant lui.

On fit donc revenir Courville et on se rendit au point désigné. C'était, dans une zone commerciale, l'emplacement d'un magasin de matériel à bas prix. L'équipage, formé de ces trois passagers et des trois fantômes confédérés censés avoir le nez collé derrière la glace d'un miroir, descendit avec précaution de la voiture et s'avança vers le hangar.

Si quelqu'un regardait les images de la caméra de surveillance qui était au coin du toit, voici à peu près ce qu'il voyait : un géant avec une carrure de *linebacker*, des lunettes noires sur le nez en pleine nuit et sur la tête une casquette ornée de la fleur de lys de l'équipe de foot des Saints de La Nouvelle-Orléans. Le gars promenait un miroir entouré de papier bulle protecteur, s'efforçant d'éviter les lumières directes des projecteurs à diodes qui entouraient le bâtiment. Un détail étrange est que le gars avait des bras à rallonge. Un peu comme un type avec des échasses mais aux bras, tu vois ? Derrière lui marchait une silhouette féminine en débardeur, beaucoup plus petite et le visage recouvert d'un passe-montagne malgré une température ressentie de près de trente degrés encore à minuit, et le rappeur Snoop Dogg – si si je te jure mec, c'était lui, je l'ai bien reconnu – qui les suivait de sa démarche élastique. Les trois étaient en train de déambuler, semblant utiliser le miroir comme une lampe de poche sans lumière.

Bien sûr, si l'opérateur qui avait vu cela s'avisait de le raconter ainsi à n'importe qui, son interlocuteur penserait qu'il avait surtout vu de Snoop Dogg un de ces cônes fumants que le rappeur consomme du matin au soir, et que c'était un motif de licenciement puisqu'il était sur son lieu de travail. Les hallucinations – cette herbe devait être trempée dans du LSD pour donner des visions pareilles – n'étaient pas dans la charte de bonne conduite affichée au dos de la porte des vestiaires.

Du point de vue des trois visiteurs nocturnes, on était bien, en tout cas, sur le bon lieu. Les esprits avaient approuvé. Le miroir s'était mis à trembler au bout des bras de Courville, qui avait failli le lâcher. On avait dû se mettre à trois pour le stabiliser avant que Courville ne retrouve la force suffisante pour le rapporter jusqu'à la voiture. Mais les confédérés n'avaient rien reconnu. Il n'y avait plus ni arbre, ni chemin, ni ruisseau depuis longtemps, par là. Restait juste un morceau de terrain vague pas encore bétonné derrière le grand entrepôt, au milieu d'autres entrepôts, au bord d'une route croisée par une autre route. En imaginant qu'il y ait eu un jour un trésor caché là, il était passé des dizaines de pelleteuses, de bulldozers, de camions de bitume, de rouleaux de terrassement et d'ouvriers. Et s'ils n'avaient rien trouvé, c'est qu'il n'y avait rien.

Courville devait reprendre son service et, tous gyrophares tournants, fonça remettre le miroir en place à la maison Landreneau avant. Jodi raccompagna Antwane à pied vers l'institution Bon Temps où elle avait garé son pick-up, déçue que la chasse au trésor se termine déjà.

C'est là qu'ils aperçurent au bord de la route cette tractopelle.

*

Les idées les meilleures, comme les pires, naissent souvent d'une inspiration. Et l'inspiration peut naître de tas de raisons, un sentiment, un souvenir, un reflet sur l'eau, une émotion devant la beauté d'un soir ou d'un matin, un nom entendu, un endroit rêvé, et même une tractopelle jaune.

Il se trouve qu'Antwane DeVille, le dernier des Indiens de Moon River, savait conduire et manœuvrer ce genre d'engin. Une conséquence de l'ouragan Katrina. Antwane avait été évacué vers Houston où on lui avait proposé ce job. Creuser des tranchées avec une tractopelle. Des tranchées pour le câble. Pour des fils qu'on enterre, quand chez lui on déterrait corps et objets des maisons brisées. L'expérience n'avait pas duré longtemps. Un mois à peine avant qu'il ne se retrouve licencié et à la rue. Mais il avait eu le temps d'apprendre à manœuvrer les commandes avec précision. Antwane avait joué suffisamment de batterie dans son jeune âge pour avoir une bonne indépendance des mains et des pieds entre pédales et leviers.

Il ne lui fallut que quelques secondes pour faire démarrer l'engin. Il connaissait le truc. Les ouvriers enlèvent le cordon du démarreur et le planquent derrière une roue. Jodi vit donc dans la lumière des projecteurs, à moins que ce ne soit dans celle de la pleine lune, la tractopelle entrer en toussotant derrière les palissades du parking à l'arrière du magasin, là où le chantier n'était pas encore terminé. Personne n'avait encore bétonné là, et le coffre n'ayant pas été découvert, il ne pouvait être que dans ce petit rectangle grand comme deux places de parking. On avait retrouvé la foi. L'envie. Et si les confédérés avaient essayé de nous tromper encore une fois, ils en seraient pour leurs frais.

Antwane DeVille manœuvrait tout sourire. Les dents de la pelleteuse mordirent la terre, une fois, deux fois, trois fois. On excava une vieille roue de voiture, un barbecue rouillé, une poussette cassée, une selle de vélo ainsi qu'une quantité impressionnante de cannettes de métal, jetées par-dessus les palissades et enfouies par les pluies et la boue. Mais de coffre ou de trésor, pas. Il fallut se résoudre à accepter le jugement premier. Il n'y avait rien ici. Antwane ramena la tractopelle à l'endroit où il l'avait prise, suivi par Jodi. Une fois qu'elle fut remise en place, Jodi implora Antwane de la laisser monter dessus juste trente secondes pour faire quelques mètres. Elle avait toujours rêvé de conduire un de ces engins. C'était l'occasion unique et inespérée, et au moins on n'aurait pas perdu cette soirée à creuser pour rien.

Antwane, fier de partager son savoir et de garder l'attention de Jodi encore un peu sur lui, lui montra les rudiments et s'écarta de quelques pas. Jodi enclencha la vitesse. La tractopelle avança d'un mètre. À ce moment-là, les lumières bleues et rouges d'un gyrophare de police se mirent à tourner au coin de la rue et une voiture de service s'approcha, faisant brièvement rugir sa sirène. Une voix métallique sortit du haut-parleur : descendez et couchez-vous sur le sol, mains à plat, bien en vue.

Jodi à plat ventre, nez sur le bitume, entendit des pas approcher, vit un genou se poser à côté d'elle, sentit des mains se poser sur ses poignets et les rassembler dans son dos pour y passer des menottes. Le policier lui ordonna de se relever lentement alors qu'il la tirait en arrière. Il n'accorda aucune importance au sans-abri afro-américain qui était assis plus loin et qui rigolait tout son saoul. Un SDF fou. Il y en avait de plus en plus avec toutes ces nouvelles drogues dans les rues. Jodi remarqua en se relevant l'uniforme beige du policier et lut les lettres SHÉRIF sur le côté de la voiture. Vous êtes en état d'arrestation, articula d'une voix ferme le policier. Une autre voiture de shérif arriva en renfort et Jodi vit avec soulagement Courville en descendre.

Courville lança à son collègue, c'est bon je la connais. Sauf que le collègue venait de signaler l'arrestation dans sa radio. Une fois les menottes passées, il ne pouvait plus revenir en arrière et refusa de la laisser partir. Il fallait trouver quelque chose. Jodi fixa Courville avec un grand sourire et des yeux ronds comme des billes. Elle cria : je ne peux plus me retenir.

Quand il vit le liquide qui était en train de se répandre le long du pantalon de Jodi et s'étaler le long de ses cuisses jusqu'au sol, le collègue, préférant éviter un nettoyage complet de la banquette arrière de sa voiture, laissa Courville l'emmener au poste. Jodi, hilare, arriva donc assise sur une bâche plastique que Courville allait devoir rincer au jet d'eau et faire sécher avant de la remettre dans le coffre.

Elle dut jurer de ne pas réitérer l'exploit dans le pantalon sec que lui proposa Courville. Mec, j'ai une vessie d'infirmière, on doit se retenir des nuits entières parce qu'on n'a pas le temps d'y aller. Tu peux pas imaginer le mal que j'ai eu à y arriver. T'as déjà essayé de pisser dans ton pantalon en public de ton plein gré ?

En tout cas son subterfuge avait marché. Courville lui glissa à l'oreille qu'il s'arrangerait pour qu'il y ait une erreur de prénom sur le registre des entrées. Des Johnny LeBlanc ici, il y en a quelques dizaines. Tu préfères Janie LeBlanc ? Motif : miction sur la voie publique. Jodi passa donc la nuit dans le pantalon trois fois trop grand pour elle que Courville avait sorti de son casier du poste de police. Il alla ensuite déposer celui de Jodi, avec sa culotte, dans une machine à laver à pièces à côté de la station-service.

En arrivant à la maison Bon Temps, au matin, dans son jean fraîchement lavé, Jodi sentit une bonne odeur de friture et trouva dans la cuisine la seule femme de l'institution qui mitonnait ce fameux ragoût de poulet dont elle avait hérité la recette de son enfance. Dans un faitout de fonte, Rosetta faisait frire quelques oignons émincés, bientôt rejoints par des tomates, du céleri et des poivrons hachés fin.

Jodi marqua un temps d'arrêt. Elle compta les morceaux de carcasse découpés sur la planche de bois. Dans sa tête elle assembla les morceaux, cuisses, blancs, ailes, pour reconstituer les volatiles. Elle recompta une nouvelle fois, partant du côté opposé de la planche pour confirmer. C'étaient bien deux poulets qui s'apprêtaient à finir en ragoût devant elle, entre les mains expertes d'une femme noire.

Jodi, qui n'était même pas sûre de vraiment croire aux fantômes, accueillit avec la joie modeste des révélations l'idée que la prédiction de la voyante vietnamienne soit en train de se réaliser sous ses yeux. Une grosse somme d'argent, une femme noire, et un poulet, peut-être deux !

Sista Rosetta

Ma décision est prise. Je ne sais pas pourquoi, mais il faut que j'intervienne. En tout cas je ne peux pas continuer à m'en laver les mains. Ces gens ne savent pas à quoi ils se confrontent. Il faut faire les choses dans l'ordre.

La première est de dresser un petit autel dans un coin de la pièce. J'ai apporté une bougie. Quelques coquillages. Et une poignée de poudre de brique dans un papier plié. Ce n'est pas n'importe quel papier. Il contient les noms des saints du calendrier. En parlant de saint, j'ai mis une image du plus grand d'entre tous, saint Antoine de Padoue. Il est, dans le vaudou de La Nouvelle-Orléans, vénéré comme le deuxième après Dieu.

Attention, il faut bien compter. Il y a le Père, le Fils, et le Saint-Esprit, qui font Un, et après il y a saint Antoine en deuxième. La Vierge Marie est la Vierge Marie. C'est la mère de Dieu et elle est au-dessus de tout compte. Sainte Marie mère de Dieu. C'est dans le Je vous salue Marie. Toutes les cérémonies et réunions des femmes vaudoues commencent par cette prière, qu'elles appellent invocations. Donc j'ai mis une petite statue de la Vierge aussi. Une petite figurine de plâtre peint. J'ai mis la vierge de Guadalupe des Mexicains car elle est noire. Et quelques colliers de perles. Les perles sont en plastique car ce sont des colliers de Mardi gras, mais c'est le collier qui compte, pas les perles.

Le papier plié est dans un mouchoir rouge. La poudre de brique est importante car elle vient ce qui construit et qui dure. Tous ces objets sont des préparations. Des protections. On appelle ça des gris-gris. Et il faut de l'eau de Cologne pour asperger le sol. J'ai acheté un petit flacon de Florida. C'est la moins chère et celle qui protège le mieux. Elle est connue pour ça. J'avoue que c'est aussi parce que j'aime bien le petit flacon et le dessin de l'étiquette. Du coup je l'ai laissée sur l'autel aussi. Avec un pot d'aloe vera, car l'aloe vera soigne tout. Ça pousse un peu partout ici et tous les esclaves savaient que ça guérissait les brûlures, les coups de soleil, le mal de ventre, la douleur des coups.

Je verse de l'eau de Cologne autour de l'autel avant d'invoquer les guédés, les saints vaudous. Car tous sont des intermédiaires avec le bon Dieu. Voilà ce qu'il faut faire. Et s'habiller de blanc.

*

On n'avait pas encore la grosse somme d'argent, mais on avait les deux autres parties de la prédiction des cartes de Hông, alors Jodi avait joué le tout pour le tout. Ça tombait bien. Sista Rosetta, qui s'était jusque-là tenue loin de toute cette affaire, avait fini par s'en mordre les doigts. Jodi, sa complice des après-midis de papotage et de massage des jambes, semblait ailleurs, ne le faisant plus que de façon embarrassée, évitant en permanence le seul sujet dont elle avait envie de parler.

D'habitude, Jodi massait les pieds à Sista Rosetta en écoutant ses confidences. C'était un des rituels incontournables de chaque journée. Leur moment. Du fait de sa mauvaise circulation sanguine, due à un excès de sucre dans le sang ou peut-être l'inverse, Sista Rosetta avait les jambes qui gonflaient et portait des bas de contention. Il fallait chaque jour les enlever et lui masser les pieds avec de la crème pour faire circuler le sang et détendre la peau. C'était pour Sista Rosetta un moment de délice qui adoucissait jusqu'à son mauvais caractère et elle était prête pour le prolonger à livrer des pans entiers de son enfance ou de son imagination, au choix, à Jodi qui s'en délectait.

Bien sûr, chaque fois que de nouvelles crevasses apparaissaient aux pieds de Sista Rosetta, Jodi lui enjoignait de changer ses chaussures. Leur cuir durci par la chaleur et la transpiration lui entaillant les chevilles, Jodi devait oindre les blessures de crème antiseptique pour éviter les infections. Sista Rosetta acquiesçait en promettant d'aller avec Jodi en acheter en ville mais toutes deux savaient qu'elles n'en feraient rien. Rosetta avait une sorte de superstition – une de plus – avec ses chaussures. Qui sait où une nouvelle paire l'emmènerait ? Celles-ci connaissaient tous les trajets, les chemins, y compris ceux à éviter. Rosetta se sentait protégée en les portant.

Ce n'était donc pas le moment d'en changer car Rosetta avait décidé de revenir dans le jeu. Retrouver sa place. Sa fierté. L'importance qu'elle avait aux yeux des autres. À ses propres yeux, même. Elle accepta donc d'entendre les arguments de Jodi. Si les cartes avaient parlé, il fallait les entendre.

Une fois l'eau de Cologne Florida achetée et la question des superstitions mise en perspective, le duo des négociateurs compta un membre de plus et devint un trio. Rosetta mit de côté les pattes des poulets pour les faire sécher au-dessus du feu, puis en confectionna un gri-gri propice à éloigner le mauvais sort. Habillée de blanc et un foulard tout aussi blanc noué à la créole autour de la tête, elle le tint en main pour expliquer la situation face au miroir de la maison Landreneau, le brandissant comme un goupillon à chaque phrase qu'elle prononçait.

Vous écouterez de votre côté du miroir. Goupillon. Et vous y resterez. Goupillon. Voilà ce que je peux dire de mon côté. De ce qui a été porté à ma connaissance. Goupillon. Alfie n'a pas cherché l'or par hasard. Il est en affaire avec le Baron Samedi. Goupillon. Car comme les guédés, esprits du vaudou, Alfie Guidry avait plusieurs noms, il était aussi Alphonse Landreneau, et peut-être d'autres aussi. Goupillon. Pour une affaire comme celle-là, la seule qui peut intercéder est Maman Brigitte, qui fait boutique avec le Baron Samedi. Goupillon.

Le raisonnement de Sista Rosetta se justifiait sans doute dans la logique des personnages du vaudou mais il était un peu compliqué à saisir pour les non-initiés. Jodi la pria de continuer en termes plus simples. Rosetta y vit une reconnaissance de sa science et s'en montra flattée. Elle poursuivit, oubliant cette fois les ponctuations du goupillon. Ce que Maman Brigitte a scellé avec le Baron Samedi, seule elle-même pourra le desceller et son mari vous ouvrira la porte du Ciel qu'il garde fermée. Les femmes ont ce pouvoir sur les hommes. Sur leur homme.

Si Alfie est reparti, c'est que sa mission à lui était terminée et nous devons faire ce qu'il nous demande pour satisfaire Maman Brigitte. Rendre l'or. Voilà ce que je crois. Ce que je sais. Si vous existez, c'est que tout ça est vrai. Si vous n'existez pas, vous existerez pour nous et nous nous appuierons sur vous comme sur une canne pour aller où nous voulons. Voilà ce que j'ai dit sous la protection du Grand Père Serpent, Voodoo Magnian.

Sista Rosetta fit un signe de croix avec le goupillon en pattes de poulet séchées, projetant ensuite dans l'air des gouttes d'eau de Cologne Florida qu'elle inspira pour s'en gonfler les poumons. Sa main se posa sur celle du grand chef Antwane DeVille, qui venait de poser la sienne sur celle de Jodi qui venait de poser la sienne sur la souris d'ordinateur. La petite flèche sur l'écran se déplaça alors vers le mot non chaque fois que Rosetta prononçait le nom d'un lieu… puis vint enfin un oui.

*

Les esprits, ou le hasard, faisaient bien les choses car l'endroit qui fut désigné par la planche de ouija était un quartier que Sista Rosetta connaissait parfaitement. Celui d'un lieu où s'étaient établis les esclaves affranchis. Freetown. On arriva peu à peu, en affinant les recherches, à des zones pavillonnaires habitées encore plantées d'arbres préservés des ouragans, des orages et des tronçonneuses. Il fallait enquêter sans éveiller les soupçons. On décida de constituer des équipes pour aller sur le terrain et d'enrôler un quatrième conjuré pour mener à bien cette nouvelle phase des recherches.

Ainsi, pendant que Jodi et le grand chef Antwane DeVille parcouraient les alentours, repérant le moindre bosquet, un vieux couple constitué de Sista Rosetta et du Dr Chance, homme qui avait tiré de son patronyme une sorte d'autorité, se présenta dans quatre rues différentes. La larme à l'œil de redécouvrir les lieux de leur jeunesse, les maisons où ils avaient habité, les deux adorables vieillards suscitèrent assez de sympathie pour se faire inviter à entrer, prendre un thé, caresser la tête du chien, le dos du chat, manger un cookie tout chaud sorti du four, confus de se tromper quand il s'avérait que la famille était là depuis plusieurs générations, dans la même maison, qui ressemblait à s'y méprendre à celle de leurs souvenirs.

Autre atout majeur, Chance parlait le kouri-vini, le créole des anciens esclaves de Louisiane, ce qui lui permettait de gagner la confiance des gens qu'il croisait. Il l'avait appris enfant, alors que ses parents se disputaient dans cet idiome pour ne pas être compris de leur progéniture ou évoquer des sujets qu'elle n'avait pas besoin d'entendre, critiques sur les voisins, injustes rumeurs de coucheries. Bien sûr les enfants comprenaient tout. Le kouri-vini pratiqué par Charles Arceneaux dit Dr Chance était donc largement nourri d'insultes, de vocabulaire exprimant la jalousie, la rancune, l'argent perdu au jeu et parfois de petits mots amoureux, réservés aux instants de réconciliation. Le reste se situait plutôt du côté des banalités échangées avec les cousins, donc de quoi aborder n'importe qui venant du même coin.

Le numéro du couple fonctionnait bien mais arriver à ce résultat avait demandé une intense préparation. Sista Rosetta et le Dr Chance devant ressembler à un vieux couple, ils avaient dû travailler à se rendre crédibles. À commencer bien sûr, et plus que tout, à leurs propres yeux. Que faisait ce vieux couple ? Comment était-il habillé ? Avait-il des enfants ? Aucun des deux n'ayant la moindre expérience de cela, on décida d'évacuer ce sujet. Ensuite il fallait savoir pourquoi on était venu dans ce quartier, ou celui d'à côté, pourquoi et quand on en était parti, et trouver l'occasion de glisser quelques questions. Après être passé par de nombreux scénarios et de multiples versions, on décida de rester soi-même. Des artistes. Des musiciens. Des saltimbanques.

Chacun dans cette communauté aime les musiciens. On inventa donc de faux souvenirs. On évoqua des travaux, un géomètre qui mesurait côtes et monticules. Ce vieux SDF fou qui creusait comme un armadillo. Mais personne nulle part n'avait rien à dire là-dessus. Les travaux, les arbres, les géomètres, il y en avait partout, tout le temps. À chaque tempête, chaque ouragan, chaque inondation, ils revenaient mesurer les dénivelés. Des arbres, il y en avait dans chaque jardin. Et des vieux SDF fous, de plus en plus chaque année. Les rues du quartier se transformèrent en autant d'impasses. Les conversations en culs-de-sac. Et à la fin, il fallut bien se résoudre à appeler cela un nouvel échec. Mais tout le monde n'avait pas dit son dernier mot…

Dr Chance

Je m'appelle Charles. Charles Arceneaux. Tout le monde m'appelait Chuck comme tous les gars qui se prénomment Charles. Mais ma maman, elle, elle m'appelait Chance. Ma maman était très pieuse. Et elle était très rieuse aussi. On entendait son rire depuis la rue. Tout le monde aimait maman, Alvine Arceneaux. Ma maman aimait que je sois toujours bien coiffé et élégant. Elle cousait mes vêtements elle-même parce qu'elle était couturière. Elle pouvait reproduire n'importe quel modèle trouvé dans une revue ou dans une vitrine. Elle disait que la première chose pour réussir était de bien présenter. Et de bien parler. Et de s'occuper de ses affaires.

Ma maman pensait que j'étais très intelligent. Et la maîtresse de l'école, une femme blanche nommée Julia Garofalo, aussi. Mme Garofalo était d'origine italienne. On sous-estime souvent l'apport des Italiens à cette ville, pourtant sans eux on n'aurait pas eu Mme Garofalo ni la muffuletta qui est le meilleur des sandwiches de La Nouvelle-Orléans. Ma mère disait que j'étais intelligent comme un docteur et Mme Garofalo disait que je pouvais devenir docteur si je voulais. C'est comme ça que je suis devenu le Dr Chance. Pas en faisant les études qui vont avec parce que ma mère est morte d'une mauvaise grippe, mon père en prison, et Mme Garofalo d'une balle perdue dans un *drive-by shooting* sur Elysean Fields, les Champs-Élysées de La Nouvelle-Orléans, qui n'ont rien à voir avec ceux de Paris, mais où elle donnait des cours de chant lyrique bénévolement, le samedi.

J'ai appris à chanter avec Mme Garofalo, c'est pour ça que j'ai cette voix de baryton bien posée. Une voix pour le gospel, vous voyez ? Quand est venu le moment de trouver un nom de scène, j'ai tout de suite choisi Dr Chance. Et j'ai tout de suite choisi mon second cousin, Jérôme Billodeau, pour jouer avec nous. Je dis « nous » parce qu'on avait un petit groupe qui s'était formé dans la rue. On chantait, on faisait des claquettes pour les touristes, on ramassait quelques pièces pour acheter de la colle à sniffer, des sucreries, et mettre de côté quelques dollars pour aller louer des instruments. Trompette, trombone. On les prenait chez un loueur qui avait le même nom que la famille juive qui avait adopté Louis Armstrong. C'était un vieux clarinettiste et il nous proposait toujours de rester jouer un peu avec lui, une façon gentille qu'il avait trouvée de nous donner des conseils et de nous faire faire des progrès.

Nous on restait surtout pour sa fille Judith, mais elle, elle s'est mariée avec un vrai docteur. Je ne crois pas qu'on aurait joué si bien sans le père de Judith, c'est comme ça qu'on l'appelait parce qu'il avait un nom imprononçable et parce qu'on préférait parler de sa fille que de lui, ce qui n'est pas juste, je le reconnais. Mme Garofalo et le père de Judith, je pense que c'était ces gens-là, la chance que ma maman avait mise dans mon nom. Je ne sais pas si les villes ont une âme, je ne sais même pas si les gens en ont une. Mais s'il y en a une dans La Nouvelle-Orléans elle est faite de tous ces gens et de leur musique. Quand on a eu assez d'argent pour avoir nos propres instruments, on les a achetés chez le père de Judith. Il nous a fait une grosse ristourne pour qu'on puisse les avoir et je crois qu'il n'a rien gagné. Mais nous on n'a pas gagné le cœur de Judith non plus, alors d'une certaine façon on était quittes. Plus tard, Jérôme s'est baptisé révérend. Il est passé de la trompette au piano et moi du trombone à la batterie. Tous les gamins des rues ici commencent par des cuivres. On en joue toujours dans les *second lines.* Et puis le groupe s'est réduit au fur et à mesure que les gars se trouvaient un travail pour se marier ou une place à vie en prison et on n'est plus restés que Jérôme et moi. Le révérend Billodeau et le Dr Chance.

*

Jérôme Billodeau vivait mal le fait que son cousin Chance, qui formait jusque-là duo avec lui, ait rejoint le trio des négociateurs, devenu par là même un quatuor. Un quatuor est un ensemble classique prestigieux. On ne compte plus le nombre de chefs-d'œuvre écrits pour cette formation par les plus grands génies, Bach, Beethoven, Schubert... Mais pour le jazz, la formation ultime est le quintet, les Jive Five, les Five Keys, les Five Satins... C'est sur cet argument que le révérend Billodeau s'invita à rejoindre le groupe, bien décidé à y apporter un tempo nouveau.

Depuis qu'il avait eu vent de l'aventure avec le miroir, Billodeau avait réfléchi à la façon dont il pourrait trouver sa place et dans ce but, il avait amélioré la proposition d'Antwane. Ou plutôt il l'avait modernisée. Une fois exposée, l'idée était la même que celle du miroir mais avec de vrais téléphones. Un téléphone avec une équipe caméra sur la route, et un autre avec une équipe à la planche de ouija. Sista Rosetta, qui n'avait pas l'intention de perdre de son influence, fut catégorique : Il fallait pour une telle entreprise à distance garder la puissance du flux à trois mains posées.

Après débat, les deux équipes se composèrent de la façon suivante. À la manette, le grand chef Antwane DeVille, Sista Rosetta, et Jodi. À la caméra et au volant, le révérend Billodeau, son cousin le

Dr Chance, et Jodi. La difficulté venait du fait que Jodi, nommée deux fois, se retrouvait dans les deux équipes. Courville Bergeron étant de service et pas mobilisable en l'état, il fallut négocier un changement, mais cela posa un problème éthique.

Il n'était acceptable pour aucun des descendants d'esclaves de poser sa main sur la souris de l'ordinateur et d'être en contact direct avec des sudistes qui avaient oppressé leurs ancêtres. Sérieusement ? Vous me voyez main dans la main avec un confédéré ? On butait toujours, après de nombreuses discussions et tentatives de raisonner les uns et les autres, sur ce problème insoluble.

L'opération allait tout simplement capoter quand une silhouette se profila dans l'encadrement de la porte et Ti-Bone Thibodeaux se dirigea en se massant le crâne vers la souris d'ordinateur. D'une voix qui portait dans son timbre tout l'amour d'Alfie, les renoncements de l'orgueil et le courage d'un homme de mémoire, il dit simplement : moi. Moi, je le ferai.

Voilà. Voilà pourquoi je l'aime tant, clama en elle-même Jodi. Ti-Bone était la grandeur incarnée. Un être de tous les courages, de tous les sacrifices et de toutes les générosités. Jodi ne put s'empêcher d'y associer les vertus d'un carré de chocolat quotidien. Un homme qui gagne si peu, chaque jour, a beaucoup à donner. Il sait que la vraie richesse n'est pas dans le gain mais dans le don. Et ce que donnait de lui-même à ce moment Ti-Bone Thibodeaux valait tout le chocolat du monde.

À moins qu'il n'ait, pour des raisons moins généreuses, à l'instar de Sista Rosetta, simplement voulu ne pas être en reste. Les principes étant ce qu'ils sont, l'orgueil ce qu'il est. Les deux ont à voir avec la dignité. C'est une question d'interprétation. Rosetta, pas dupe, n'en dit rien, pour une fois. L'important était ailleurs. Les deux équipes étaient au complet et enfin fonctionnelles.

*

Jodi s'installa au volant du pick-up avec deux chercheurs d'or pressés de se ruer vers l'ouest. Deux paroissiens impatients. Deux vieux facétieux porteurs de réserves conséquentes de malice et de vantardises pour faire passer le temps, la route et les nids-de-poule. On arriva au bout du chemin, prêts à tourner à droite pour se diriger vers Lafayette. Contre toute attente, une voix dans le téléphone mis sur haut-parleur s'éleva pour dire, non, à gauche.

Vous êtes sûrs ?

Devant l'ordinateur, les trois mains posées l'une sur l'autre de Rosetta, Antwane et Ti-Bone s'étaient mues vers la gauche d'un geste brusque qui les avait surpris. On pourra imputer ce mouvement à l'électricité statique accumulée par les lourdes bagues de Ti-Bone, aux fibres synthétiques de sa chemise ou à la laine épaisse du gilet tricoté main de Rosetta, ou encore au sursaut nerveux d'une épaule usée par des années à se tendre vers un manche de guitare, mais la souris avait bel et bien glissé d'un mouvement rapide, celui d'une voiture dérapant sur la boue, vers la gauche.

La voiture, la vraie, celle qui attendait au bout de l'allée, tourna donc vers la gauche, en direction de Léonville. Gauche, énonça à nouveau la voix de Ti-Bone. Arrivée à la fourche où la route se divise en deux, Jodi resta sur la voie de gauche. Elle passa sous le pont. Si l'on tournait encore à gauche, on se retrouverait vers Lafayette. On pensa alors que c'était juste un détour. L'ancien chemin de Vermilionville avait dû passer à cet endroit avant que de nouvelles routes ne soient tracées.

Le révérend Billodeau tenait la caméra du téléphone portable devant lui, balayant largement des deux côtés de la route pour laisser aux fantômes et à leurs « messagers » le temps de bien observer les lieux, les arbres, les reliefs. On roulait quasiment au pas, chaque détail, chaque arbre, chaque pierre pouvait compter. Quand l'ordre stop arriva, on était au bord d'un chemin de terre si étroit que le pick-up ne pouvait s'y engager. On réclama un autre itinéraire mais la souris refusa de bouger. Jodi pointa du doigt, au loin, une ferme avec un corral. On va continuer à cheval. Jodi connaissait les propriétaires. Elle leur tressait des cordes.

Voici la scène du point de vue des frères et sœurs Guillory, des environs de Port Barre, dont le frère aîné, Jacob avait été champion de *cutting horse*, ces vifs chevaux dressés pour barrer la route aux taurillons. Un pick-up rouge que l'on connaissait bien, celui de Jodi LeBlanc, arriva sur l'allée en soulevant la poussière. À cette heure-ci Jacob était en train de préparer un bon barbecue, avec des steaks, du boudin, des gratons, des travers de porc marinés, et une délicieuse odeur, portée par la fumée des braises, s'élevait du *pit*. Il avait posé quelques pommes de terre dans du papier aluminium sur le côté et refermé le couvercle. Jodi descendit de sa voiture, sourire aux lèvres et chemise nouée au-dessus du ventre, elle se pencha pour attraper son chapeau à l'arrière et le posa sur sa tête. Deux silhouettes maladroites sortirent de la cabine du pick-up et lui emboîtèrent le pas. De vieux Créoles qui traînaient les pieds. Sans doute des touristes venus de La Nouvelle-Orléans pour faire une balade.

Jacob Guillory lança un joyeux salut. Vous arrivez à temps pour manger avec nous. À ces mots les deux vieux bluesmen échangèrent un regard ému. Le délicat fumet de cette viande marinée qui grillait valait de supporter toutes les peurs et les craintes, car ni le révérend Billodeau ni le Dr Chance n'avaient jamais monté un cheval de leur vie. On verrait après pour les nœuds au ventre, quand il serait plein. Chance avait repéré le beau travers de porc qui grillait sur le côté et en salivait déjà. Jodi demanda à emprunter trois chevaux, un qu'elle montait habituellement et deux mûles expérimentées pour ses deux compagnons. Jacob les rassura en leur disant qu'il avait dans le corral des chevaux paisibles, habitués à promener des visiteurs et des touristes, qui feraient l'affaire. Pour le reste Jodi était une vraie cavalière et saurait gérer le tout. Ce n'était pas la saison des visiteurs et ça ferait du bien aux chevaux de se dégourdir les jambes.

Jodi négocia une pause avec l'équipe de la maison Landreneau, à l'autre bout du fil, à qui l'on cacha soigneusement cette histoire de barbecue et de travers de porc croustillants, privilégiant la mise en avant du temps nécessaire pour préparer et seller les montures. On avala avec délices la viande juteuse et succulente, largement servie sur de belles tranches de pain par la fratrie Guillory. Jeanne Guillory avait aussi fait une délicieuse salade de patates cajun, avec des petits dés de céleri branche, des œufs durs, de la mayonnaise, une pointe de sauce Worcestershire et bien sûr un mélange de piments et d'épices local qu'on appelle ici du Tony's.

Quand les montures furent sellées, la viande engloutie et que plus une rondelle de patates fondantes ne resta dans le saladier, on alla installer les deux vieux bluesmen sur leurs montures. Un cheval remarque tout de suite si vous savez monter ou pas. On avait fait en sorte de choisir des chevaux de bon caractère. Contents d'aller se balader même avec des vieux repus mais pétrifiés de trouille sur leur dos. Le soleil commençait à taper fort à cette heure-ci et on distribua des chapeaux de cow-boys blancs à Chance et Billodeau. Pas de problème majeur. Robert Finley, célèbre et charismatique bluesman d'Eunice, à quelques minutes de là, en mettait d'ailleurs sur scène, ça et des ceintures western à grosse boucle et des chemises à rayures.

On regarda donc partir ce drôle d'équipage. Deux Robert Finley et une jeune Marilyn Monroe, plaisanta affectueusement Jacob Gillory. Pour des raisons évidentes d'équilibre et de sécurité, c'est Jodi qui tenait à présent le téléphone portable avec lequel on filmait le trajet. Chance et Billodeau avaient besoin des leurs pour s'accrocher au pommeau de la selle.

L'équipe manette s'était remise devant le miroir et la souris d'ordinateur glissa lentement vers l'avant. Tout droit, indiqua Ti-Bone. Les trois chevaux s'engagèrent alors sur le petit chemin, devenu sentier, qui s'enfonçait dans les bois.

*

Le Dr Chance, sur son cheval, suivait le révérend Billodeau sur le sien, qui suivait Jodi. Celle-ci prenait un peu d'avance en faisant trottiner son quarter horse, s'arrêtait en se levant sur ses étriers, promenait l'objectif de l'appareil photo de son téléphone portable de gauche à droite, écoutait les indications retransmises par Ti-Bone et se rasseyait sur la selle, pressant légèrement du talon sur les flancs pour faire repartir le cheval. Contrairement aux Français qui dirigent « au mors » en agissant sur les rênes, les cow-boys dirigent « au talon », histoire d'avoir les mains libres pour un lasso ou un fusil. En tout cas à petite vitesse.

On peut aussi ne rien faire du tout de ses pieds comme de ses mains et se laisser mener par le cheval, se contentant de lui tapoter l'encolure pour faire ami-ami. Technique choisie par les deux suiveurs, dont aucun n'aurait tenté une élévation sur les étriers. D'abord parce que le ventre rempli de bonne viande rôtie avait besoin d'assise pour en accomplir l'heureuse digestion. Ensuite parce que l'expérience de monter pour la première fois sur le dos d'un cheval requiert une certaine période d'acclimatation. Vous êtes assis sur quelque chose qui se termine devant vous par une sorte de fine extension plus longue que deux fois votre bras, surmontée d'une crinière d'où émergent deux oreilles pointues et mobiles. Autour, il y a le vide, c'est-à-dire le chemin qui semble vous attendre. Il vous est imparti de ne pas trop remuer, même si le cuir de la selle colle ou au contraire glisse sous votre séant, de souhaiter que l'animal sache où il va, et qu'il ait conscience que vous êtes là, vieux, repu, et incompétent. Cela peut durer une bonne demi-heure avant que vous preniez confort, confiance, plaisir et, pourquoi ne pas le dire, un peu de prestance.

Chance chercha à se rappeler un vieux cow-boy noir qu'il aurait vu dans un film et auquel il pourrait s'identifier en ces instants historiques. S'il y en avait, il ne les connaissait pas et Chance se prit à rêver que c'était lui, Charles Arceneaux, le premier artiste créole d'âge mûr à incarner, mule entre les jambes et chapeau sur la tête, une version de l'aventurier de la ruée vers l'or. Les grandes plaines se réduisant ici à quelques bosquets touffus bruissant d'oiseaux, d'opossums et d'insectes. Deux vieux cow-boys créoles et la fille du rodéo, ça aurait fait un sacré bon titre de film de série B dans les années soixante-dix. Les Italiens, avec leurs parodies plus vraies que nature qu'on appelait westerns spaghetti, n'y avaient même pas pensé.

Chance en était là de ses divagations quand Jodi debout sur ses étriers s'arrêta et demanda une confirmation. Vraiment. Vous êtes sûrs ? Elle signala d'un geste de la main au bord du sentier un autre sentier, plus étroit encore, qui s'enfonçait dans la végétation. Il fallait bien observer pour le voir au milieu des hautes herbes, et cela se révéla un indice quasi certain que les soldats confédérés reconnaissaient le terrain et donnaient cette fois des instructions précises, appuyées sur leur mémoire visuelle. Le fait que Sista Rosetta ait grandi à quelques minutes à peine de là et soit passée, enfant, par ce sentier avec sa grand-mère pour aller cueillir des baies de l'autre côté des bosquets, ne fut mentionné que bien plus tard et ne prouvait en rien qu'elle ait influencé les mouvements de la souris d'ordinateur de sa main posée sur celle de Ti-Bone, supportant elle-même celle du grand chef Antwane DeVille, à cet instant assoupi.

Pendant que l'équipe de terrain avançait, l'équipe localisée à la maison Landreneau débattait depuis quelques minutes. Il ne faisait plus aucun doute qu'on se dirigeait vers la ville d'Opelousas, dernier fief des anciens confédérés. L'or avait pu être transféré là une fois déterré. Il n'était pas impensable que leurs milices reconstituées en groupe de « vigilants » aient gardé un trésor de guerre pour se financer et préparer la fameuse « insurrection » qu'ils s'étaient promise.

Les voleurs collaboraient enfin. Ou en tout cas on avait envie de le croire. C'est avec cette idée en tête que les trois cavaliers arrivèrent devant une petite boutique des faubourgs d'Opelousas à l'enseigne « Mercerie, fil et tissus ». Celle-là même où la grand-mère de Rosetta venait se fournir pour les travaux de couture qu'elle effectuait, le soir, au coin du feu. Mais c'était, bien sûr, le plus grand des hasards.

Après cela, en tout cas, les indications devinrent confuses. La ville avait beaucoup changé, surtout ces dernières années. Les fantômes de la maison Landreneau ne s'y retrouvaient pas plus dans les rues d'Opelousas qu'ils ne s'y étaient retrouvés dans les faubourgs de Lafayette.

Billodeau, Chance et Jodi tournaient en rond et l'on dut se résoudre à abandonner. On était fatigué, on était fourbu et on était encore une fois bredouille. Jodi appela Jacob Guillory depuis son téléphone portable. Il arriva en quelques minutes avec un petit camion pour récupérer les deux mules. Sa sœur Jeanne, qui le suivait avec le pick-up de Jodi, repartit sur le *quarter horse* heureux d'une balade retour en solo par les petits sentiers. Les deux vieux cow-boys redevenus de simples bluesmen fatigués avaient du mal à marcher. Les épaules, les bras, le dos, les jambes étaient ankylosés. Il fallait se reposer quelques instants avant de reprendre la route. C'était encore une fois un échec. Mais aux échecs, un pion qui tombe n'est souvent qu'une manœuvre pour le coup d'après. Et il se trouvait que le hasard savait jouer à ce jeu-là…

*

Les échecs et les espoirs déçus, Jodi en avait eu son compte pour la journée. Elle avait besoin d'une bière. Pas tellement pour la bière mais pour tout ce qu'il y a autour, par exemple un gars qui te paye la suivante. Elle se gara sur un parking de terre battue, juste devant un bar éclairé de néons traçant les mots billa-ds et bi-res en lettres multicolores espacées de trous comme des dents manquantes. Il y avait un truc entre la bière et les hormones que Jodi n'avait jamais réellement compris mais régulièrement pratiqué. Au bout de trois ou quatre, tous les gars deviennent beaux. L'idée était donc d'en trouver un avant ça. Un vraiment mignon. Juste pour la soirée. Et de préférence un cow-boy de rodéo. Ces gars-là ont le coup de reins qu'il faut. Elle entra dans le bar en se déhanchant. Autant sortir le bon jeu tout de suite.

Jodi avait un tas de répliques toutes prêtes pour gérer la situation quand un prétendant non qualifiable devenait trop entreprenant. Hé mec avant d'avancer la main réfléchis bien au prix d'une rhinoplastie, j'ai la chute de reins de Beyoncé mais la chute de poings de Mike Tyson. Pour les gars qui ne comprenaient pas rhinoplastie, elle se tordait le nez entre le pouce et l'index et précisait je suis infirmière, je m'y connais en cloisons nasales comme toi en écuries. D'un regard circulaire elle évalua la salle. Visiblement ce n'était plus un bar de cow-boys mais un bar de bikers. Il n'y avait personne à part trois poivrots bientôt prêts à se quereller et à se faire virer du bar par le patron.

Le gars posa une bière devant Jodi sans même lui demander ce qu'elle voulait. Vous attendez quelqu'un ? Ouais, le prince charmant avec des éperons à ses bottes, mais ce trouduc est pas là ce soir. Le patron du bar lança un regard vers les trois poivrots en ricanant. C'était une espèce de Lemmy

Kilmister, de Motörhead, en plus gros, mais avec les mêmes rouflaquettes, et longs cheveux gras. Il avait d'ailleurs un T-shirt et un gilet de cuir sans manches, comme l'autre. Le chopper Harley garé devant devait être à lui, et Jodi visualisa tout à coup les rétroviseurs en forme de croix de fer de chaque côté du guidon. Les gars comme ça aiment rouler avec ce genre de truc et même des casques allemands sur la tête. Elle aperçut, tendu sur le mur, un drapeau confédéré aux couleurs passées. Dixie mon cul, pensa-t-elle en terminant sa bière.

Jodi était en train de lever le camp quand son regard s'arrêta sur un petit cadre avec une vieille photo jaunie dedans. Une photo du siècle dernier ou de celui d'avant. Un groupe d'hommes en uniforme gris posaient devant une bâtisse que Jodi reconnut. C'est pas la maison Landreneau, ça ? Le gars se retourna. Où ça ? Dans le cadre, là. Le gars haussa les épaules. J'en sais rien. Jodi lui demanda d'où sortait cette photo. Le visage du biker se déchira d'une grimace qui devait être ce qu'il avait de plus proche d'un sourire. De mon musée ! Vous avez un musée ? Ouais, articula le gars, derrière cette porte. Vous voulez le voir ? Y a d'autres photos comme celle-là, la même maison. Jodi hésita. Le gars ne lui inspirait pas confiance. Il dut le sentir mais il était fier de son « musée » et voulait le montrer. Il sortit le revolver qu'il avait sous le comptoir et le posa dessus, crosse vers elle. C'est votre ticket d'entrée. Il est chargé. Jodi vérifia le barillet histoire de bien montrer qu'elle savait s'en servir et suivit Lemmy derrière la porte qu'il laissa ouverte pour garder un œil sur les poivrots. Ces fumiers seraient capables de me piquer une bouteille.

La pièce était un véritable bric-à-brac de souvenirs sudistes. Effectivement, dans un petit cadre presque identique au précédent, dont la fine vitre était fêlée, se trouvait un autre cliché jauni par le temps. Devant la maison Landreneau, reconnaissable à ses colonnes et ses balcons, trois jeunes soldats confédérés aux mains attachées par des menottes étaient photographiés. Trois. Jodi sentit une boule d'excitation exploser dans son ventre et remonter vers son cœur qui se mit à battre comme un volet qui claque sous l'orage. Lemmy accepta d'extraire la photo de sous la vitre du cadre et de la retourner. Écrite à la plume, d'une encre devenue violette, se trouvait au dos la date 10 novembre 1863. Une semaine après la bataille du Bayou Bourbeux.

Les trois soldats, sous bonne garde, devaient être des déserteurs photographiés avant leur exécution. L'un d'eux, blessé, avait un linge blanc enroulé autour de la tête. Dans le fond se tenait une jeune bonne sœur en voile avec un tablier d'infirmière taché de sang sur le devant de sa robe. Jodi pensa que c'était bien là toute l'absurdité d'une guerre. D'une guerre entre frères ou cousins ou voisins. On soigne les gens avant de les tuer. Ou un truc symbolique de la haine. Tuer les gens en bonne santé sinon ça ne compte pas. Jodi posa le 44 sur la table et sortit son téléphone portable pour prendre une photo. Vous permettez ? Elle agrandit ensuite la photo entre ses deux doigts sur l'écran du smartphone. Un détail frappa Jodi. Le soldat blessé souriait. Pourquoi un type qui va mourir sourit-il ? Et surtout, à qui ?

La situation dérapa alors que Lemmy replaçait la photo dans le cadre. Mis en confiance par l'intérêt de Jodi qu'il prit pour de la connivence, il lâcha entre ses dents, tout ça pour ces putains de *coons* ! Il avait insisté avec une inflexion de mépris sur le mot *coon* diminutif de *racoon*, raton laveur, une insulte raciste pour désigner les Noirs. Jodi récupéra le calibre posé sur la table et vida le barillet en regardant le gars droit dans les yeux. Le gars regarda les balles rouler une à une sur le plancher. C'est quoi votre problème ? J'ai été sympa avec vous, je vous ai traitée avec respect. Je suis le bon gars, ici. Jodi posa le revolver déchargé devant lui. Le bon gars ? Ici ? Vous vous croyez où, *ici* ? Lemmy, encore tout grisé de l'étalage de sa supériorité aryenne, répondit fièrement : dans le Sud ! Jodi leva les yeux. Nan, le Sud c'est chez les rednecks, là-haut. Nous ici, on est en dessous du Sud.

Jodi fit un pas vers Lemmy qui recula. Elle lui souffla au visage : *Coon-ass* ! Le cul d'un raton ou si tu préfères le cul d'un nègre. C'est comme ça que les gens comme toi nous appellent, nous autres les Cajuns. Et tu sais quoi, je préfère être leur cul que de voir le tien ! Jodi sortit en levant un doigt d'honneur vers le plafond. Va te faire foutre !, lui lança le biker.

C'était le projet de la soirée, mec, rétorqua Jodi sans se retourner. Mais ça l'est plus, ajouta-t-elle pour elle-même en inspirant l'air humide des nuits d'en dessous du Sud, marchant vers sa voiture, un rétroviseur de moto cassé dans chaque main…

*

Le gars du bar reçut le lendemain la visite d'un assistant shérif aux bras trop longs. Le géant en uniforme, avec des drôles de cheveux comme des plumes d'oiseau sur la tête, lui expliqua qu'il y avait une loi spécifique à cette paroisse, le nom que l'on donne dans cet État aux comtés, qui exige que chaque objet d'un musée voie son origine déclarée pour qu'il soit sûr que rien de volé n'y soit entreposé. Le policier ne pouvait montrer le texte de loi mais il pouvait le lui expliquer à grands coups du plat de la main sur la tête s'il le souhaitait.

Vu la taille du géant et surtout de ses mains, Lemmy préféra s'en remettre à ses compétences juridiques et répondit aux questions que le géant posa sur chaque objet. Ce qui intéressait en particulier le jeune flic, c'était les mêmes photos que la fille avait remarquées la veille. Les photos des déserteurs confédérés devant la maison à colonnade. Personne n'y avait accordé d'importance avant, à part un vieux cinglé qui se prétendait historien, il y a quelque temps, et là tout à coup deux personnes en deux jours. Le policier voulait savoir d'où elles venaient. Peut-être qu'elles avaient été volées, après tout. Lemmy expliqua qu'il avait acheté ces photos dans un vide-grenier dans un lieu qui s'appelle Mamou ou Grand Mamou. Il ne savait plus trop, les gens donnent des noms comme « Grand » à des petits bleds par ici.

L'assistant shérif nota le nom dans un petit carnet, demandant l'orthographe d'un lieu qu'il connaissait parfaitement, et pointa du doigt un autre objet. Bon, et celui-là, vous l'avez trouvé où ? Perdant patience, Lemmy eut la mauvaise idée de faire remarquer qu'il ne s'agissait pas d'un musée mais juste d'une remise privée, et qu'il ne le faisait pas visiter à part à deux, trois clients intéressés de temps en temps. Le flic nota scrupuleusement les propos : fréquentation : deux trois clients de temps en temps. Lemmy ajouta : et je ne fais pas payer... C'était exactement la phrase à ne pas dire.

Le flic replia son carnet, le rangea dans sa poche poitrine, glissa son stylo à côté, referma le bouton de rabat et positionna son visage à deux centimètres de celui de Lemmy. Donc vous me prenez pour un *couillon* ! L'officier avait prononcé ce dernier mot en français. Il détacha de façon solennelle le bouton de sa poche, souleva le rabat, retira le carnet, l'ouvrit à nouveau à la page où il venait d'écrire. Je lis : fréquentation : deux trois clients de temps en temps. Il montra le carnet au biker en pointant la phrase du doigt. C'est bien ce que j'ai écrit ? Lemmy approuva. Le flic continua : et vous savez pourquoi j'ai écrit ça ? Parce que c'est ce que vous avez dit !

L'officier de police relut à haute voix la phrase en détachant chaque syllabe : deux-trois-cli-ents. Donc c'est bien des clients. Des clients du bar, oui, acquiesça Lemmy. Le flic commença à s'échauffer. Ses oreilles devinrent d'un rouge qui tirait de plus en plus vers le violet. Et vous me prenez encore pour un *couillon* ! Quand vous allez prendre un verre et qu'il y a un groupe qui joue, vous payez la bière… Donc vous comprenez bien que la bière tient lieu de ticket de concert ou de musée. Lemmy resta sans voix.

Il en résulta qu'en non-conformité avec les dispositions relatives aux musées et en infraction caractérisée avec les règles sanitaires, le bar devait fermer purement et simplement jusqu'à nouvelle inspection. Il y eut aussi cette histoire de 44 dont le numéro de série avait été limé et qui dormait à présent dans le coffre du bureau du shérif avec une étiquette attachée à son pontet par un cordon de scellé. Lemmy avait peiné à justifier son achat. Dans un vide-grenier aussi, lui semblait-il.

L'assistant shérif qui s'était présenté comme étant le sergent Courville Coonass exigea alors, en échange de l'abandon des poursuites pour port d'arme non déclarée, la remise des deux photos, pour vérification.

Ce que Lemmy refusa au prétexte que c'était illégal et qu'il connaissait ses droits.

Au passage, il insista pour porter plainte à propos de la dégradation de ses rétroviseurs. Courville ressortit son carnet de sa poche. Ah oui, pardon, j'allais oublier. Il nota en énonçant à voix haute : conduite d'une motocyclette en l'absence des accessoires obligatoires de sécurité, infraction du deuxième degré au code de la route, aux lois fédérales, et au règlement de sécurité des routes de l'État de Louisiane de la paroisse de Saint-Landry. Ce qui nous fait cinq charges retenues contre le prévenu. Comme vous avez spontanément avoué, je vous laisse en liberté sous caution des deux photos, veuillez signer ici.

L'assistant shérif tendit le carnet. Le biker signa la page face aux notes. Courville remit le carnet dans sa poche. La boutonna. Et partit en emportant les photos. Celles que Jodi avait à présent en main en se dirigeant vers le parc Girard, près du centre-ville de Lafayette où elle avait rendez-vous avec Hélène Fontenot.

*

Sœur Hélène Fontenot n'était pas habillée en bonne sœur. Il y a longtemps qu'elles ne s'habillaient plus comme ça en dehors de leur couvent, mais c'était une vraie bonne sœur. Une religieuse. Et l'infirmière qui venait soigner la mère de Jodi à la fin de sa vie.

On n'avait pas d'argent pour payer les soins, alors les sœurs venaient. Mission qu'elles accomplissaient depuis des siècles. Ça marchait mieux que les « traiteurs » cajuns du coin, même si ceux-ci pratiquaient également une médecine à base de prières (une pour chaque maladie ou mal) transmises de génération en génération. Les traiteurs étaient bons pour les rhumatismes, les verrues, et les maux de tête. Les sœurs étaient plutôt recommandées pour les intraveineuses, les prescriptions et les derniers sacrements.

Sœur Hélène était donc venue chaque jour visiter Jeanne-Arcole Gautreau. Elle apaisait par ses mots, ses prières, et soignait avec les piqûres prescrites, de la morphine, à la fin, quand le cancer de la mère de Jodi lui brûlait le ventre comme l'enfer. Hélène s'attardait toujours un peu pour parler avec la gamine. Elle la laissait regarder les soins, afin que Jodi puisse refaire les gestes, déplacer, soulager, masser, apaiser, quand elle aurait quitté les lieux. Elle pensait que ça lui ferait du bien d'entendre les prières aussi. Hélène Fontenot avait échoué sur ce dernier point, mais elle avait réussi à transmettre à Jodi la vocation de soignante.

À part ça, Hélène Fontenot était une des plus belles femmes de la région, un clone d'Ali Landry, la fille de Pont-Breaux qui était devenue Miss America. Tout le monde était amoureux de sœur Hélène, et même Dieu sans doute. Jodi avait dû se dire que c'était pas un mauvais modèle… C'est peut-être pour ça qu'elle s'était inscrite à l'école d'infirmières sur le campus de l'université de Louisiane.

En tout cas une chose était sûre. Si le dénommé fils de pute n'était pas parti, si sa mère n'avait pas été rongée par la rancœur et le cancer, et si sœur Hélène n'était pas venue tous les jours la soigner, rien de ce qui s'est passé ensuite n'aurait eu lieu.

Et on n'aurait jamais rien su…

II

Novembre 1863

Récit du soldat Joseph Beaugency, condamné à mort, recueilli par sœur Marie Bertrand RSCJ à l'hôpital Landreneau, le 10 novembre 1863.

Moi ce que je voulais, c'était rester avec Odah. Pour toujours. La sentir contre moi, la nuit, mon bras passé autour de sa taille et ses cheveux épais comme de la mousse espagnole qui font une sorte d'oreiller sous ma joue. Sauf que les cheveux d'Odah, ils sont doux et soyeux et ils sentent bon l'aloe vera avec lequel elle les enduit. On a grandi comme ça. Sa place était devant moi. Elle devant moi et Denis derrière, et puis Pierre et Louis. C'était l'ordre dans lequel les enfants se couchaient, les uns contre les autres, tous les soirs. Par ordre d'âge. Et Odah était la plus jeune, de pas beaucoup par rapport à moi, encore qu'on n'en était pas vraiment sûr parce qu'on ne savait pas vraiment quand elle était née. Mais elle était plus petite d'un ou deux centimètres. Et puis il y avait un âge marqué sur l'acte de vente remis à mes parents quand ils l'avaient achetée. L'âge était huit ans. Et c'était juste un an de moins que le mien.

Il y avait un âge et un nom, Odah. Et le nom du vendeur. Et le numéro du lot dans lequel elle était mise en vente. La date. L'heure. C'était écrit à la plume et scellé à la cire. Il y avait le nom de l'officier aussi. Et celui de mes parents. Hégésippe et Rosemarie Beaugency. Et le papier prouvait qu'ils avaient acheté cette esclave pour la somme de quinze dollars payés comptant, qu'elle était en bonne santé et qu'ils avaient pu le vérifier.

C'est comme ça qu'Odah est arrivée là, à la place devant moi, dans l'unique pièce de la petite maison de bois où nous dormions tous. Le vendeur avait dit que maintenant que l'esclave était leur propriété mes parents pouvaient changer son nom. Mais ma mère n'a pas voulu. Elle a dit que c'est tout ce qu'elle avait à elle, la petite. Et que les Beaugency, ils avaient jamais rien pris à personne. Devant Dieu. C'est comme ça que tous les soirs, je me suis endormi contre Odah, le plus près possible pour m'éloigner de Denis qui bougeait en dormant.

Dans la journée Odah travaillait avec nous à la ferme. Elle n'était jamais attachée ni enfermée. Même quand elle a été plus grande. Avec les types qui rôdaient autour de la maison parfois et qui la reluquaient, elle ne s'éloignait jamais loin. Il y avait toujours un ou deux des Beaugency pour être là. Une fois il y a eu un problème, deux Anglais à cheval, ils ont commencé à la regarder et à vouloir l'entraîner dans les bois. Ma mère est arrivée avec le fusil à la main, elle avait relevé sa jupe sur le devant et l'avait rentrée dans sa ceinture pour pouvoir courir plus vite. Elle s'est plantée en face des gars, si vous touchez à ma gamine, je vous jure que je vous brûle la cervelle. Je suis une bonne chrétienne mais ce péché je le commettrai et j'irai me confesser après ! Ma mère était si sérieuse que les gars sont repartis. Après on a reçu une visite du shérif. Les gars étaient les fils d'un riche planteur et il avait porté plainte parce que mes parents et les gens de leur sorte, ces maudits Français, traitaient trop bien leurs esclaves et qu'ils poussaient les autres à la révolte.

Les gens comme mes parents, c'étaient des petits fermiers, ils étaient pauvres, ils n'avaient pas assez d'argent pour acheter des esclaves forts pour travailler, alors ils achetaient des enfants quand y en avait, c'est tout ce qu'ils pouvaient se payer. Ma mère pouvait plus avoir d'enfants parce qu'elle avait failli en mourir la dernière fois. On manquait de bras. Les autres familles avaient huit ou dix enfants. La seule chose qu'ils pouvaient faire c'était acheter des bras, et puis une fille, ma mère en aurait jamais sinon.

C'est comme ça qu'Odah est arrivée à la place devant moi, et qu'aux champs elle travaillait à côté de moi, dans les rangs de coton et les rangs de pécans, et on portait les corbeilles à deux parce qu'on n'était pas assez forts pour les porter seuls, et on aidait ma mère à plumer les poulets, et on aidait mon père à carder le coton. Odah était rapide en tout, elle regardait, elle savait. Et plusieurs fois j'ai vu ma mère, Rosemarie Beaugency qui ne souriait jamais, sourire en la regardant, par fierté je crois. Ou peut-être que c'était moi qui étais fier d'Odah. Oui, je vous le dis, quand mon père a été tué et que la guerre est arrivée, frères contre frères, cousins contre cousins, Nord contre Sud, moi, Joseph Beaugency, ce que je voulais c'était rester avec Odah. Et Odah voulait rester avec moi. C'est comme ça qu'on a eu l'idée de ce plan.

*

Lorsque Jodi lui avait montré la photo, trois jours plus tôt, à l'ombre des arbres du parc Girard, sœur Hélène avait reconnu sur la jeune nonne l'uniforme de son ordre, les Ursulines, dévouées au soin des malades et blessés ainsi qu'à l'éducation des jeunes filles. Elle avait, en rentrant, téléphoné à la supérieure de sa congrégation et venait de recevoir à l'instant un mail de celle-ci contenant un message et un lien, et une copie de ce document en pièce jointe. Et Hélène venait de transférer le tout à Jodi.

Le message indiquait que depuis quelques années, les sœurs avaient entrepris l'inventaire de leurs archives historiques. Des milliers de pages datant de la fondation de l'ordre, mais aussi de nombreuses pages sur la guerre de Sécession qui dormaient dans des rayonnages et des caisses un peu partout à travers les États-Unis. C'est grâce à cela avec la date au dos de la photo, que la supérieure avait pu localiser un carton où, au milieu d'autres documents à trier, elle avait trouvé cet écrit de trois pages écrites par sœur Marie Bertrand RSCJ – *religiosa sanctissimis cordis Jesus*, c'est comme ça que signent les sœurs du Sacré-Cœur.

Jodi parcourut à nouveau le fac-similé du document envoyé avec le mail. Celui écrit à la plume, d'une belle écriture à l'ancienne, que les sœurs avaient trouvé dans une boîte. Le récit s'arrêtait en bas de la troisième feuille. Les deux autres étaient scannées recto verso. Pas celle-ci, et elle était déchirée sur toute sa largeur en bas si bien que manquaient les dernières lignes. Il y avait aussi le chiffre 1, en haut de la première page, rajouté plus tard d'une plume mieux encrée et qui indiquait qu'il y avait une suite.

Autrement dit une promesse.

*

Toute la journée, Jodi tenta de joindre Brazos Cormier. Par mail. Par téléphone. Par présence devant la porte de son bureau. En vain. Il était, avait-on fini par lui répondre, en congé. Attendre avec une telle nouvelle entre les mains relevait pour Jodi de l'insupportable. Exactement le genre de concept qui la mettait hors d'elle. C'est-à-dire la poussait à sortir. Le soir. Au sens de : sortir le soir. En ville. Pour boire des bières. Une fois intégrée la perspective inéluctable de devoir patienter jusqu'au lendemain, Jodi se rendit au Blue Moon Saloon, où un nouveau groupe jouait.

Il faut d'abord expliquer, à Lafayette, la notion de nouveau groupe. Un nouveau groupe est un groupe composé de musiciens que l'on a déjà vus ailleurs dans d'autres groupes, mais qui jouent ensemble cette fois-ci. Donc Jodi connaissait tous les musiciens. Ed Vaucresson au violon, Pat Desormeaux au saxo, Rudy Lejeune à la batterie, Jacob Miller au piano, Nate Ledet à la basse. Il lui sembla avoir déjà vu la haute silhouette en partie cachée à sa vue par un poteau de bois. Celle du guitariste qui, prenant un solo de guitare électrique, s'approcha d'un pas vers le devant de la scène pour apparaître dans la lumière.

Jodi écarquilla les yeux, stupéfaite. Ce virtuose qui faisait rugir sa Stratocaster, elle le connaissait. Mêlant au zydeco des notes de slide, l'homme à la chemise à carreaux, mèche rabattue sur le front et tube en verre autour du doigt glissant sur les cordes, n'était autre que le professeur Brazos Cormier. Du département d'histoire de l'université de Lafayette, Louisiane. En congé. Pour la journée.

Jodi attendit le bon moment pour aller lui parler, à la fin du gig. Enfin ça, c'était le plan, car il fallait d'abord franchir la haie de supportrices et étudiantes énamourées qui faisaient rideau. Le professeur Cormier était un homme dont le portrait pouvait sans peine figurer à la hauteur de ceux de Brad Pitt, Keanu Reeves et Bradley Cooper sur l'échelle de Richter des papillons dans le ventre. En plus il jouait de la guitare comme un dieu. Pour peu qu'il soit célibataire ou divorcé, c'était une cible dans le top 3 de n'importe quelle fille prête à se rapprocher du corps enseignant. Enfin, de celui-là.

Heureusement Brazos aperçut Jodi, fendit la foule et l'attira à l'écart sous les yeux envieux du reste de la gent féminine. Elle lui tendit son smartphone allumé à la page du PDF envoyé par sœur Hélène. On a trouvé ça chez les sœurs.

Brazos Cormier, assis face à Jodi à une table, releva des éléments importants dans ce document. D'abord le nom des parents : Hégésippe et Rosemarie Beaugency, un couple catholique puisqu'elle parlait de se confesser, que les registres des églises permettraient d'identifier. Quatre garçons dont on avait les prénoms, des garçons donc une descendance de nom directe ; on pouvait penser qu'un ou deux aient survécu et soient les arrière-grands-parents de grands-parents actuels de quelqu'un du coin. En retrouvant des Beaugency, on avait une chance qu'ils soient de cette famille-là. Et qu'ils en sachent davantage.

Un autre détail, plus troublant, avait frappé Brazos comme il avait sauté aux yeux de Jodi. Le document original, écrit à la plume et dont on avait la copie sur l'écran, accompagné d'une traduction faite par une sœur canadienne, était écrit en français. Cela pouvait indiquer que Joseph ne parlait pas bien l'anglais. Ou sœur Marie. Ou que l'on ne voulait pas qu'il soit compris s'il tombait entre de mauvaises mains, et que la suite devait comporter des informations plus sensibles. Joseph pouvait être l'un des trois soldats qui avaient enterré ce coffre d'or. La date derrière la photo collait avec celle du document, mais aussi avec celle de l'exécution des voleurs mentionnée dans la thèse refusée du jeune Alfie. Tout se tenait.

Mais une chose encore plus importante frappa Brazos Cormier, l'homme qui avait vécu la plus grande histoire d'amour du monde en une seule nuit. Une chose qu'il connaissait et qui résonnait en lui comme une profonde beauté. Le manque. Odah manquait à Joseph. La tendresse avec laquelle il parlait d'elle. La façon dont elle accompagnait chaque instant de sa vie. Odah manquait à Joseph et Joseph devait manquer à Odah.

Et puisqu'il parlait d'un plan, elle devait, au moment où ces lignes étaient écrites, l'attendre quelque part, à quelques miles de là, le cœur battant, tremblant à chaque bruit de pas. Qu'était-il advenu d'Odah ? Et quel était ce plan qu'on avait voulu cacher en déchirant la page ?

*

Brazos entra le lendemain matin dans un amphithéâtre de l'université de Lafayette. Il s'installa derrière le bureau sur la scène et brancha le fil du projecteur sur son ordinateur. Le silence se fit parmi les étudiants installés sur les gradins. L'amphi en arc de cercle aux bancs de bois et aux murs de brique rouge était occupé par quatre rangées composées en majorité de jeunes femmes dans leur vingtaine, assises devant des ordinateurs portables ouverts. Quatre rangées qui, quand Brazos eut projeté les photos et lu le document trouvé, grondèrent comme un ciel d'orage sous un vent de colère.

Cette histoire d'esclavage transformée en famille, on avait du mal à l'avaler. Ce n'était pas une enfant adoptée. Les objections fusaient de toute part. Le système prend le dessus sur le reste. On ne peut l'invalider avec juste une belle anecdote. Vous l'avez dit vous-même, professeur. Elle a été achetée comme une marchandise à un trafiquant d'êtres humains. Il est mentionné un acte de propriété. Elle était exploitée comme force de travail. Comme cheptel humain. Cette enfant a été arrachée aux siens. Peut-être étaient-ils morts dans la traversée en bateau. Beaucoup d'esclaves mouraient de maladie, de faim, de désespoir ou de mauvais traitements dans les cales des navires avant même d'arriver. Les réactions fusaient. Et elles étaient légitimes.

Brazos ne fut pas surpris de cette réaction des étudiants. Leur juste colère face à un système inhumain qui avait laissé des cicatrices indélébiles et une longue traîne d'injustices. Les esclaves des grandes plantations étaient maintenus dans des conditions carcérales, ils étaient exploités, maltraités, battus, fouettés, ils vivaient dans la terreur. Les exceptions ne pouvaient pas le relativiser. Oui, Brazos comprenait la colère soulevée. Lui-même l'avait ressentie quand, jeune étudiant, il avait entendu rapporter ce genre de fait pour la première fois. Mais cette histoire était vraie. D'autres témoignages identiques étaient déjà répertoriés et bien connus des historiens, comme ceux de Pauline Johnson et Felice Boudreaux, enfants esclaves chez Martin et Mimi Dermat, petits producteurs d'oranges à quelques kilomètres de là. Une histoire assez similaire à celle d'Odah.

Brazos replaça ces faits dans leur contexte. D'abord ils étaient rares. Des exceptions. Ensuite ce genre de situation était aussi particulière à cette région, une petite portion du sud-ouest de la Louisiane. Comme le racontait Joseph Beaugency, quelques familles de petits fermiers souvent francophones, installés sur ces terres proches des marais et pas assez riches pour entrer dans les enchères des esclaves forts, avaient acheté des enfants qu'ils avaient quasiment traités comme les leurs, dormant ensemble dans l'unique maison. Ce faisant, ces petits métayers irritaient les grands propriétaires, pour qui ils travaillaient souvent en sous-main et qui voyaient d'un mauvais œil cet accroc à leurs codes et lois.

Il y avait la mécanique infâme de l'esclavage, ses conséquences et ses abominations. Mais il y avait aussi Joseph, et Odah. Il y avait un amour. Un manque. Un plan. Et forcément cela avait dû avoir des conséquences qui menaient à la photo prise à la maison Landreneau. Brazos proposa aux étudiants de travailler sur le document découvert par les sœurs ursulines puisqu'on avait là un nouveau témoignage direct, inédit, et de chercher les descendants de ces Beaugency dans les registres, les actes, les contrats de travail, tout ce qu'on pourrait trouver. Joseph était mort fusillé, mais il y avait ce frère Louis. Et il y avait Odah. Odah quelque part.

Le mystère de la carte d'Alfie Guidry n'était pas encore résolu, ni celui de l'existence de ce coffre d'or enterré, ni celui des déserteurs fusillés, mais on savait que les trois étaient liés et, avec l'identité de ce premier soldat, on tenait une première piste.

Une sorte d'espoir.

*

De l'espoir, on en avait bien besoin, car du côté de l'institution Bon Temps les ennuis continuaient à s'accumuler. Ou plutôt ils continuaient à s'entasser, apportés par un toboggan invisible qui les déposait devant la porte comme des enfants turbulents. On peut éduquer des enfants, mais des ennuis ? Le premier arrivé était le premier de tout un chacun : l'argent. L'argent, enfant mal élevé s'il en est, ne vient pas quand on le réclame. Il faut aller le chercher. Et il a un talent particulier pour se cacher, se soustraire, coller à d'autres gens, se faire inviter par des familles qui en ont déjà trop et apparemment jamais assez.

Voilà où l'on en était. L'argent, enfant fugueur, ne rentrait pas, et on manquait de tout.

L'électricité parvenait encore. Ça faisait tourner les climatiseurs pour avoir un peu de fraîcheur, au moins quelques heures par jour. Mais plus ça allait, plus la nasse se resserrait. On se sentait comme des poissons pris au piège. Les pensionnaires vivaient cela avec philosophie. Pour quelqu'un qui n'a jamais eu d'argent, ne pas en avoir est une sorte de routine. Pas une habitude, précisait Sista Rosetta, car on ne s'habitue jamais à manquer d'argent.

Chaque jour, il fallait organiser la débrouille. Quelquefois un restaurant du coin fournissait gracieusement un repas, gumbo, jambalaya, po' boy, écrevisses avec des épis de maïs cuits. Les cantines des écoles catholiques apportaient des restes. C'est fou ce que les gamins peuvent gâcher. Avec ces menus, on retrouvait un parfum d'enfance. Un pot de compote. Un bol de purée. Une saucisse en bâton. Parfois quelqu'un passait avec des sacs de poulet et de biscuits de chez Popeyes Chicken. Ce quelqu'un était Courville Bergeron. Un jour, ils étaient même retournés chercher les biscuits. L'employée avait oublié de les mettre dans le sac en papier. Et tout le monde aimait les biscuits. Ceux de Popeyes Chicken.

La fille du *take away* avait vu revenir la voiture du shérif avec, entassés à l'arrière, une bordée de vieux Noirs qui réclamaient à grands cris par les vitres ouvertes des biscuits, alors elle était sortie leur en apporter en rigolant, et elle avait fait une petite danse en repartant, et elle avait apporté un supplément, et elle avait insisté pour payer elle-même les nouveaux poulets parce que les autres étaient froids et qu'il fallait du bon poulet frit avec ces biscuits, et on était reparti le cœur en joie et on s'était arrêté sur un parking au bord de la route pour les manger chauds et toutes les voitures ralentissaient, pensant que le shérif contrôlait la vitesse, et Courville leur faisait signe de rouler avec un morceau de poulet à la main, et les voitures klaxonnaient joyeusement et les gens lançaient des *Bon appétit* par la fenêtre !

Le reste du temps, on faisait la cuisine soi-même. Quand un trappeur déposait quelques morceaux d'alligator, on en faisait de délicieuses boulettes frites. Il n'est pas impossible non plus qu'un ou deux ragondins soient passés dans le ragoût, certains lapins avaient les pattes un peu courtes. Quand les ennuis affluaient en bas du toboggan, on les accueillait comme ils arrivaient. L'un après l'autre. Et on n'avait aucune idée de ce que serait le lendemain.

Hélène Fontenot

J'ai choisi Dieu. Ce n'est pas lui qui m'a choisie. J'ai choisi Dieu, non pas contre les hommes mais avec eux. Bien sûr je suis une femme, et j'ai été une jeune femme, et j'ai aimé des hommes comme les femmes aiment les hommes. Certains hommes me plaisent toujours et réveillent ce désir-là en moi. Dans ce cas-là, je prie. Non pas pour que ça passe. Mais pour que ça reste. Pour que ce désir s'offre à moi. Et que j'y renonce. C'est mon cadeau pour les hommes. Je leur offre un amour plus grand que le mien, immense et éternel.

Je suis entraînée à ça. À contenir. On développe des réflexes. Une mémoire du corps. C'est une danse. Ça aide, cette discipline. Surtout quand je regarde Brazos Cormier qui parle avec autant de passion domptée, de sa voix profonde. Brazos a toujours eu ce charme à l'ombre duquel on se sent protégée. Et sacrément en chaleur, si je peux reprendre l'expression des filles de l'école. J'étais une de ces filles, à l'époque. On devait bien avoir seize, peut-être dix-huit ans. Je n'avais pas encore choisi Dieu et je ne renonçais que parce que Brazos était le dernier garçon que j'aurais essayé d'avoir. Toutes les filles m'auraient détestée. Quand on ressemble à la plus belle fille de la région, qui est devenue une Miss America, ou une obligation vis-à-vis des autres filles. On ne prend pas le garçon le plus beau et le plus convoité du lycée. On essaye de garder une vie sociale. L'estime des autres et de soi-même. La beauté ne doit rien à la beauté.

Bien sûr je la connais, cette blague qui circule dans mon dos quand je passe. Que Dieu n'est pas fou et qu'il a gardé la plus jolie fille pour lui. Y a toujours des petits malins prêts à la chuchoter assez fort pour que je l'entende. Avec les regards appuyés et les yeux levés au ciel. Ça fait rire. C'est déjà ça. Au moins, Dieu existe quelque part pour eux. Ça fait partie de la mission que j'ai choisie. Quand ça m'agace, c'est ce que je me dis. Même si Dieu n'est pas un super mâle alpha pour supporters de football. De temps en temps je leur explique quand même. Dieu ne m'a pas choisie. Dieu ne choisit personne. Il accepte tout le monde. C'est moi qui ai choisi Dieu.

*

Grâce à sœur Hélène, et sur la foi des premiers documents trouvés, l'ordre du Sacré-Cœur avait ouvert ses portes et mis à disposition les cartons, les placards, les greniers de tous ses couvents et écoles aux États-Unis. On continuait à chercher la suite du récit écrit par une jeune ursuline nommée Marie Bertrand, afin de contribuer à une recherche universitaire menée par le professeur Brazos Cormier de l'université de Louisiane à Lafayette et ses élèves. C'était la raison officielle. L'autre raison, personne n'avait vraiment envie de la formuler. Surtout pas Brazos. Surtout pas Hélène. Surtout pas Jodi. Et surtout pas les pensionnaires de l'institution Bon Temps. On ne dit donc rien du coffre d'or enterré ni des fantômes. On resta sur les éléments raisonnables. Avouables. Acceptables. L'étude historique de la maison Landreneau, hôpital de campagne lors de la guerre de sécession.

Dans la vaste salle qui accueillait les volontaires et les étudiantes à l'université, Brazos Cormier et sœur Hélène avaient remonté leurs manches pour se joindre aux fouilles. Au fond d'une remise, les sœurs avaient trouvé d'autres caisses et les avaient fait déposer, mais tout y était mélangé. On trouvait dans les cartons de 1930 des documents de 1862 au milieu de relevés de notes, de factures d'épicerie ou d'inventaires de draps et de torchons. Dans une atmosphère joyeuse et fervente on dépoussiérait, on ouvrait des cartons, on enfilait des gants de coton blanc pour ne pas abîmer les photos, on classait par date et par sujet, on faisait des piles et des piles de documents écrits à la plume sur du papier épais, jauni, et parfois friable.

Brazos s'efforçait de ne pas trop souvent tourner la tête vers Hélène. Il s'était rendu compte qu'il le faisait parce qu'il avait remarqué une raideur nouvelle dans son cou. Brazos ne savait pas pourquoi. Il ne cherchait ni signe ni assentiment sur une page tournée, une action en cours, une trouvaille. Non, son regard revenait simplement là, distrait des autres tâches qui auraient dû être plus importantes. Brazos commença à se surveiller. Quand il sentait que son regard allait repartir vers la droite où Hélène se tenait, entre la fenêtre et lui, il plissait les yeux, s'efforçait de relire une ligne du document qu'il avait entre les mains, de fixer ses pensées un instant de plus. Si Hélène le remarquait, Brazos dirait qu'il regardait vers la fenêtre, puisque le jour se trouvait derrière elle. Il évoquerait la fatigue des yeux, la surcharge de travail...

Brazos se sentit comme un adolescent pris en flagrant délit, mais de quoi ? De quoi se sentait-il tout à coup coupable ? De tourner la tête vers la fenêtre ? Vers Hélène ? Vers Hélène devant la fenêtre ? Cette pensée le troubla profondément. Il aurait voulu sortir une gomme à pensées de sa trousse et l'effacer de sa tête. De son ventre. De sa poitrine qui avait du mal à rejeter l'air inspiré dans ses poumons. Il soupira bruyamment. Hélène se tourna vers lui. Tu as trouvé quelque chose ? Non, rien, dit Brazos. Mais bien sûr qu'il venait de trouver. De trouver pourquoi ses yeux revenaient toujours vers Hélène.

Hélène avait bien sûr perçu le regard de Brazos qui s'échappait dès qu'elle inclinait la tête et risquait de le croiser. Le champ de vision est bien plus large qu'on ne le croit. Un léger picotement sur sa tempe, un rapide coup d'œil, la chaleur du rouge qui monte à ses joues, et puis quoi ? Rien. Elle avait contrôlé sa respiration et c'était redescendu.

Hélène n'arrivait pas à décider si cette sensation était agréable ou non. Si c'était elle qui inventait tout ça. Pourquoi ? Voulait-elle que Brazos la regarde ? Vingt ans plus tôt, certainement, oui. C'était peut-être un reste de ces années qui était en train de remonter à la surface. Le temps était passé si vite. Cette époque lui semblait encore si proche. Vraiment vingt ans, ça tient dans ça ?

Le soir allait tomber. Il serait bientôt temps de partir. Un cri fusa au fond de la salle, suivi d'une salve d'applaudissements, une danse de joie. Des chants de victoire. Des congratulations. Une étudiante nommé Jasmine Hernandez venait de sortir d'un registre en cuir bouilli une nouvelle page, écrite sur le même papier et de la même écriture que les premières, au milieu de factures d'intendance. Et presque aussitôt après, une autre mêlée aux commandes de graines du potager, ces pages avaient été disséminées, pêle-mêle avec d'autres. Peut-être le hasard. De déménagement en déménagement, d'inondation en incendie, d'ouragan en tornade. Personne ne le savait.

Mais cette fois c'était sûr, il y avait une suite…

Novembre 1863

Odah et moi on avait déjà failli être séparés une première fois. Quand Odah a eu dans les treize ans, elle avait mal au ventre et elle s'est mise à saigner, et sa jupe était toute tachée, comme si on avait tué un poulet dessus, et Odah était terrifiée et elle a cru qu'elle allait mourir. Et moi je ne pouvais plus respirer. Je sentais ma vie partir avec la sienne. Comme si je tombais et que la mer tombait avec moi en dessous, sans s'arrêter. Ma mère a entendu les cris d'Odah. Elle est arrivée en courant. Odah était debout face à moi, les yeux remplis de larmes. Elle tremblait et moi je tremblais avec elle. Si Odah mourait, je mourrais aussi. C'était certain. Et je n'avais pas peur, pas peur de ça parce que j'aurais été avec elle. J'avais juste peur qu'Odah meure. Elle.

Ma mère est arrivée en courant. En voyant la jupe blanche d'Odah toute tachée de sang elle a souri. Pas un sourire de moquerie, un sourire rassuré. Et Odah a immédiatement cessé d'avoir peur. Et j'ai recommencé à respirer. Ma mère a pris Odah par la main et l'a emmenée à part. Odah est allée se changer avec ma mère et ma mère lui a expliqué comment faire avec ça. En revenant elle a dit qu'Odah était une jeune femme désormais. Et là mon frère aîné, Louis, a dit qu'on pourrait peut-être la vendre, car elle vaudrait cher. La claque est partie si fort que sa tête a tourné sous le choc.

Je crois que ma mère ne voulait pas vraiment le frapper. Elle a été la première surprise de ce geste. Elle avait réagi comme on chasse un maringouin qui fonce droit sur soi, une guêpe qu'on écrase du plat de la main avant qu'elle ne pique. Mon frère n'avait pas de guêpe ni de moustique sur le visage. C'était le mot. Le mot qu'il avait prononcé que ma mère avait écrasé sur son visage. Louis a reculé, un peu de sang a coulé au bord de sa lèvre. Et il est parti sans rien dire. Et ma mère l'a regardé partir. Comme stupéfaite par son propre geste. Elle s'est tournée vers moi. Mes poings étaient serrés. J'ai ouvert mes mains lentement car ma mère risquait de les voir. Allez ! On va travailler, a-t-elle dit. J'ai demandé si Odah dormirait encore avec nous maintenant qu'elle était une jeune femme. Ma mère a dit : et où voudrais-tu qu'elle dorme ? Et je me suis aperçu que j'avais encore arrêté de respirer car j'ai repris mon souffle à ce moment-là, comme si je sortais la tête de l'eau. Je n'ai pas osé croiser le regard de Louis de toute la journée.

Je sais que Louis est mon frère. Mon frère aîné. Mais je ne l'aime pas. Je sais qu'on n'a pas le droit de ne pas aimer ses frères. Mais je n'aime pas Louis. Louis n'est jamais content, ni de mon père, ni de ma mère, ni de nous autres. Je ne sais pas pourquoi. Il n'était jamais content d'Odah non plus. Je crois que Louis a toujours pensé qu'elle était en trop. Il n'a jamais compris pourquoi mes parents l'avaient achetée. Même si Odah travaillait mieux et plus que nous, toujours. C'était souvent ma mère qui lui disait tu peux arrêter. Et Odah continuait.

Donc Odah et moi on a failli être séparés, mon père aurait écouté Louis. Ma mère ne disait jamais « achetée » à propos d'Odah. Mais Louis disait toujours « vendre ». Ma mère a tenu bon. Je ne sais pas comment j'aurais fait pour dormir sans Odah, sans sentir ses cheveux devant mon visage, son corps devant le mien, sa respiration qui se mêle à l'air que je respire. Mon père était de plus en plus malade. Et puis la guerre est arrivée. Et mon père est mort. Et ma mère après lui. Et Louis est devenu le chef de la famille. Et il a fait ce qu'il a fait. Et j'ai fait ce que j'ai fait.

*

L'écriture était bien la même que sur le premier document trouvé. Elle était au début du texte moins régulière, comme des notes prises rapidement, et se poursuivait ensuite d'une écriture mieux formée, d'une plume mieux trempée dans l'encre, sans doute à un autre moment, plus tard, plus calme. Cela pouvait signifier que la jeune religieuse écrivait en donnant des soins au blessé, avec des moments agités et d'autres plus calmes, ou qu'elle écrivait en cachette cette confession, restituant certains éléments le soir, en secret, dans le silence de sa cellule monacale.

Pour Brazos, ces différences posaient la question de l'existence même de ce document, de son but. C'était une sorte de confession. Pas un rapport. Pas un relevé de soins. Joseph y parlait d'un plan, puis de quelque chose qu'il avait fait. Il se souciait d'Odah. Seulement d'Odah. Joseph était-il juste un déserteur ? Un de ces jeunes enrôlés dans les milices confédérées qui avait pris la fuite lors de la bataille pour rejoindre son aimée ? Un fuyard repris et condamné à mort. Tout jusque-là semblait l'indiquer. Alors on avait fait des recherches. S'il avait été fusillé, on n'en avait aucune trace officielle. Aucune décision de procès ou de sentence ne mentionnait son nom.

Il pouvait y avoir des raisons à cela. On était dans les derniers jours de la guerre. Malgré cette victoire surprise, et très locale, le Sud était en plein débâcle. La paperasse n'était pas la priorité des officiers. S'ajoutait à cette confusion le fait que ces troupes étaient composées de nombreuses milices, venues d'un peu partout pour la bataille. On cherchait les disparus, on déplaçait les hommes. On négociait le sort des officiers retenus captifs. Les règlements de comptes et les exécutions sauvages étaient possibles, et que certains documents ou rapports aient été détruits ou jetés dans l'eau des marais lors de la retraite vers le Texas plus que probable. Le Nord tenait scrupuleusement ses rapports. Le Sud beaucoup moins. Brazos savait tout cela. Il détailla le nouveau document trouvé. Chaque mot pouvait compter. Le moindre mot comptait.

Le récit de Joseph insistait sur la séparation. Il commençait par « nous avions déjà failli être séparés une première fois ». C'est donc qu'il y en avait une deuxième. Ou sa menace. Et cette menace était nommée. Louis. Le frère aîné qui voulait vendre Odah. Il était clairement fait état, sur le ton de la confession, de l'animosité entre les frères. On pouvait raisonnablement penser, expliqua Brazos, à l'étude de ce texte, et à la lecture de cette dernière phrase mystérieuse, *il a fait ce qu'il a fait et j'ai fait ce que j'ai fait*, que Louis, devenu chef de la famille, avait vendu Odah. Et que Joseph s'y était opposé.

On chercha donc les actes de vente. On n'en trouva aucun. Et à ce jour on n'avait toujours pas trouvé non plus l'acte d'achat de l'enfant Odah mentionnée par Joseph. On avait appelé à la rescousse Jean Tupelo, le notaire de Bâton-Rouge. Les archives notariales de La Nouvelle-Orléans contiennent plus de quarante-cinq mille volumes d'actes dont de nombreux relatifs à la vente et à l'achat d'esclaves. Mais la loi, avant 1867, prévoyait que les notaires devaient les garder chez eux jusqu'à leur retraite et les léguer à leurs successeurs. Autant dire que des volumes entiers avaient disparu dans la guerre, les pillages, les incendies, les ouragans et sans doute quelques « pertes ». Autant chercher une aiguille dans une botte de foin.

Les étudiants de Brazos continuaient de leur côté à scruter toutes les archives religieuses ou civiles. Là non plus, on ne trouvait trace du nom de Beaugency. Peut-être pour les mêmes raisons. Peut-être pour d'autres. Des familles avaient déménagé vers d'autres États, d'autres pays. Des fratries avaient été décimées par la guerre, les fièvres des marais, certains noms s'étaient éteints. Mais quand même. N'identifier aucun Beaugency dans quelque registre que ce soit, ancien ou récent, était étrange. Il n'y avait rien dans toute la paroisse, ni dans tout l'État, ni dans les États voisins. Comme si tout avait été soigneusement retiré. On pensa même, à un moment donné, que rien de tout ça n'existait, et qu'on était victime d'un vaste canular monté par Alfie, l'étudiant à la thèse recalée pour affabulation. Mais les lettres et les photos furent authentifiées par les labos de l'université de Bâton-Rouge, un des meilleurs départements de sciences des États-Unis.

On continuait à chercher. Cette nouvelle lettre ouvrait une nouvelle piste. Brazos en était convaincu. Et le notaire Jean Tupelo, aussi. Deux frères ennemis laissent des traces. En justice ou ailleurs. L'affaire était loin d'être close.

*

Une autre affaire n'était pas close. La relation de Jodi avec les fantômes de la maison Landreneau.

On n'en parlait plus trop, surtout depuis qu'on avait trouvé ces lettres, mais Jodi était toujours leur coloc. Ça crée des liens, forcément. Partager le même espace. En attendant qu'on avance sur le front de l'or. Parce qu'il ne fallait pas perdre ça de vue : c'était quand même le but. Déterrer le coffre. Garder la moitié. Conserver la maison. Sauver les meubles, les murs, les fenêtres, l'escalier, et tout le reste. En attendant, eh bien il fallait attendre !

Envisageant la perspective du temps long, Jodi avait commencé par poser quelques règles. D'abord, celles qui s'appliquaient à elle-même, plus de déambulations en petite culotte, ou sans, devant le miroir. Oui ben c'est comme ça. Plus de sortie du miroir dans la nature non plus, ni de fouilles sauvages. Une nuit au poste, ça m'a suffi. Un autre principe qui s'imposa fut de ne jamais parler dans la maison des recherches menées par Brazos, les étudiants et les bonnes sœurs. Au moins tant qu'on n'en savait pas davantage.

Le Grand chef Antwane Deville, le révérend Billodeau, le Dr Chance, Sista Rosetta et Ti-Bone avaient tous été formels sur ce point. Antwane avait rappelé la tactique élaborée lors des premiers échanges avec la planche de ouija, ne jamais dire ce qu'on sait, ne jamais montrer qu'on ne sait pas. On pouvait avoir besoin de revenir vers les trois esprits avec des éléments nouveaux. Une stratégie. Des questions. La résolution qui était sortie de cette discussion secrète à la maison Bon Temps, était : statu quo.

Jodi avait traduit ça en actes du quotidien par on met des règles et on s'y tient. En ce qui concerne celles des confédérés, Jodi avait été claire. Dès que je passe la porte dans le sens de l'entrée, plus de plaintes, plus de bruits bizarres, plus de coups dans les murs, de fenêtres qui grincent, et plus de marches qui craquent dans l'escalier. Elle prit soin de choisir des termes qui pouvaient aussi être pris en compte par la maison elle-même, ou le vent, la chaleur et l'humidité. N'importe quoi qui pouvait produire ces bruits toute la nuit. Jodi avait choisi de croire aux fantômes d'Alfie. Mais elle croyait aussi aux maisons et au climat subtropical de la Louisiane.

Voilà pour les résolutions. Et pour leur application. Mais toute loi a des exceptions. Les découvertes des derniers jours avaient changé la vision que Jodi avait de ses colocs confédérés. Au moins de l'un d'entre eux. Si c'était lui.

C'était lui. Elle ne pouvait pas se retirer cette idée de la tête. Il y avait un avant, un après, et là, on était dans l'après. Jodi ne pouvait plus faire comme avant. Jusqu'à ce jour, c'était elle qui faisait les conversations. Les questions et les réponses. Mais là, après avoir lu le récit de Joseph, elle avait le sentiment que quelqu'un lui avait répondu. Pour de vrai. Elle était dans la confidence. Elle en savait même plus sur Joseph que sur la moitié de ses amis. Comme Brazos, elle avait été touchée par la façon dont Joseph parlait d'Odah. Le manque. Jodi LeBlanc, infirmière diplômée et cow-girl au cœur gros comme ça, voulait le soulager, au moins un peu.

Et pour faire ça, elle avait son idée.

*

Ce soir, en rentrant à la maison Landreneau, Jodi se gara devant l'entrée. Claqua bruyamment la portière pour signaler son arrivée et entra dans la maison en poussant la porte avec les pieds, les bras encombrés d'un gros fauteuil rouge qu'elle avait transporté dans la benne de son pick-up. Jodi le posa dans l'entrée en pliant les genoux, ferma la porte, le reprit en le soulevant avec un « hisse » d'effort, le reposa, se tint les reins, et le poussa jusque devant le miroir.

C'était un vieux fauteuil en velours rouge aux accoudoirs semblables à ceux des loges de théâtre. Jodi n'était jamais allée au théâtre à part celui de l'université qui est moderne, avec de beaux sièges rabattants rouge vif, mais elle voyait leur salle de cette façon, celle des cinémas. Elle l'avait trouvé plus tôt dans la brocante de Chase Perrodin, à Catahoula. Il n'y en avait qu'un et les gens veulent des fauteuils qui vont par deux, comme les gens. Alors Chase le lui avait échangé contre un accordéon diatonique qu'elle avait chez elle. Celui avec lequel elle avait appris les rudiments de l'instrument quand elle était petite. Elle n'y avait plus touché depuis. Elle voulait ce fauteuil. Elle voulait ce moment. Et elle voulait ce fauteuil pour ce moment. Elle y avait pensé toute la journée.

Jodi était donc enfin installée. Sur l'écran en face d'elle, c'est-à-dire la taille exacte de la surface du miroir, il y avait aussi Jodi. Elle se leva à demi, se pencha en avant, agrippa le fauteuil par les deux accoudoirs, avança avec lui vers le miroir, d'un pas, puis deux, et se rassit. Voilà. Jodi se voyait en entier. On devait donc bien la voir aussi de l'autre côté. S'il y avait quelqu'un. Et elle avait décidé qu'il y avait quelqu'un.

Ce que Jodi pensait, c'est que Joseph ne voudrait peut-être pas en parler devant les deux autres. On ne savait rien sur eux. Elle avait regardé et regardé la photo. Et la photo de la photo sur l'écran de son smartphone. Chaque détail. Et elle avait remarqué qu'ils se tenaient éloignés sur la photo, les deux gars ensemble d'un côté et lui de l'autre, à quelques pas. Presque opposés. Jodi avait réfléchi à ça. Le mieux était d'appliquer la technique Antwane, ne pas dire ce que l'on sait, de se contenter de parler d'elle et de glisser quelques allusions que seul Joseph pourrait décoder. Alors elle avait préparé son truc. Elle l'avait répété au volant de la voiture. Elle était prête. Elle se redressa, pris une inspiration, et se lança.

Elle commença par expliquer que parler faisait partie du processus d'être colocs. Pas dans les règles, mais dans les usages. Elle expliqua donc qu'elle n'avait pas eu de *frère*. Et que son *père était parti*. Et que sa *mère était morte* quelques années plus tard. Cancer. Cirrhose. Capitulation. N'importe quelle saloperie qui commence par C. Elle confia que quand elle était petite, elle parlait toute seule la nuit. Elle se disait qu'il y aurait bien *quelqu'un* pour l'entendre. À qui raconter *ses secrets*. On a tous des secrets, non ? Jodi raconta que certaines filles tenaient des journaux intimes *sur des feuilles*, dans un carnet avec *le jour, la date, les événements*. L'idée c'était qu'on puisse les relire des années plus tard, ou que *quelqu'un d'autre* puisse le faire. Jodi appuyait sur les bons mots. Ces filles écrivaient que leur *sœur* ronflait la nuit ou qu'elles dormaient *dans le même lit*. Elle ajouta qu'elle aurait aimé avoir *des frères*, genre *quatre* ou *cinq*, ça lui aurait évité de parler aux murs. Enfin si elle s'entendait bien avec eux, y en a toujours *un avec qui on s'entend moins bien*. De mot appuyé en mot appuyé, Jodi faisait passer l'information à Joseph. Il avait laissé un message, une sorte de testament, on en avait trouvé le début. Des fois on n'écrit pour personne. Des fois on écrit pour *quelqu'un*, répéta Jodi.

Elle arriva bientôt à la conclusion, celle qui devait noyer le poisson pour les autres gars du miroir. Elle voulait leur dire, de la part de tous, qu'on avait compris qu'ils ne reconnaissaient plus où était enterré le coffre parce que tout avait changé. Que c'était pour ça qu'ils étaient coincés là. Pour ça qu'Alfie n'avait rien trouvé. Et tout le monde comprenait que c'était déprimant pour eux et que ça ne servait à rien. Alors voilà ce qu'on allait faire : on n'allait plus en parler. Juste attendre et garder confiance. On trouverait une autre solution. Une autre piste. En attendant on appliquait les règles. Plus de bruit. Plus de culotte.

Une fois cette conversation terminée, Jodi se leva, repoussa le fauteuil et éteignit la lumière. Quand elle se coucha, elle eut le sentiment que quelqu'un la regardait. Elle ouvrit un œil, vit l'ombre des branches au travers de la fenêtre projetée par la lumière de la lune. Elle se surprit encore une fois à penser à ces choses auxquelles pourtant elle ne croyait pas. Une nouvelle habitude dont elle avait du mal à se défaire. Peut-être que tout simplement, au fond, elle ne le voulait pas.

Bon les gars, maintenant je dors, je compte sur vous pour monter la garde, dit-elle à voix haute. Descendant du toit, un craquement se fit entendre. Je prends ça pour un oui, dit Jodi en fermant les yeux, un sourire au coin des lèvres.

Jodi LeBlanc

Peut-être que je devrais faire mon deuil. Même si je ne l'ai jamais vu. D'abord parce que maintenant c'est sûr : je ne le verrai jamais. Je ne connaîtrai jamais le son de sa voix. L'odeur de son parfum. La façon dont il marche ou respire ou tient son verre quand il boit. Je ne saurai jamais rien de l'inclinaison de sa tête quand il parle, de la façon dont il s'assied. Il y a des tas de façons de s'asseoir sur une chaise. Presque autant que de gens. J'ai appris ça de Ti-Bone. Ti-Bone est fort pour observer les gens.

Oui, c'est sûr, je ne saurai jamais comment mon père, Rex LeBlanc, se débrouille avec une chaise. Est-ce qu'on a besoin de ça pour faire son deuil ?

J'ai fait le deuil de ma mère sans m'en rendre compte. Un peu chaque jour de sa maladie. Comme on descend un escalier marche après marche. Je crois que j'en ai fait mon deuil de son vivant, enfin du peu de vie qu'il restait en elle. Quand elle a laissé partir son dernier souffle, mon deuil était comme une plume qui voletait au-dessus. C'est tout.

Je me suis habituée à vivre dans un monde où les pères n'existent pas. C'était le mieux à faire pour ne pas lui en vouloir et ne pas le faire payer aux autres. Ma mère me l'a toujours dit. Faut pas lui en vouloir. C'est rien qu'un fils de pute. Perds pas ta jeunesse à ça. Elle, elle lui en voulait. C'était sa façon de se rappeler qu'elle avait été aimée. On n'est pas trahi s'il n'y a rien à trahir. Ma mère était une belle femme. Elle avait un super cul. C'est d'elle que je dois tenir ça. Elle aurait pu se retrouver un homme. C'est juste qu'elle croyait plus à ce rêve. Le fils de pute l'avait emmené. C'est peut-être de ça que je devrais faire le deuil. De ce truc que je tiens de ma mère. Pas son super cul. L'autre truc. Celui qui m'empêche de faire confiance à un homme.

*

Jodi avait trouvé ce courrier dans sa boîte aux lettres. Un courrier papier. Dans une enveloppe rectangulaire. Quand était-il arrivé ? Elle ne le savait pas. Elle n'était pas passée chez elle depuis plusieurs jours. De toute façon elle ouvrait rarement sa boîte aux lettres avant qu'elle ne soit pleine. Elle l'avait fait ce matin parce qu'un colibri volait en stationnaire devant, semblant hésiter à y entrer. Au milieu des pétales de magnolia, elle avait trouvé cette lettre qui l'informait que le fils de pute était mort à Spokane dans le Wisconsin. Jodi ne savait pas que cette ville existait mais elle était bien quelque part, avec une église, une mairie et un employé d'une compagnie d'assurance-vie qui, en recherchant des héritiers, était tombé sur elle. La fille du fils de pute.

Jodi avait appelé le numéro de téléphone en bas de la page et elle avait été claire tout de suite, si c'était des dettes que le défunt lui léguait, elle y renonçait et les laissait à l'État. Le type au bout du fil avait toussoté. Ne vous inquiétez pas, c'est une petite somme, mais c'est une belle petite somme. Jodi se demanda comment un homme qui n'avait jamais envoyé un centime en vingt ans pouvait lui laisser une belle petite somme d'argent. L'employé répondit que cet argent était une assurance-vie que Rex avait mise de côté pour sa retraite. Il n'avait pas eu le temps de la prendre, fauché par un AVC massif qui avait éteint son cerveau et toutes les idées à la con qui étaient dedans. Enfin, pour les idées à la con, c'est ce qu'avait pensé Jodi. Sa mère disait toujours que le fils de pute n'avait que des idées à la con, et Jodi avait toutes les raisons de croire sa mère, qui ne lui avait jamais menti, sauf pour ce qui était de la gravité de son cancer, qu'elle avait essayé de lui cacher jusqu'au bout. Le gars de l'assurance-vie dit que le mieux pour ne pas payer d'impôt dessus était de faire un don à une association ou à une église et de le déduire. Vous avez une église en tête ?

Avant que le gars ne se mette à lui vanter la sienne, Jodi l'assura qu'elle était catholique, comme beaucoup de gens d'ici et sans doute le fils de pute lui-même, et qu'elle verrait ça avec le père Latiolais de la paroisse Saint-Jean. L'employé ne devait pas gagner lourd dans son bled du Wisconsin parce que la « belle petite somme » annoncée avait la beauté des miniatures. Rex n'avait sans doute pas prévu une longue et fastueuse retraite, ou peut-être avait-il vidé son assurance-vie au fur et à mesure des échecs et magouilles foireuses qu'il avait dû enchaîner avec l'endurance d'un marathonien de la lose. Y a de quoi vous acheter une voiture d'occasion, claironna le gars du Wisconsin dans le téléphone.

Jodi ne voulait pas de nouvelle voiture. Elle aimait son vieux pick-up truck rouge. Un vrai véhicule de Cajun. L'odeur de son habitacle, un mélange de graisse et de cuir. Ses pare-chocs lourds et hauts. Elle aimait ce vieux truck même s'il n'avait pas la clim et qu'elle était obligée de rouler vitres ouvertes pour ne pas mourir de chaud dedans en été. Elle aimait le bruit de ses roues sur le gravier. Jodi aimait son pick-up, toutes les histoires qu'elle avait vécues dedans, les joies, les chagrins, le café du matin renversé dans un virage, et le souvenir des garçons qui avaient enlevé leur chemise pour la prendre dans leurs bras sur la banquette. La lumière des étoiles sur leurs fesses, pantalon baissé. Non, elle ne voulait pas d'une nouvelle voiture. Et la belle somme, en fait, elle n'en voulait pas non plus. Elle ne voulait rien du fils de pute. Rien qui avait manqué à sa mère, ou à elle-même quand elle était gosse. Le gars lui dit que de toute façon le virement serait fait sur son compte. Il avait fini son boulot. Il avait l'air pressé de passer au dossier suivant. Jodi répondit d'un simple hum hum. Elle attrapa une bière dans le frigo, la décapsula à l'ouvre-bouteilles cloué au mur, et s'installa avec dehors.

La lumière vive du jour l'aveugla quelques secondes. Un halo blanc, le temps que se redessinent les arbres et les feuilles, les herbes, les fleurs, et les oiseaux-mouches qui volettent joyeusement entre les branches. Jodi resta un instant à regarder ce paysage, s'offrant à la caresse du soleil de printemps. Puis elle leva sa bière en direction du soleil, porta le goulot à ses lèvres et en but une fraîche rasade avec délectation. Elle ne voulait pas de nouvelle voiture. Elle ne voulait pas de nouvelle maison. Elle ne voulait pas de l'argent du fils de pute. Ni de la Providence. C'est tout. La maison de retraite Bon Temps gagna un nouveau donateur. Un fils de pute mort à Spokane, Wisconsin. Jodi relut la somme qu'elle avait notée au stylo sur le dos de sa main. Il y avait à peine de quoi tenir quelques semaines. Pas assez pour payer les frais de succession de la maison Landreneau ou commencer des travaux. Pour ça, il faudrait transformer la belle petite somme en une beaucoup plus grosse. Mais comment ?

Jodi revisita dans sa tête les panneaux publicitaires qu'elle voyait tous les jours au bord d'Évangeline

Thruway. Placements sûrs. Rendements imbattables. Gestionnaire reconnu. Quand Jodi eut fini sa bière elle avait un plan. Un plan qui n'avait rien à voir avec tout ça. Elle avala la dernière gorgée, balança la bouteille dans la poubelle, attrapa ses clés et monta dans son pick-up truck. Au bout du chemin de gravier, elle tourna sur la gauche vers Lafayette.

*

En voyant Jodi revenir et se garer dans l'allée devant sa maison, Hông avait fait passer son T-shirt par-dessus sa tête, dévoilant une poitrine certes petite mais parfaitement galbée, et elle était en train de se débarrasser de son short en jean quand Jodi était parvenue à l'arrêter. Elle n'avait changé ni d'avis ni d'orientation sexuelle et ne revenait pas pour ça. Tu es sûre ? Oui. Hông afficha une moue de déception, remonta son short, réenfila son T-shirt et attrapa d'une main résignée le jeu de cartes posé sur la table. Jodi lui expliqua alors qu'elle venait en effet pour les cartes, mais que ce n'était pas avec celles-ci qu'on allait procéder.

La seule façon qu'avait trouvée Jodi de faire rapidement de l'argent avec de l'argent était d'aller jouer au casino. Cette idée lui était venue du type de l'assurance-vie. Il le lui avait dit deux fois sur un ton goguenard : vous pouvez toujours aller multiplier ça au casino. Le type avait dit son nom mais Jodi l'avait oublié. Elle n'avait pas oublié le casino. C'était le moyen le plus rapide. Facile à organiser. Et y en avait un pas très loin d'ici, sur le territoire d'une tribu indienne. On pouvait y aller tous ensemble. Jodi savait qu'on avait statistiquement plus de chances de perdre de l'argent que d'en gagner. N'importe quel Indien Choktaw vous dira que la seule façon de devenir riche au casino est d'en avoir un. Mais elle n'avait pas trouvé mieux comme rendement, alors Jodi avait besoin d'être accompagnée d'un expert. Et il se trouvait qu'un expert en cartes et en mathématiques, elle en connaissait un. Ou plus exactement une.

Hông avait appris les cartes parce que les gens la prenaient pour une Chinoise. Les gens pensent que les Chinois sont très joueurs. Alors elle s'était mise à plumer des malins qui pensaient la plumer dans des sous-sols de Bourbon Street. Quand t'es asiatique et que t'as pas un rond, c'est ça ou strip-teaseuse, sinon faut aller bosser sur les bateaux de crevettes sur le golfe, et là tu peux dire adieu à ton vernis à ongles. Et à tes lombaires. Hông avait un esprit pour les maths. Elle passa deux bonnes heures à expliquer à Jodi les rudiments des jeux de cartes. Disons le black jack, parce que c'est le plus simple. Les trucs qu'il fallait éviter. Les trucs qu'il fallait surveiller. Les trucs qu'il fallait retenir.

On recommença, et encore. Hông enleva son débardeur – la chaleur, hein –, pencha en avant son buste, faisant pointer ses seins aux tétons bruns vers les cartes, guettant de ses yeux grands ouverts la moindre réaction de Jodi. Vers les cartes, bien sûr. Hông rejetait ses longs cheveux brillants, parfaitement lisses et parfaitement noirs vers l'arrière d'un mouvement de tête. On ramassa et reposa en pile les cartes encore une fois. Hông riait dès qu'elle le pouvait, c'est-à-dire tout le temps, dévoilant ses dents blanches et régulières, jouant des épaules comme une danseuse, et ne tarissant ni de compliments ni d'anecdotes entre deux levées de cartes. La blondeur de Jodi la mettait en joie et sa bouche aux lèvres couleur de fruits rouges en appétit. Hông n'avait qu'une envie, enfin pour commencer, frotter les siennes dessus et les mordre avec gourmandise. Que ce but soit atteignable ou non n'avait aucune importance. Hông voulait rester le plus près possible de Jodi, et le plus longtemps possible. Par amour. Par amour de la beauté. Des boucles blondes. Des seins ronds et lourds. Des fesses rebondies à faire craquer les jeans. Par amour de la promesse des ventres qui se frottent l'un à l'autre. Des frissons sur la peau. De cette chaleur entre les cuisses. Humide comme l'air du soir. Juste ça. L'amour des petites approches et des petits pas. L'amour, l'autre, le grand, elle préférait au contraire en rester le plus loin possible. Assez de filles lui avaient brisé le cœur. J'ai une petite poitrine, le cœur est pas bien protégé derrière, trop près du bord.

Hông mangeait Jodi des yeux, et pour l'instant ça lui suffisait.

Quand les leçons de cartes furent bien apprises, les deux filles s'en allèrent dans le pick-up rouge. Hông voulait rester avec Jodi. À côté. Sentir son parfum. Son odeur. Hông passa son bras derrière le siège conducteur. En copine, bien sûr. Et ne quitta pas Jodi des yeux tandis qu'elle conduisait, un demi-sourire aux lèvres. Hông entreprit alors de lui raconter sa dernière erreur. C'est comme ça qu'elle appelait ses amoureuses. Jodi lui demanda pourquoi. Parce que chaque fois je savais qu'il ne fallait pas le faire. Et tu l'as fait quand même. Oui forcément. C'est le principe des erreurs. Tu les payes après, mais t'as eu un beau truc. C'est comme avec les garçons alors, rigola Jodi. Elle lui parla des rodeo boys, tout est dans le coup de reins ma chère. Ce que les taureaux furieux ont fait pour moi. Les deux filles riaient tellement que Jodi faillit à nouveau sortir de la route.

Il ne fit aucun doute pour Hông, quand la voiture s'arrêta et qu'elles descendirent joyeusement, qu'elles s'étaient donné complicité, émotion et, d'une certaine façon, plaisir. Une sorte de plaisir sans autre jouissance que celle de l'instant, dans l'intimité d'un habitacle de pick-up qui roule fenêtres ouvertes. Parfois c'est suffisant. Ne pas faire d'erreur. Et ne rien payer derrière, à part une bière mexicaine au goût citronné, comme un baiser frais sur les lèvres.

Elles entrèrent dans le hall de la maison de retraite. Hông demanda à aller aux toilettes, revint après un temps assez long avec deux légers cernes sous les paupières et un peu plus calme qu'en arrivant. Elle fit un clin d'œil à Jodi qui leva les yeux au ciel. Si on m'avait dit que c'est une fille qui me ferait sentir comme un poster de playmate dans un vestiaire de foot !

Une brochette de vieux descendants d'esclaves les attendaient, jeux de cartes à la main, pour une leçon de mathématiques. Le genre d'algèbre où un valet vaut plus qu'un dix et une dame encore plus. Hông prit un jeu de cartes sur la table et le battit entre ses mains habiles. Elle se planta en face du révérend. Le premier principe est, une fois qu'on a fait les maths, de ne pas regarder les cartes mais de suivre les yeux des autres joueurs. Les joueurs sont plus importants que les cartes une fois qu'on les a mémorisées. Comme dans la vie, ce n'est pas tant ce qui t'est donné que ce que tu en fais qui compte. Il y a une parabole pour ça dans les Évangiles, Mathieu 25, 14-30, affirma le révérend. Pour le reste, chacun ici savait ce qu'il avait à faire de son propre talent. Faire avec ce qu'on a, on avait l'habitude.

*

Bon, autant le dire de suite : cette expédition fut un fiasco. Sur les caméras de surveillance du casino, ce soir-là, on voit un van arriver sur le parking, et, quelques secondes plus tard, une petite troupe hétéroclite faire son entrée dans le hall du casino. Devant, marche une jeune Asiatique vêtue d'un short confetti et d'une chemise nouée, laissant son nombril à l'air, elle avance avec une démarche de mannequin, main sur la hanche et longs cheveux noirs ondulant à chaque pas. Une beauté qui fait tourner les têtes. Derrière elle, une jolie blonde à peine plus grande, aux cheveux bouclés, jean enfoncé dans ses bottes de cow-boy et vêtue d'une veste en daim à franges. Les deux *sweethearts of the rodeo* sont escortées par trois gardes du corps improbables, de vieux Noirs qui les suivent d'une démarche fatiguée, buste incliné vers le sol, les bras tentant de s'appuyer sur la résistance de l'air pour avancer.

Le plus vieux, ventre en avant et crâne dégarni luisant sous les lustres, affiche un air de conspirateur mais ça, personne ne le voit à part lui-même. Il semble se remplir de tout ce qu'il voit. Vieil enfant émerveillé, debout dans sa veste de costume devenue trop large. Derrière lui, l'échalas aux joues creuses et à la démarche élastique pourrait passer pour le père de Snoop Dogg, le rappeur. Le dernier de ces rois mages ne porte ni myrrhe ni encens mais a des rouflaquettes poivre et sel qui lui mangent la moitié du visage, et des lunettes miroir comme tout joueur mystérieux qui se respecte. Il a un nom, enfin un nom de scène tout à fait prédestiné puisqu'il se présenterait à n'importe quelle personne qui viendrait vers lui comme étant le Dr Chance.

Toutes sortes de gens venaient dans ce casino, un supermarché du jeu avec des rangées de machines à sous alignées sur une moquette colorée et des tables de black jack et de roulette, alors cette petite troupe hétéroclite n'était pas plus voyante qu'une autre. Elle venait jouer. Boire. Passer du bon temps à rêver, à caresser la richesse sans la toucher dans un songe éveillé. Il était temps de se répartir les tâches et le pécule de départ, retiré de la banque en liquide le matin même par Jodi.

Tu es sûre, ma béb' ? Cette manie qu'ont les filles de Louisiane d'appeler tout le monde béb' ! – Tu veux vraiment vider ton compte ? Pour une fois qu'il est garni d'un petit matelas douillet. On est d'accord, c'est pas la literie cinq étoiles du Waldorf Astoria du Carré français, mais bon tu as quand même un truc mieux que les matelas en mousse qu'ils vendent chez Target. Voilà ce qu'avait dit Estelle Brasseaux, la fille de la banque, en roulant des yeux comme le serpent du *Livre de la jungle*, tentant d'hypnotiser Jodi pour la ramener à la raison. Tu devrais le mettre sur un compte qui rapporte. On a des actions disponibles, aussi. On n'est pas obligé d'être fauché en Louisiane. Hé, peu de gens le savent, mais l'homme qui a inventé le signe du dollar, le S barré d'un trait vertical, Oliver Pollock, était un homme d'affaires de La Nouvelle-Orléans. Tu le savais, toi, béb' ? Estelle arrivait à court de propositions mais elle avait fait son job avec zèle.

Non je savais pas, avait répondu Jodi. Et je veux claquer cet argent. Pour les billets, si tu peux me mettre des Lincoln et des Jefferson, c'est mes présidents préférés ! Estelle s'exécuta et alla trier dans le coffre les billets que Jodi était à présent en train de distribuer à chacun. On alla échanger les billets contre des jetons. Hông et Jodi se dirigèrent vers la table de black Jack, Ti-Bone vers la roulette et les deux autres vers les machines à sous. Le révérend Billodeau étant interdit de casino, il était absent. De même que Sista Rosetta qui avait estimé qu'elle n'était pas une poule pour aller se faire plumer.

*

On ne gagna rien ce soir-là, mais tout le monde ne perdit pas pour autant. Hông repartit avec un lot de consolation. Un objet d'adoration. Une part du rêve saisie à pleines mains. Elle repartit avec la fille de la table de black jack. La croupière. Et ce terme, d'après Hông, lui allait mieux que tout, par la grâce de cette partie de son anatomie, qui débordait derrière les poches de son pantalon d'uniforme. Hông l'avait remarqué de suite, ce rebond derrière les poches. Elle avait jeté ses longs cheveux en arrière en passant sa langue sur sa lèvre supérieure, découvrant ses dents parfaites. Une lueur, réprimée par une voix forçant un ton professionnel, s'était allumée dans l'œil de la jeune croupière. Hông savait maintenant. Et ne ratait aucune occasion de se pencher en avant pour laisser entrevoir ses deux seins libres sous la chemise dont elle avait défait un bouton de plus.

Le manège dura toute la soirée. Hông en savait suffisamment sur les jeux de cartes pour tenir avec une modeste pile de jetons colorés et assez sur les femmes pour savoir que cette partie-là était gagnée avant même d'être jouée. Elle s'éloigna vers la table de roulette, certaine que le regard de la fille était fixé sur elle. Quand elle se retourna pour vérifier, les paupières de la jeune Indienne se baissèrent trop vite vers le tapis de jeu. Hông continua son chemin d'un air satisfait. Elle croisa à ce moment Jodi qui revenait livide. On n'avait rien récolté non plus aux tables. Un instant Ti-Bone avait cru tenir un filon. Les jetons s'accumulaient devant lui. Jouer le rouge. Toujours le rouge. Si l'on persévère, la chance finit par arriver. Mais c'est le noir qui était sorti. Ils se retrouvèrent trop tôt dehors, sur le parking encombré de voitures, fatigués et bredouilles.

Hông se détacha du groupe, reculant d'un pas vers l'entrée. Elle allait attendre la fermeture. Elle avait parlé à la fille pendant sa pause. Par le plus grand des hasards, elle passait dans son coin pour rentrer chez elle et la déposerait, ce qui éviterait un détour à Jodi. La fille s'appelait Neakita, en muskogean, la langue des Choctaws, du nom d'une fleur, une de ces petites roses sauvages aux pétales blancs et au cœur jaune qu'on trouve dans les prés. Une légende indienne dit que partout où une mère pleure, une rose pousse à la place d'une de ses larmes tombées au sol. Ça fait beaucoup à consoler. C'est comme ça que la fille s'était offerte. Et c'est comme ça que Hông avait agréé. La consolation, c'était son truc. Et les rapports de fleur à fleur aussi. Tu sais que Hông, ça veut dire rose en vietnamien ? À partir de là, la soirée était passée trop lentement. Mais on entrait dans le dernier quart temps. Enfin pour ceux qui étaient encore sur le parquet.

Hông remarqua les mines défaites de l'équipe sortante. L'adrénaline était retombée. Les espoirs gisaient au sol comme des canettes vides. On avait tout joué. On avait perdu. Il restait juste assez pour se payer un po' boy dans une épicerie ouverte la nuit sur la route du retour. Elle assura tout le monde d'un air docte que la chance tournait et tournerait sûrement. Hông n'en pensait pas un mot. Elle voulait juste trouver un truc sympa à dire pour se dédouaner de rester là. Et parce qu'elle était gentille. Et parce qu'elle aimait bien ces gens qu'elle connaissait depuis à peine quelques heures.

Hông ne croyait en rien. Et pourtant, une fois arrivée chez elle avec la jeune Indienne, une fois les vêtements tombés, les mains posées sur les mains, les lèvres sur les lèvres, et les corps allongés sur les draps parfumés, Hông découvrit une chose qui allait sinon changer le cours de cette nuit, au moins lui offrir une sorte d'épiphanie.

*

Au matin, Jodi reçut un message sur son téléphone portable. En fait c'était une petite séquence filmée. Hông était vraiment folle ou complètement bourrée pour avoir fait graver sur sa peau un tatouage en souvenir de cette soirée. Ce tatouage, Jodi le connaissait. Elle le voyait tous les jours sur l'épaule d'Antwane DeVille. Il représentait une amulette de bois avec des ombrages qui en rendaient l'épaisseur, et traversée de dessins géométriques entourant un croissant plus sombre creusé dans le rond de la lune. Jodi trouva vraiment sympa que Hông ait voulu garder ce souvenir-là de la soirée, même si c'était extrême et, pensa-t-elle, un peu déplacé. Pas sûr qu'Antwane apprécie, mais c'était fait. Alors que Jodi allait répondre d'un emoji, la caméra monta le long des cheveux noirs et brillants de Hông, glissa sur son cou et cadra vers ses lèvres. Ce que vit alors Jodi lui fit lâcher son téléphone avec un cri de stupeur. Elle se baissa pour le ramasser, inspira profondément pour calmer son cœur qui s'emballait, et retourna l'écran vers elle pour le regarder à nouveau.

Le visage n'était pas celui de Hông mais celui de la fille du casino, l'Indienne qui distribuait les cartes à la table de black jack. Maintenant que l'objectif du téléphone redescendait vers le bras et que le soleil du matin éclairait mieux, on voyait que le tatouage n'était pas récent, il n'y avait pas de rougeurs autour des traits, il était déjà cicatrisé et avait vécu avec la peau depuis longtemps. Pourtant l'amulette était bien là. Il y avait un mot tatoué au-dessus. Elle mit sur pause et agrandit l'image entre ses doigts. Au moment où Jodi allait faire une capture d'écran, la dernière image s'éparpilla en paillettes et disparut de l'écran. Une de ces vidéos temporaires qui s'effacent après quelques secondes. Jodi n'était pas sûre d'avoir bien vu. Mais elle avait cru lire un nom français.

*

Hors du casino et des lumières tamisées, les cheveux défaits roulant sur ses épaules, la beauté de Neakita Jonson, indienne Choctaw, était encore plus éclatante. Ses yeux d'un brun presque noir, son nez droit, sa bouche finement dessinée, sa peau dorée. Jodi se demanda pourquoi on avait appelé ces gens-là les Peaux-Rouges, ils n'étaient pas plus rouges que les Blancs ne sont blancs, mais roses, ou que les Noirs, qui sont marron, ne sont noirs. Les gens ont un drôle de rapport aux gens, et aux couleurs, et à la couleur des gens. Elle mit de côté dans sa tête d'en parler avec Ti-Bone. Quand elle avait une idée, une question, elle avait toujours envie d'en parler avec lui. C'était la seule personne avec qui elle pouvait parler de tout. Lui et Sista Rosetta dans ses bons jours, quand elles font les filles en minaudant comme des gamines. Elle leur parlerait de ça. De l'Indienne du casino, qui était assise en face d'elle, chez Hông, en ce moment-même.

Jodi avait amené avec elle un homme dont la réputation de séducteur, de charmeur, de danseur et de poète avait mis à nu de nombreuses beautés. Un homme qui avait connu beaucoup de ces secrets dispensés dans l'intimité, murmurés dans le noir, susurrés à l'oreille. Un homme surtout qui avait une connexion particulière avec les peuples originels de cette terre. Cet homme, qui se tenait droit sur son siège dans une posture de respect, était le grand chef Antwane DeVille, le dernier des Indiens du Mardi gras de Moon River. Un homme qui avait vu le déluge déborder par-dessus la levée et dévaster son quartier. Un homme qui, comme les Indiens d'Amérique, avait vu les siens disparaître dans la fureur et la misère. Un homme qui savait ce que les siens leur devaient, et avait sa vie durant communié à leurs légendes et leurs croyances, mêlées à celles de ses ancêtres à lui, arrachés à la terre d'Afrique.

Neakita les regardait d'un air circonspect. Elle ne savait pas ce que cette cow-girl blonde roulée comme une jeune Marilyn Monroe et ce vieux descendant d'esclaves au look de rappeur cool attendaient d'elle, mais ils étaient venus lui poser des questions. Des questions d'importance pour eux, et auxquelles elle seule pouvait apporter une réponse. Alors elle avait accepté de les voir. Enfin, après que Hông eut juré, re-juré et re-re-juré que non, ils ne voulaient rien savoir à propos du casino, rien qui ait à voir avec l'argent, les jeux de hasard, de cartes, de roulette, de machines à sous, tricher, gruger, magouiller, contourner.

La fille blonde ne tenait pas en place sur son siège. Sa poitrine se soulevait un peu trop rapidement, de la même façon que sa langue revenait trop souvent sur ses lèvres pour l'humecter. Une employée à une table de jeu dans un casino sait lire la nervosité, l'appréhension. Neakita avait tout de suite capté, la fille n'était pas la reine du *poker face*.

Le mystère et la retenue étaient plutôt incarnés par l'homme assis à côté d'elle. Si Neakita n'était pas attirée par le genre masculin, et surtout pas les gaillards de son âge musclés à la salle de sport, elle n'était pas insensible au charme de celui-ci, qui devait pourtant avoir dépassé les soixante-dix ans. Quelque chose dans son attitude, l'inclinaison de sa tête, les traits fins de son visage, et les deux malicieuses fossettes qui se creusaient autour de son sourire, exprimait une sensualité troublante.

Son regard se plongea dans le sien. Neakita perçut une étrange vague de chaleur dans son corps. Un feu qui s'allume. Un tambour battait dans ses veines. Il ne fit aucun doute qu'Antwane ressentait ce qui se passait, que cet appel résonnait de la même façon en lui, comme un écho

Antwane releva sa manche pour montrer son épaule. Neakita vit son tatouage, ferma les yeux et prit une profonde inspiration. Puis elle se leva, faisant dans le même geste choir sa large chemise blanche à ses pieds. Au froissement de l'étoffe qui tombait au sol, le grand chef Antwane DeVille vit devant lui une féerie. Une Vénus marchant sur les eaux, un pied devant l'autre, chaloupant comme une volute de fumée. Antwane, qui avait connu bien des femmes et approché bien des beautés, n'en croyait pourtant pas ses yeux. Les sublimes courbes de ses hanches et ses seins lourds et fermes, Antwane vit tout cela, la grâce de son mouvement, la petite brosse noire de sa toison au bas de son ventre. Il vit ses cheveux et ses yeux profonds, ses pommettes hautes, ses lèvres entrouvertes sur des dents de perles. Il vit tout cela mais ne le regarda pas, car son regard fixait l'épaule de Neakita. Sa main serra celle de Jodi si fort qu'elle faillit crier. Ce tatouage, celui des Indiens du Mardi gras de Moon River, la confrérie dont il était le dernier survivant, Antwane devait être le seul à le porter. Comment pouvait-il se trouver là, sur le corps de cette femme choctaw ?

Antwane se leva à son tour et, de ses doigts tremblants, il enleva sa propre chemise pour découvrir son torse. Neakita vit à son tour le tatouage alors qu'elle avançait jusqu'à lui, presque à le toucher. Il se passa à cet instant-là une chose que ni l'un ni l'autre ne décidèrent. Ils se firent face et s'enlacèrent, la jeune

Indienne et le vieil homme noir de Moon River, le quartier englouti. Et il ne fallait voir dans cet instant que la fragile douceur d'une sorte de retrouvaille. Primale. La nudité de quand on naît. La nudité de quand on meurt. Un frisson parcourut le dos de Jodi alors que ses yeux s'emplissaient de larmes. Il n'y avait pourtant rien de triste. Juste de la beauté, qui peut être douloureuse parfois.

Enfin ils se séparèrent et reculèrent d'un pas, chacun tendant vers l'autre son épaule, à la façon d'une offrande. Là où le tatouage figurait. Un signe secret dont personne ne savait réellement l'origine. La même question était dans tous les esprits. Elle avait deux points d'interrogation, un sur chaque corps, un sur chaque peau, mais c'était bien une seule et même question : pourquoi ?

Novembre 1863

Mon frère Louis voulait faire grandir la ferme, il a toujours fait en sorte, comme le lui avaient appris nos parents, qu'un grain de blé vaille un grain de blé, un œuf vaille un œuf, et que chaque chose soit ce qu'elle doit. Nos parents avaient acheté Odah. Elle avait un prix. Pour mon frère Louis, un grain de blé vaut un grain de blé, et une esclave vaut une esclave.

Je n'ai jamais compris d'où mon frère aîné tenait cette haine en lui. Pourquoi il était ce mauvais homme dur et violent, jaloux de tout. Je ne sais pas ce qui l'avait privé d'un cœur. Peut-être l'arrivée de mes autres frères. Il avait dû partager l'attention des parents avec le sentiment d'être volé. Il s'en vengeait avec la rage d'être puissant et la soif d'être reconnu. Et puis était arrivée Odah, et c'était encore pire. Même pas une vraie sœur. Un cheptel. C'est comme ça qu'il l'appelait. Le cheptel.

Odah redoutait Louis. Surtout depuis qu'il avait choisi de combattre dans une milice confédérée. Pour défendre le Sud qui le rendrait riche s'il avait assez d'esclaves pour les tuer à la tâche. Quel autre moyen aurait-il eu d'être respecté ? Quel autre moyen que les gens se retournent sur le passage de sa calèche avec un air admiratif ? Un homme aux chevaux racés, aux costumes venus d'Angleterre, aux bottes d'Italie, aux chemises de France. Louis n'accordait pas d'importance à la vie des autres. Et encore moins à celle d'une esclave qu'il considérait comme sa propriété. Avec la milice, il fréquentait des officiers, des fils de planteurs aisés du Texas, qui avaient les moyens de s'acheter une belle esclave. C'est ce qu'il avait en tête. Il fallait juste attendre pour que la grossesse se voie assez. Il vendrait le cheptel au complet. Car Odah et moi attendions un enfant.

Un enfant mulâtre dans la famille, avec le même nom que lui, et les mêmes droits, ça ferait une sacrée tache sur sa chemise blanche. Louis ne tolérerait pas ça. Il me tuerait. Ensuite il vendrait Odah et l'enfant à naître, un bon prix pour les deux. S'il ne pouvait pas, il nous tuerait tous. Odah et moi le savions bien.

Nous n'avions d'autre solution que de fuir. On avait entendu parler d'un village indien caché au fond des bayous qui offrait refuge aux esclaves en fuite. Les soldats ne s'aventuraient pas jusque-là. On est partis aussi vite qu'on a pu. Nous avons marché longtemps, trois jours peut être quatre. On dormait debout, quand on trouvait un arbre creux. Trop de bêtes, d'insectes et de serpents venimeux dans ces marais, sans compter les alligators. On entourait nos vêtements de mousse espagnole, le blanc se repère de trop loin. On s'enduisait de terre pour se protéger des piqûres de maringouin. Quand on était trop fatigués, ou quand la nuit devenait trop sombre pour avancer, on s'arrêtait. J'avais mon couteau et je pouvais nous frayer un chemin quand il n'y avait plus assez de terre libre dans la végétation pour faire un sentier, avant que l'Atchafalaya ne soit plus qu'une forêt dans l'eau. On ne savait pas si on arriverait. On ne savait même pas si ce lieu existait vraiment.

On a tourné en rond encore des jours en se nourrissant de baies. Et puis on a reconnu un endroit où on était déjà passés. Avec un arbre courbé comme une arche. On n'y avait vu personne, mais cette fois-ci on a rencontré des Indiens en barque qui chassaient avec des longues tiges de roseau. Ils parlaient français, comme nous. Ils nous ont demandé du coton. Les esclaves en fuite en avaient souvent des boules dans leur sac. Ils ont dit qu'il y avait un camp plus loin, avec des fuyards qui se cachaient dans les bayous. Tout le monde parlait français. Quand on est arrivés là-bas---

*

Après ces mots, une nouvelle fois, la page était déchirée. Cela ne pouvait pas être un hasard. Il devenait de plus en plus évident que quelqu'un avait expurgé les pages de certains passages, pour enlever des informations afin que celles-ci ne tombent pas dans d'autres mains. Mais pourquoi avoir gardé une partie du récit ? En disant le mot pourquoi, il était clair que Brazos pensait : pour qui ?

Son regard brilla d'une étincelle d'excitation. Il fit d'un geste vif passer ses cheveux longs derrière ses oreilles. Il avait ce tic chaque fois qu'il s'enflammait pour une idée, une découverte, un indice. Il y avait dans les approximations de Joseph des éléments qu'un historien, aujourd'hui, pouvait replacer au bon endroit. Tout le monde parlait français, disait Joseph, dans ce village secret. Et cela avait sans doute contribué à ce qu'il le reste. Les mots le plus importants, ceux qui était la clé de tout, étaient contre toute attente les plus vagues, le plus banals, ceux qui aurait dû passer inaperçus. Roseau et coton. Les Indiens qui chassaient avec des roseaux avaient demandé du coton. Pour comprendre cette association de mots, il fallait savoir une chose que Brazos avait apprise récemment d'un lointain cousin nommé Polidor Broussard.

Le même à qui il avait donné rendez-vous ce soir au Spoonbill, une ancienne station-service convertie en café branché où se retrouvaient les musiciens de Lafayette. Pol était reconnaissable de loin à sa moustache en guidon de vélo et ses chemises colorées. Il portait un chapeau avec une petite plume de couleur glissée dans le ruban, qu'il changeait chaque jour. Avec lui, on était sûr de parler de pêche et de chasse, deux activités iconiques de la culture cajun. Il y a quelques mois, attablé au Café des amis de Pont-Breaux, Pol s'était vanté d'avoir chassé à la sarbacane avec son grand-père, quand il était enfant. Polidor, « N'Onc

Pol[1] » Broussard, était connu pour ses galéjades. Brazos lui demanda en plaisantant s'il avait grandi chez les Indiens d'Amazonie, attendant une de ces histoires aussi abracadabrantes que picaresques dont N'Onc Pol avait le secret. Pol lui répondit au contraire très sérieusement, avec un air froissé, non mon cher, chez les Indiens du sud de la Louisiane ! Mon grand-père était de la tribu des Houmas et ils chassaient comme ça.

Cette fois, à la terrasse du Spoonbill, face au petit bâtiment de style western du centre international, qui était aussi l'ancienne mairie, qui était aussi l'ancienne prison, N'Onc Pol avait apporté le cliché en noir et blanc d'un homme qu'il désigna comme étant son grand-père maternel, Ozaire Labouef. L'homme, vêtu d'un pantalon sombre et d'une chemise claire, les cheveux ondulés plaqués en arrière à la mode des années cinquante, soufflait dans une longue sarbacane semblable à celle qu'utilisent les tribus d'Amazonie. Mon grand-père nous montrait ce jour-là comment chassait son propre grand-père, Palmyre Labouef. La méthode traditionnelle avec de longs roseaux. La fléchette était propulsée par une petite boule de coton à son embase.

Exactement ce qu'avaient réclamé les Indiens à Joseph et Odah.

N'Onc Pol était catégorique. Les Houmas étaient la seule tribu des marais encore présente à l'époque à

1. N'Onc', « oncle » en cajun. Surnom familier.

chasser avec cette technique. Joseph avait laissé dans son récit deux indices que seuls une poignée d'initiés pouvaient déchiffrer en les assemblant, ceux qui connaissaient ce village, et cette petite tribu. Les autres pensaient que les Indiens chassaient avec des roseaux taillés en biais comme des lances pour piquer des poissons ou des crapauds-buffles. Mais une autre information était plus importante encore : le territoire des Houmas, des Indiens depuis longtemps francophones, était loin au sud de Vermilion, vers l'ouest et La Nouvelle-Orléans. Le village secret où s'étaient réfugiés Joseph et Odah ne se trouvait pas dans l'Atchafalaya comme le disait Joseph, mais à l'exact opposé, vers la côte.

Brazos en était certain : dans sa confession, Joseph brouillait les pistes, ou en tout cas les directions. Il avait encore quelque chose à cacher. Ou quelqu'un.

Grand chef Antwane DeVille

On n'est pas un Indien du Mardi gras par hasard. On est là pour perpétuer. Pour transmettre. Nous, Indiens du Mardi gras, sommes des passeurs. C'est une histoire d'histoires. De culture. L'âme d'un quartier, d'une ville et d'un peuple que nous transmettons. Par la danse, la transe et les chants. Les Indiens du Mardi gras rendent hommage aux tribus amérindiennes qui accueillaient les esclaves en fuite. Ils nous ont donné refuge, chantent les Indiens du Mardi gras.

Je suis un vieil homme maintenant. Ces histoires, je les ai racontées. Nos traditions, nos chants et nos danses, nos costumes de plumes et de sequins, nos parades sont là pour se souvenir et pour proclamer. Mais je vois désormais au-delà.

Quand cette jeune Indienne, Neakita, m'a pris dans ses bras, et quand je l'ai prise dans les miens, un tout s'est assemblé. Une mémoire. Un présent. Ce que je portais seul depuis si longtemps est devenu plus léger. Les blessures et les douleurs.

Oui, je suis un vieil homme maintenant. J'ai vu plus que je n'en aurais voulu. Les bons et les mauvais temps ont roulé sur moi. Mais j'ai toujours eu cette responsabilité qui m'a été confiée. Ce tatouage est une clé. Sinon pourquoi aurait-il été transmis au fil des générations ? Seuls les grands chefs ont porté ce tatouage, ils se le sont transmis en secret, comme un trésor. Le passe d'une porte à venir.

Je ne sais pas quand cela s'est scellé. Les Indiens nous ont donné refuge. Nous avons mêlé nos racines aux leurs, nos vies aux leurs. Notre tradition est née là. Mon père était le grand chef Augustus DeVille. Ses couleurs étaient le marron et le rouge feu. Les couleurs du fleuve, le boueux Mississippi, et du coucher de soleil qui enflamme le ciel sur le bayou. Nous sommes de cette terre et nous avons été arrachés à une autre. Mais nous sommes de la terre et de l'eau et du feu. Cette terre est la nôtre.

Tout le monde est parti quand les digues qui protégeaient le quartier de Moon River ont cédé, après l'ouragan Katrina. Je suis revenu. Je ne savais pas pourquoi. Mais il fallait que je revienne. Certaines théories secrètes des Indiens du Mardi gras voient un sens où il n'y en a pas. Ainsi le fou est sage. Et le sage ne l'est que dans la folie, quand il s'abandonne aux tambours et aux chants, dans la transe. C'est là seulement qu'est la vérité. Dans ce qui est caché. Une théorie est aussi le nom donné à un groupe de personnes qui marchent les unes derrière les autres. Mon père le répétait avant chaque parade. Il faut se rappeler ça.

*

Le lien étrange qui s'était tissé entre le grand chef Antwane DeVille et l'Indienne Neakita Jonson perdurait. Il avait pris au fil des jours la forme de rendez-vous réguliers. Hông oscillait entre la tendresse et l'agacement à voir la longue silhouette de ce vieil homme débarquer chez elle à toute heure sous les plus fallacieux prétextes, avec une bribe de souvenir, un morceau d'histoire à raconter, un début de question à poser, parfois simplement un silence à partager. Neakita s'agenouillait à ses côtés, penchait la tête vers lui, prenait ses mains entre les siennes. Ils restaient ainsi des heures durant.

Le grand chef DeVille avait d'abord instruit la jeune Indienne de la raison pour laquelle il portait ce tatouage sur son épaule. Un signe transmis de père en fils dans sa famille, depuis des générations. Antwane se souvenait combien il admirait ce dessin sur l'épaule de son père et combien il était impatient de le porter un jour sur sa peau. On recevait le tatouage quand on devenait grand chef et on jurait de le transmettre au suivant. Comme les chansons et les traditions secrètes de cette confrérie de danseurs.

Antwane s'efforça de tout expliquer à Neakita avec patience. Chaque quartier afro-américain de la ville avait sa confrérie se préparant toute l'année à la parade du Mardi gras. Les membres se réunissaient chaque semaine dans le plus grand secret, pour broder, coudre, tailler des costumes d'Indiens lourds de plusieurs dizaines de kilos, ornés de perles et sequins. Aucun quartier rival ne devait avoir le moindre indice sur ce que l'on avait choisi. Le jour de la parade venu, on sortirait en cortège pour se mesurer aux autres. En attendant, il fallait garder le secret, le protéger. Les confréries sont faites d'initiés. De traditions et de codes.

La présence du mot Orléans sur le tatouage avait dû faire partie de ces codes. Mais la raison s'en était perdue au fil du temps. Antwane, faute de mieux, avait forgé sa propre explication. C'était selon lui un acte de conciliation. Pour ne pas trancher entre le nom français Nouvelle-Orléans et l'anglais New Orleans. La tribu des Indiens du Mardi gras de Moon river, l'une des premières, s'était créée après la guerre de Sécession. Là comme ailleurs, il fallait unir les anciens esclaves des deux langues. Alors on avait gardé le seul mot commun. C'était sa théorie. Enfin jusqu'à ce jour. Car la présence d'un autre nom associé au dessin, sur l'épaule de la jeune Indienne, ébranlait cet édifice.

Vint le tour de Neakita de raconter. Elle s'était fait faire ce tatouage, deux ans plus tôt, pour affirmer son identité indienne. La nouvelle génération choctaw revisitait ses traditions. On réapprenait les langues muskogéennes. L'histoire. On portait des bijoux, on arborait des tatouages traditionnels. Neakita cherchait des motifs distinctifs de sa tribu chez son oncle Beau, qui vivait dans le Mississippi voisin. C'est comme ça qu'elle était tombée sur cette photo de son arrière-arrière-grand-mère Aiukli Oh-nui que Beau avait fait agrandir à partir d'un cliché récupéré à la mort de sa propre mère, et placée dans un grand cadre de son bureau.

Aiukli, jeune femme qui devait être dans sa vingtaine, posait en pied, de trois quarts, dans une robe sans manches. Un bras tourné vers l'objectif exhibait un tatouage qui représentait une amulette gravée d'un croissant à l'intérieur d'une lune pleine. Ce motif, Neakita ne l'avait jamais vu ailleurs, alors elle s'était dit que ce devait être un signe de sa famille. En dessous on remarquait, tatoué lui aussi, mais de façon moins habile, le nom De Clery. Beau, interrogé, supposait que c'était celui d'un ancêtre. La plupart des tribus de Louisiane avaient cohabité pacifiquement avec les Français, adoptant leur langue et parfois leurs noms pour commercer avec eux.

Neakita y vit un autre marqueur de sa culture et décida de reproduire le tout, à l'identique, même le nom. Ça ferait un bon sujet de conversation. Les gens posent toujours des questions sur les tatouages. Surtout dans les bars. Surtout le soir. Surtout aux belles filles. Elle avait photographié le tatouage et un gars d'un salon de Lafayette en avait fait un calque. Le temps de la séance, Neakita lui avait raconté l'histoire des noms francophones. Parce qu'il avait posé la question. Il avait demandé aussi pour le dessin de la lune à l'intérieur de la lune, mais là-dessus elle n'avait rien, alors elle s'était contentée de dire qu'elle trouvait ça joli.

Antwane demanda à voir la photo. Neakita lui montra la copie qu'elle en avait sur son téléphone portable. Elle affirma que la photo datait de 1864, c'était imprimé en bas. Selon Beau, elle avait été prise par un photographe de New-York qui faisait des reportages dans la région. Peut-être avait-elle paru dans un journal ? La pose suggérait qu'Aiukli montrait ce tatouage de façon ostensible. Pour qu'il soit vu. C'était un objet de fierté. Les ancêtres de Neakita avaient-ils hébergé des esclaves en fuite ? Si Antwane et Neakita portaient le même signe, il y avait forcément un lien entre eux. Et puisqu'on parlait d'ancêtres francophones, ils en avaient peut-être un en commun.

Antwane DeVille apportait ce jour-là toutes les photos qu'il avait en sa possession. Tout ce qu'il avait pu sauver des eaux de Katrina. Des décombres de sa maison. Préservées dans une de ces boîtes en plastique étanches, vous savez, ces boîtes alimentaires où on garde les petits objets dans les garages des maisons. Il fondait l'espoir inavouable qu'en les comparant avec celles que Neakita pourrait trouver on reconnaîtrait les traits de quelqu'un, un sourire, une expression familière. Ces ressemblances traversent les générations. Les couleurs. Les âges.

Neakita ne reconnut personne sur les clichés que lui présenta Antwane. Pas une ressemblance. Pas une attitude. Pas un sourire. Non. Il fallait sans doute remonter plus loin. C'est quand elle aperçut dans la boîte une photo récente, prise à l'institution Bon Temps, que Neakita marqua un temps d'arrêt et pointa l'homme qui se tenait à côté d'Antwane.

Lui, je le connais.

*

Neakita était formelle. L'homme qui se tenait au milieu des pensionnaires de la maison Bon Temps, Alfie était un ancien habitué du casino. Il faisait pour elle partie de cette catégorie de joueurs qui viennent pour tenter d'arrondir leurs fins de mois. Au début, certains pensaient qu'il était un policier sous couverture ou un braqueur en repérage, selon le degré de confiance que l'on choisit d'avoir en l'humanité, car il posait beaucoup de questions. Il regardait tout. Semblait chercher ou attendre quelqu'un. Mais non. C'était juste un homme seul qui avait besoin de parler, comme beaucoup d'autres qui se retrouvent ici par désœuvrement puis par habitude. Poser une question est une bonne façon de lancer une conversation. D'accrocher un regard. Il cherchait peut-être une âme sœur. Beaucoup de femmes seules viennent ici pour les mêmes raisons, passer une bonne soirée en sécurité, boire un ou deux verres de trop et, si la chance est là, ramasser de quoi améliorer la semaine ou le mois. Mais non, on ne l'avait jamais vu repartir avec personne.

Quand il gagnait une jolie somme, Alfie n'insistait pas, consumé par la fièvre du jeu ou se pensant porté par la chance. Il restait détaché. Raisonnable. En ce sens il devait être un bon joueur car il ne montrait pas ses émotions, ou en tout cas il les tempérait. Il empochait ses gains et n'était de retour que quelques semaines plus tard, dans les mêmes dispositions. Neakita se souvenait qu'il traînait tard quand il y avait des concerts de jazz ou de blues. Il était toujours intéressé par les musiciens qui font l'ambiance au bar. Vous savez, les gars qui jouent du piano. Il allait parler avec eux. C'est surtout à eux d'ailleurs qu'il posait beaucoup de questions. Il avait l'air d'en connaître quelques-uns. Surtout les vieux musiciens comme vous. Oui, il aimait la musique.

Neakita semblait tout entière absorbée par ces images du passé, absente même si son corps était présent. Elle se tenait droite, le dos décollé du dossier du fauteuil, de la façon dont on se tient sur un tabouret, les reins cambrés et les mains croisées sur les cuisses. Hông la regardait dans cette posture qui la rendait inaccessible. Ailleurs. Loin d'elle et pourtant si près qu'elle sentait l'odeur de cannelle de son cou, le souffle délicieux de sa respiration. Neakita se souvenait.

Alfie jouait à la roulette, aux machines, au black jack. Il s'intéressait aux Indiens aussi. Un jour, elle lui avait dit que si les traditions l'intéressaient il devrait venir assister à un pow-wow, ce rassemblement où les gens des tribus dansent. Elle l'aimait bien. Au début il lui faisait un peu peur avec son regard bleu acier, sa façon d'observer. Mais après, non. Elle s'était habituée à lui. C'était juste un homme seul et gentil.

À bien y penser, il y avait eu un incident une fois. Un type qui l'avait pris pour quelqu'un d'autre. Alfie avait plusieurs fois nié, mais l'autre homme revenait sans cesse à la charge. Il disait qu'il avait détérioré un endroit de sa propriété quelques années plus tôt et qu'il ne l'avait pas dédommagé, une histoire comme ça, et il le menaçait, arguant du fait que s'il était là, c'est qu'il pouvait payer et qu'il devait le faire tout de suite. Alfie, impassible, ne répondait pas. C'est ce qu'il faut faire face à un serpent ou n'importe quel danger, il faut rester sans bouger. Mais le gars ne lâchait pas et la sécurité avait dû appeler la police tribale. Le policier avait fait sortir cet homme et l'avait raccompagné en dehors de la réserve. C'est le seul événement notable dont Neakita se souvenait. Ça et les fois où il avait gagné des sommes à plus de cinq chiffres.

*

Antwane était abasourdi. Jodi, qu'on avait appelée à la rescousse pour entendre la nouvelle, aussi. Et Ti-Bone. Et Rosetta, et Chance et Billodeau. Cette annonce fit l'effet d'un séisme. Bien sûr Alfie était parfois un peu étrange. Mais de là à penser que sa personnalité serait comme une commode composée de tiroirs s'ouvrant les uns après les autres sur des révélations aussi fracassantes, il y avait un monde. Le monde d'Alfie. Et ses secrets. Et ses combines. Et tout ce qu'on n'aurait jamais dû savoir et qu'on allait apprendre à partir de là.

Le hasard avait fait son job. Ou la loi de Murphy, qui énonce le contraire du hasard, à savoir que s'il y a une chance que les choses foirent, elles foireront. Quelle était, en effet, la probabilité que Jodi aille chez une voyante, l'emmène jouer le maigre héritage du fils de pute au casino avec les résidents, que Hông soit Hông, les lois de l'attraction sexuelle ce qu'elles sont, et la mode au retour des tatouages tribaux chez les jeunes Amérídiens ?

De cette addition, qui incluait à sa fin un vieil Indien du Mardi gras au sourire en fossettes, résultait, en tout cas, de l'autre côté du signe égal, une composante que l'on n'aurait jamais connue autrement. Et qui permit d'éclaircir un mystère sur lequel on butait depuis toujours. Celui de la création de l'institution Bon Temps.

Neakita avait évoqué quelques-uns des meilleurs gains d'Alfie à la table de black jack. Les employés de casino sont entraînés à mémoriser les clients, les récurrences, les suites. C'est là que quelqu'un, appelons-le Jean Tupelo, notaire, qui avait à disposition les relevés bancaires de l'association, eut l'idée de comparer les dates dont elle se souvenait avec les versements reçus. Et ça matcha à chaque fois.

L'argent était pourtant bien viré du compte d'Albert Prince, mystérieux fondateur et mécène de l'institution. Dès qu'il avait pris en charge le dossier, Jean Tupelo avait tenté de le retrouver. Il avait pour cela fait appel au détective privé Maurice Préjean, spécialisé dans les recouvrements de pensions alimentaires et les affaires de faux actes de propriété. Un ancien flic de Bâton-Rouge connu pour avoir ses entrées un peu partout, ce qui lui valait d'avoir été viré de la police pour corruption, sur un malentendu, bien sûr.

L'enquêteur Préjean se décrivait lui-même comme grand, gras et gris. Les boutons de sa chemise tiraient de façon grotesque sur son ventre, sa tête était toujours ornée d'un chapeau qui cachait sa calvitie, et quand il n'avait pas un mauvais cigare de contrebande à la main, c'était un po' boy, un beignet ou une belle portion de muffuletta. Cela lui donnait un air inoffensif. Le genre de pose qui met les gens à l'aise, et au bout de trois verres les pousse à la confidence. Préjean tuyautait les journalistes du coin, les flics d'à peu près toutes les polices, et on le rencontrait à tous les festivals de musique, de cuisine, d'art, de danse, tous les concerts publics, les événements de charité, partout où l'on croisait des gens, des ragots, des couples qui se forment, se déforment, se séparent, des vieux qui s'ennuient et des muets qui ne demandent qu'à parler.

Cette approche devait fonctionner à merveille car Préjean était rapidement revenu avec les informations suivantes. Le dénommé Albert Prince, un Créole fantasque se proclamant musicien, était mort depuis peu de sa belle mort dans sa modeste maison. Quatre murs rongés par les termites et un toit percé. Il n'était pas question pour lui d'abandonner ce symbole de sa réussite. Il avait économisé « piastre après piastre », comme il aimait à le rappeler, pour l'acheter quand ce coin de campagne ne valait encore rien. Avant que la ville ne s'étende et ne vienne l'absorber pour qu'il devienne un quartier de Lafayette. Dans les années soixante-dix.

C'était peut-être de ce privilège d'avoir une maison qu'Albert Prince avait tiré l'idée de mettre les autres à l'abri, ceux qui traînaient dans les rues. Mais les rares témoins qui se rappelaient l'avoir croisé doutaient de cette version, Albert était un vieux cabot vantard et alcoolique. Le bien de son prochain était le cadet de ses soucis.

L'enquête menée par Maurice Préjean avait par ailleurs démontrée que jamais aucun musicien n'avait fait le moindre don à l'association, ni même à ce magouilleur de Prince, qu'ils fuyaient comme la peste. Tout était pure invention. Un écran de fumée. Il n'avait donc rien détourné. Et probablement rien fait non plus. D'où sortait cet argent ? Pourquoi la source s'était-elle tarie ? Personne n'en avait la moindre idée.

Jusqu'à la révélation de Neakita qui permit à l'enquête de prendre un nouvel élan. Après quelques pots-de-vin, chantages voilés, et demandes de renvoi d'ascenseur, conséquence heureuse d'une affaire d'adultère dûment documentée, Préjean finit par avoir accès, sans mandat de justice, aux comptes clos du défunt Albert Prince. Il y trouva ce qu'il cherchait : des versements d'Alfred Guidry. Aux dates correspondant aux gains au casino. Pourtant des comptes d'Alfred Guidry, qui étaient en possession de Tupelo, rien n'était parti, et pour cause : il n'y avait rien dessus. Logique, s'esclaffa Préjean qui ménageait son effet depuis le début de son exposé. Il s'agit d'un homonyme.

C'est là que les mots de la fille de l'état civil, à la mairie, revinrent à Jodi. « Le seul Alfred Guidry que je connais faisait les meilleurs beignets de Freetown, je lui dois au moins trois centimètres de la graisse que j'ai là sur les hanches. Et il était noir ! » Préjean acquiesça : c'était bien celui dont il parlait. Un homme dont la sœur aînée, Janella Guidry, épouse Prince, avait eu un fils unique prénommé Albert. Ce dernier étant selon les statuts le fondateur de l'institution.

Les comptes du marchand de beignets, mort lors de la pandémie, avaient parlé eux aussi. Préjean constata que le vieil homme de Freetown y faisait bien des dépôts aux dates et sommes correspondantes aux gains d'Alfie. Toujours des chèques. Seulement des chèques.

Pour Préjean, qui s'y connaissait en blanchiment d'argent, la combine était la suivante : quand il gagnait, Alfie Guidry, le Blanc, repartait du casino avec un chèque à son nom. Ce chèque était encaissé par Alfred Guidry, le Noir, qui transférait ensuite l'argent sur le compte de son neveu Albert Prince, celui-ci versant alors les dons à l'association. Chacun prenait au passage sa commission et le tour était joué.

À l'étude des comptes, en remontant dans le temps, Préjean découvrit que tout ça avait commencé avant la création de l'institution, afin de pouvoir faire, dans les règles et avec la bonne paperasse, les contrats et dépôts nécessaires à la location de l'endroit. On ne fut pas autrement étonné de relever qu'Alphonse Landreneau avait changé son nom pour celui d'Alfred Guidry, patronyme de sa mère, quelques mois auparavant, au Texas. Ce manège cessa à la mort du marchand de beignets, qui servait d'interface. Plus tard l'homme de paille, Albert Prince, partit à son tour en fumée. Puis lors du mardi des Cendres, Alfie lui-même. Les gens partent, les écrits restent, conclut fataliste le détective Préjean.

Pour les pensionnaires de la maison Bon Temps, cela leva enfin le voile sur un mystère que jamais aucun n'avait percé. On comprenait pourquoi Alfie Guidry qui était blanc et pas musicien avait été accepté par l'association comme pensionnaire d'un établissement des vieux bluesmen noirs. C'est lui qui l'avait créée et la finançait au travers de prête-noms afin de n'apparaître sur aucun document.

Pourquoi il faisait ça en revanche, on n'en avait aucune idée.

Pas encore.

Novembre 1863

Trois mois ont passé, peut-être quatre, ou plus. Le temps est différent quand on se cache dans les forêts. On a dû partir du village dans les bayous. Tous. Ce qui se passait c'est que les troupes du Sud arrivaient de partout. Les soldats de l'Union les repoussaient, à l'est. Des milliers d'hommes affluaient en renfort du Texas et de l'Oklahoma. La nouvelle ligne de front serait ici. Les milices confédérées enrôlaient de gré ou de force des gars du coin, des Français, des Cajuns qui connaissaient les bayous pour leurs servir d'éclaireurs. Eux nous trouveraient. On en avait vu se rapprocher. Les Indiens ont dit qu'il fallait partir. Ils avaient repéré des avant-gardes, et avec eux des chasseurs d'esclaves qui tentaient de profiter de l'aubaine.

On commençait à se méfier. Pas des Indiens, mais des nouveaux arrivants, qui se présentaient de plus en plus nombreux, essayant d'échapper à la conscription. Certains disaient que les troupes de l'Union étaient déjà à quelques miles et que les confédérés déplaçaient tous les esclaves qui pouvaient travailler vers le Texas. Les autres, les malades, les vieux, les femmes enceintes, ils les laissaient derrière eux. Ils les abandonnaient, sans nourriture et sans argent.

Odah était avancée. Son ventre était lourd désormais. Elle ne pouvait plus marcher pendant des heures dans les bayous, comme on l'avait fait avant. On ne pouvait pas aller très loin, et on est restés derrière. Bientôt on serait pris dans la nasse, complètement encerclés. Alors on a cherché des solutions. Je l'ai dit, Odah était très intelligente. Elle pensait mieux que moi. Mieux que tous les autres. Elle a réfléchi et trouvé ce plan. Et c'était une sacrément bonne idée.

Elle pourrait rejoindre Vermilion avec un ou deux vieux du village. Enceinte comme elle l'était, les sudistes la laisseraient derrière. Les soldats du Nord venaient au secours des esclaves abandonnés dans leur avancée. Ils la récupéreraient. La question était ce que je ferais, moi, pour la rejoindre. J'avais réussi à savoir par les derniers déserteurs arrivés que la milice à laquelle appartenait mon frère Louis était de l'autre côté des lignes du Nord, en Arkansas, où elle menait des raids.

Les confédérés avaient besoin de chair à canon. Le Nord en avait. On n'en avait pas. Je déserterais au bon moment et Odah m'attendrait avec des habits civils dans un endroit que nous avions choisi, assez loin de la bataille. Un lieu que nous seuls connaissions. Elle viendrait là tous les jours à la même heure jusqu'à ce que je puisse m'échapper et la rejoindre. Après on passerait les lignes du Nord et on serait en sécurité.

Bien sûr, cela demandait la pire des choses. Celle que nous avions tout fait pour éviter jusque-là. Odah et moi serions pour la première fois séparés. Au moins quelques jours. Pour Odah et moi, c'était plus que nous n'en avions jamais vécu. Mais on quitterait le Sud. Jusqu'à ce qu'il devienne un autre Sud. Après on reviendrait. Parce que c'est beau ici. Et c'est chez nous. Ça fait partie de nous comme nous on en fait partie. Voilà ce qu'on pensait Odah et moi. D'autres voulaient que rien ne change, mais je voyais autrement. Odah était enceinte. Il fallait juste que personne ne me reconnaisse. C'était le plan. Oui c'était ça le plan. C'est pour ça, qu'on s'est séparés.

*

La voix de Brazos descendit dans les graves à la fin de la lecture du nouveau document retrouvé, comme apaisée après un rush d'adrénaline, le fameux sugar run des joueurs de poker. Les bonnes cartes qui arrivent en main. Il prit une longue inspiration et, ménageant son effet, annonça la nouvelle information importante qu'il venait d'y piocher. Vermilion était le nom de la ville aujourd'hui connue sous le nom de Lafayette. Notre ville. Du temps de Joseph, presque tout le monde y parlait français. Et même seulement le français pour la plupart des habitants de la région des bayous tout autour. C'est donc là que se dirigeait Odah, les troupes du Nord tenant désormais cette ville.

Brazos continua son explication de texte sur un ton qui le rendait de plus en plus sexy, amenant Jodi et Hélène, qui étaient assises en face de lui, à échanger des clins d'œil à chaque mouvement de sa mèche, ses lèvres, ses doigts replaçant ses cheveux. Hélène n'avait pas revécu ces petits moments espiègles entre filles depuis l'université, et ça lui faisait du bien.

Joseph avait dû s'engager dans une milice sudiste qui recrutait pour la bataille. Il s'échapperait au bon moment pour retrouver Odah, ou s'arrangerait pour se rendre aux soldats du Nord. Avait-il pu déserter et le faire comme prévu ? La photo prise à l'hôpital Landreneau attestait le contraire. Il avait été repris et gardé prisonnier. La question était de savoir ce qu'avait fait Odah en ne le voyant pas arriver. Combien de jours elle avait pu attendre. Souvenez-vous, le fait que la bataille ait été gagnée par le Sud avait créé la plus grande confusion. Les troupes du Nord avaient reculé. La ligne de front aussi.

Brazos poursuivit : si l'on essaie de penser comme Alfie... Jodi l'interrompit : personne ne peut penser comme Alfie. Brazos reprit en souriant : si l'on pense comme on pense qu'aurait pu penser Alfie, appuyant sur chaque mot. Jodi leva le pouce en signe de reddition. Au même instant, elle se rendit compte qu'elle avait instinctivement pris la défense d'Alfie, qui d'ailleurs n'était pas attaqué. Une réaction excessive qui était sortie comme ça. Jodi en fut troublée.

Voilà un homme qui les avait trompés, leur avait menti, une sorte d'imposteur qui était riche et se faisait passer pour pauvre, qui avait monté de toutes pièces cette association pour servir de paravent, à quoi d'ailleurs on ne savait toujours pas, et qui les emmenait maintenant dans une espèce de chasse au trésor nourrie de faux fantômes et de vraies déceptions. Jodi aurait dû le mépriser, au moins lui en vouloir, mais non. Comme tout un chacun ici, Jodi avait gardé une affection sincère pour Alfie, le public, l'ami fidèle, l'homme brisé qui se tenait debout. Lui revinrent les images d'un après-midi où ils étaient assis sur la galerie devant la maison à regarder les oiseaux-mouches voleter de feuille en feuille. Alfie avait levé les mains comme pour soulever un poids imaginaire et les avait reposées sur ses genoux, dans un soupir d'impuissance. Il y avait une larme sur sa joue. Et cela avait rempli le cœur de Jodi d'amour.

Ce que l'on devait établir en tout cas, c'est ce qu'aurait pensé Alfie s'il avait su cela, s'il avait eu ces informations entre les mains. On était animé de la certitude que ce que l'on découvrait était ce qui lui avait manqué pour réussir. Le poids invisible qu'il soulevait quand il était triste était fait de cette lacune. Ce vide. Alfie avait épuisé toutes les hypothèses à sa disposition. Il avait creusé partout où la carte le suggérait. Il ne savait plus où chercher ensuite. Et l'on avait fini par penser que faire exister l'institution Bon Temps était la façon qu'il avait trouvée de faire passer un temps devenu inutile. Alfie était le meilleur des publics et le plus malin. Il avait monté le groupe qu'il voulait entendre.

À ce propos, Il était temps de se diriger une nouvelle fois vers la salle de l'arbre et la rivière.

*

Le notaire Jean Tupelo arriva à la maison Bon Temps à l'heure. Pourtant tout le monde l'attendait déjà. Rosetta était endimanchée, vêtue d'un boléro en laine dorée du meilleur effet. Le Dr Chance avait mis une veste et le révérend Billodeau un gilet de costume. Antwane portait sa coiffe d'Indien du Mardi gras et dut se déplacer vers le fond pour ne pas cacher la vue aux autres. Ti-Bone, quant à lui, était habillé comme Ti-Bone et tenait entre ses mains son chapeau dont il avait pour l'occasion rehaussé le ruban d'une fleur bleue trouvée dans la cour. Jodi entra à son tour, regarda l'assemblée, ressortit et revint avec un blouson en jean qui cachait ses épaules. Chacun voulait être en harmonie avec la solennité de l'instant. Le silence se fit et Jean Tupelo, l'arbre, prit la parole pour expliquer les tenants, les aboutissants, et tout ce qu'il y avait entre les deux. Grâce au témoignage de Neakita et à l'enquête du détective Préjean, on avait pu remonter le fil des représentants légaux de la maison Bon Temps jusqu'à Alfie. Héritage et dettes ne faisaient donc qu'un.

Le défunt ayant eu l'habileté et la prévoyance d'inscrire dans son testament une liste de personnes et pas le nom ou le registre d'une association, il était important de solder ou transférer les actifs de l'association gérant la maison Bon Temps au plus vite. Et surtout de revoir ses statuts afin que les résidents ne soient pas jugés coresponsables des dettes, ou tout simplement considérés comme des squatteurs et des fraudeurs. Le notaire avait trouvé une solution pour dissoudre l'association et transférer ses acquis à une autre structure qui devait être créée aujourd'hui : une fondation.

Il fallait d'abord décider d'un nom pour la fondation. Chacun inscrivit donc anonymement sur un morceau de papier le nom pour lequel il votait, il y avait trois propositions et on pouvait bien sûr y ajouter celle que l'on voulait. Au bout de plusieurs tours de scrutin infructueux, on entra dans une intense phase de négociation où chacun put exposer son point de vue. Voici les arguments dans l'ordre où ils furent énoncés.

La fondation était la continuité de l'association « Bon Temps rouler », réduite à Bon Temps, un nom prétendument trouvé par Albert Prince et issu d'une expression d'ici qui avait donné leur titre à de nombreuses chansons : laisse les bons temps rouler. La fondation était aussi un hommage à Alfie Guidry, pour gérer son héritage. Mais comme Alfie Guidry avait choisi d'être Albert Prince pour monter cette institution, il fallait respecter cette volonté. On tenta donc fondation Alfie Guidry aka Albert Prince, aka signifiant *also known as*, « aussi connu comme étant », mais on se dit après multiples considérations et échanges qu'Alfie n'aurait pas aimé ça, cette juxtaposition d'identités était quelque peu trouble et s'il l'avait tenue secrète, c'est qu'il ne voulait pas que ça se sache. C'est ce que pointa le révérend Billodeau et tout le monde se rangea à cet avis éclairé.

On tenta alors le nom fondation des amis d'Alfie. Elle tombait sous le sens car tout un chacun ici était ami d'Alfie et se revendiquait tel. Elle emporta une adhésion immédiate avant que le soufflé ne retombe. Certes cette qualification était exacte mais le projecteur était sur nous et pas sur lui. Ti-Bone tint à rappeler la finalité de cette fondation, gérer et faire vivre la maison Landreneau, l'héritage d'Alfie Guidry, l'œuvre en creux de sa vie, c'est donc ainsi qu'on devrait l'appeler. Et c'est tout naturellement, après ce vibrant plaidoyer, à cette solution que l'on se rangea. La fondation Landreneau était née.

Elle aurait son siège social dans la maison du même nom sur la route d'Opelousas et ses bureaux à Bâton-Rouge, dans le même immeuble et à vrai dire la même pièce que celui de Jean Tupelo, notaire assermenté, à deux pas du 19e district de Justice de la cour de Louisiane.

La fondation Landreneau venait donc de trouver son nom, ce qui fut le premier acte. Bon, reprit l'arbre. Pour les statuts il s'agit bien entendu de ceux d'une association humanitaire et sociale, à but non lucratif et se consacrant à la préservation du patrimoine culturel et architectural du sud de la Louisiane, sa musique, sa langue, sa cuisine, ses arts du costume et de la danse, sa peinture et sa sculpture et toute forme d'art qui pouvait y être rattachée.

La fondation avait aussi pour but, à travers un lieu de vie et de résidence d'artistes, d'accueillir des musiciens et artistes de ces disciplines dans leur troisième âge, comme l'avait rêvé Alfred Guidry, légataire du lieu et premier donateur de cette fondation. La fondation serait à ce titre habilitée à parrainer et organiser des événements, à recevoir des dons, des legs, et des fonds venant de grands donateurs. On allait dissoudre l'association existante, qui était en faillite, en faire racheter pour un dollar symbolique les acquis matériels par la nouvelle fondation, et échapper ainsi à l'impôt sur les successions et aux appétits du promoteur qui lorgnait sur le bâtiment et le terrain. C'était un premier pas. Il fallait avant de l'accomplir élire le bureau. Ce qui fut fait avec une solennité empreinte d'émotion. Brazos Cormier accepta d'en être le président, Jean Tupelo le trésorier, et Jodi la secrétaire générale. La fondation Landreneau avait aussi inclus au dernier moment dans ses statuts l'objet de recherches historiques et archéologiques pouvant inclure des fouilles, et autres investigations utiles au patrimoine mémoriel local. On n'avait pas renoncé à chercher le trésor enfoui, le coffre d'or enterré par les déserteurs confédérés.

Jodi LeBlanc

Il y a ce truc avec les hormones. Les hormones des filles. À l'adolescence. Vous voyez ? Ça vient avec les seins qui poussent, enfin, plutôt un peu après, quand l'acné arrive, que tu mets des jeans déchirés aux genoux même si c'est interdit à l'école, et que si t'es pas une dégonflée, tu ajoutes un collant résille en dessous qui dépasse de la ceinture. Et un crop top qui montre ton nombril. Dans le meilleur des cas tu te retrouves dans un bureau à copier des lignes ou faire des devoirs supplémentaires. Dans le pire, tes parents doivent venir te chercher, te ramener chez toi pour que tu t'habilles décemment, et te raccompagner au lycée. Bon, dans mon cas, c'est pas le fils de pute qui risquait de venir me chercher vu qu'il était parti on ne sait pas où depuis des années, ni ma mère qui était en train de mourir de son troisième cancer, si c'était pas de sa deuxième overdose de fentanyl ou de la cirrhose qui lui donnait l'œil jaune et les mains marbrées. Donc pour ne pas passer mes journées consignée seule dans un bureau, j'avais résolu le problème en ne mettant pas de jeans troués et encore moins de collant résille en dessous. J'ai vite laissé tomber ce truc-là. Les jeans troués, les collants résille. Mais l'autre truc. L'autre truc par contre, j'étais à fond dedans.

L'autre truc consistait à devenir complètement obsédée, c'est-à-dire en langage lycéen, amoureuse, d'une star de la chanson, ou de la télé, ou du cinéma, ou d'un joueur de foot américain. Mes copines avaient des photos de Justin Bieber ou de Drew Brees sur l'écran d'accueil de leur smartphone. Moi, Jodi LeBlanc, j'avais une photo de J.B. Mauney, le plus grand cow-boy de rodéo de sa génération. Comment résister au regard bleu acier, à la mèche rebelle et à la silhouette d'adolescent mystérieux de J.B. Comment résister à sa façon de marcher comme si l'air n'avait d'autre solution que de s'ajuster à ses mouvements. Son attitude cool avant de se jeter dans la fureur, un sourire de défi aux lèvres. Comment résister à l'odeur du danger, à l'adrénaline qui fait battre ton cœur de tout l'amour dont il est capable pendant les huit interminables secondes où tu as peur pour lui. Les huit interminables secondes où il doit rester sur le dos de la bête en furie. Je suis une fille de la campagne. J'ai un cœur bizarre. Un cœur qui aime les vieilles personnes et les jeunes cow-boys de rodéo. On n'a qu'à dire ça comme ça et s'arrêter là.

*

Le truc avec les hormones était revenu. Les hormones. Leurs besoins. C'était aussi simple que ça. Et là, Jodi avait des besoins. Bien sûr, tout cela pouvait avoir été provoqué par le fait que le gars ressemblait à J.B. Mauney. Le genre de truc qui remonte du passé, redescend dans le bas-ventre et, après un looping digne d'une attraction foraine, vient se loger dans le cœur pour en faire une boîte de nuit. Boum. Boum. Boum. À bien y regarder pourtant le gars ne ressemblait pas du tout à J.B. Mauney. Ni la mèche rebelle, ni la silhouette d'adolescent désinvolte, et même pas d'assurance crâneuse dans sa démarche chaloupée. Rien. Alors pourquoi avait-il évoqué son crush d'adolescente à Jodi ?

Peut-être parce qu'il venait de descendre de cette machine installée dans un coin du vaste club. Un de ces troncs mécaniques recouverts de cuir épais, montés sur pivots, qui tournoient et se cabrent comme un taureau de rodéo. Les cow-boys du samedi soir, chargés en alcool, peuvent parier, rivaliser en montant sur la machine, et serrer les cuisses pendant deux ou trois secondes avant de se faire éjecter vers des matelas de mousse épaisse. Les plus audacieux tenteront de jeter un bras en arrière pour encaisser les ruades mécaniques, mais la plupart se contentent de s'accrocher à deux mains pendant que ça tourne à toute allure comme une tête de robot. C'était la nouvelle attraction du bar. Il fallait occuper la foule du samedi soir. Sinon, comme dans les matches de hockey ratés, la soirée finissait en bagarre générale, la plupart des clients étaient de solides gaillards travaillant sur des plateformes pétrolières dans le Golfe, des apprentis marines de la base militaire toute proche, ou d'anciens marines travaillant sur des plateformes pétrolières au large, dans le Golfe. Dans tous les cas de figure, des durs, capables d'assommer un âne d'un coup de poing ou leur voisin de deux. Il fallait donc occuper les gars entre deux whiskeys, deux bourbons, deux bières, et pendant aussi. Donc on installait des attractions. Celle-ci plaisait beaucoup. On riait fort. On se défonçait les reins. Le dos. Les cuisses. On mettait un chapeau de cow-boy blanc, partie intégrante du matériel de l'attraction, et on s'arrimait avec concentration.

Le chapeau de cow-boy ! C'était ça. La façon dont le gars l'avait posé sur sa tête. Droit et centré. Le gars, sa façon de porter le chapeau, ou peut-être le geste du doigt pour vérifier sa position, ressemblait enfin à J.B. Mauney. Enfin. Car Jodi attendait ce moment depuis le début de la soirée. Elle regardait avec attention se succéder les prétendants au titre de J.B. du soir. Et là, elle avait un gagnant !

Le gars était un jeune marine, futur employé de plateformes pétrolières sans aucun doute. Déjà tatoué comme ses aînés. Il venait d'un coin paumé de l'Oklahoma et répondait m'dame à Jodi, qui devait être à peine plus âgée que lui, à chaque fin de phrase. Oui, je veux bien une bière, m'dame. Vous savez je suis déjà avec une fille, m'dame. Non, elle est pas là, m'dame. Je veux dire que je suis avec en général, pas que je suis avec elle ici ce soir, m'dame. Non c'est pas que je suis pas avec elle pour ce soir, c'est qu'elle est pas ici, elle est chez nous, en Oklahoma, m'dame. Oui c'est ça, elle n'est pas là ce soir, m'dame. Donc c'est ça, je suis pas avec elle ce soir, m'dame. Oui je veux bien encore une bière, m'dame. Jodi lui fit remarquer qu'ils avaient le même âge et qu'il pouvait laisser tomber le m'dame. Le jeune gars acquiesça d'un franc bien sûr, m'dame. Il était musclé, poli et idiot. Un trio gagnant pour les besoins, les hormones, et la fille qui avait les deux ce soir.

Après quelques verres de plus, Jodi réussit à l'emmener jusqu'à son pick-up stratégiquement garé hors des lumières, au bout du parking. C'est là que ça se gâta un peu. Au moment où Jodi s'apprêtait à s'asseoir sur lui, des images inattendues vinrent se bousculer dans sa tête. À peu près tout ce qui s'était passé depuis deux semaines. Tout cela tournait comme un manège affolé. Jodi, troublée par ces pensées, commença à secouer la tête en criant non non non. Le jeune marine leva les mains en l'air. Mais j'ai rien fait m'dame ! C'est là que Jodi vomit quatre bières, une piña colada, une assiette de frites et deux olives piquées en douce dans le dry martini d'un type. Elle vomit sur lui, en pleine figure. Le gars se dégagea avec sang-froid et la tira hors de la voiture pour qu'elle ne s'étouffe pas. Quelques secondes plus tard, à quatre pattes sur le gravier du parking, Jodi finissait de se vider l'estomac pendant que le jeune marine, torse nu, s'essuyait avec son T-shirt roulé en boule. Mais qu'est-ce qui vous a pris, m'dame ?

Jodi le regarda d'un air hébété. Elle aurait été bien incapable de répondre à cette question. La confusion des sentiments, des hormones et des besoins s'était emparée de son estomac. Ou alors c'était la piña colada. Elle avait déjà été malade avec une tequila, longtemps auparavant. Trop de mezcal dedans. Ou alors c'était les événements des jours passés. Tout cela affectait Jodi, son estomac, ses hormones. Un monde entier qui venait convulser en elle. En vertige. Jodi s'excusa et tendit un billet de dix dollars au marine. C'est pour le nettoyage. Le gars refusa poliment. Non merci, m'dame. J'aurai une bonne histoire à raconter, ça suffit. Il leva les mains en riant et s'imita : mais j'ai rien fait m'dame ! Ils éclatèrent de rire en même temps. Finalement il n'était pas si idiot. C'était juste un gars du Sud mal dégrossi. Un petit gars poli et honnête. De ces jeunes qui vont mourir au champ d'honneur pour des gens qu'ils pensent plus importants qu'eux, appâtés par quelques dollars et la promesse d'un monde plus juste. En le voyant s'éloigner, roulant des épaules, Jodi pensa à un autre soldat, un jeune gars du Sud lui aussi, qui avait dû rêver d'un monde plus juste.

Novembre 1863

Je m'inquiétais pour Odah. Tout ce temps où nous étions séparés, ça n'était jamais arrivé vous comprenez ? Je ne dormais pas la nuit. Tous les soirs je me couchais en imaginant Odah de côté devant moi, contre mon ventre, comme nous l'avions toujours fait. Oui je m'inquiétais. Je savais qu'Odah m'attendait. Je savais qu'elle m'attendrait. Je redoutais qu'Odah ne tombe entre les mains de Louis. La milice où il servait reviendrait à un moment ou à un autre, les confédérés rassemblaient leurs troupes de partout. Notre camp à nous était au sud, vers Grosse Isle.

Ma chance s'est présentée, quelques heures avant la bataille du Bayou Bourbeux. À ce moment-là ça devait encore être quelques jours mais l'assaut s'est déroulé plus tôt que prévu. Vous savez, personne ne pensait gagner, dans le Sud. Personne en haut lieu. Personne chez les haut gradés. Et personne vraiment dans les milices et les hommes des régiments. Ils voulaient juste montrer au Nord que le Sud ne plierait pas comme ça. Le Sud et sa fierté. Moi je n'étais pas fier. Je n'étais fier de rien. Mais, je l'ai dit, j'étais courageux. Une pierre qui n'a peur de rien, disait Odah. Mes chefs savaient ça. J'étais un bon chasseur qui connaissait la nature, ses bruits, ses mouvements, ses animaux. Je savais pister, observer. Je connaissais chaque danger, chaque signe. Je savais me fondre dans la végétation sans me faire repérer. Alors quand le lieutenant a cherché un gars pour s'approcher des lignes de l'Union, je suis le premier à qui il l'a proposé. C'était ça ma chance. Approcher au plus près les lignes ennemies, c'était aussi mon plan à moi. On avait tous les deux un plan secret, car il avait insisté sur le fait qu'il ne fallait rien dire pour l'instant. Il n'avait pas confiance en tous les gars. Trop de déserteurs.

Le lieutenant Simcoe était à peine plus âgé que moi. Je crois que c'est pour ça qu'il me faisait confiance à moi, et parce qu'il se sentait supérieur. D'une certaine façon il l'était. C'était un fils de grand planteur. On voyait qu'il était habitué à donner des ordres, qu'il avait l'habitude d'être obéi. Il n'avait pas à insister, à hausser le ton. D'autres devaient le faire pour lui. Il n'était pas d'ici et il avait besoin de moi. Entre les ouragans et les inondations, le paysage change sans cesse dans le bayou. Si on veut passer en dehors des chemins pour ne pas se faire repérer, une carte ne sert à rien. Il faut un gars du coin. Il m'a montré l'endroit où il devait aller. On est partis dès le lever du jour et on s'est enfoncés dans les bayous.

Après deux heures de marche, on a traversé un chemin et c'est comme ça qu'on est tombés sur ce chariot avec deux soldats du Nord. Ils devaient arriver du

Mississippi ou de l'Arkansas. Les lignes avaient bougé et ils se sont retrouvés derrière les nôtres. Les soldats paniqués roulaient trop vite et le chariot a versé. Un essieu s'est cassé. Un cheval était blessé. Un soldat aussi. Le lieutenant, qui marchait devant moi, a fait feu, tuant l'homme face à lui. On a trouvé le coffre avec cet or dans le chariot. Une caisse à fusils à moitié remplie de lingots, de pièces et de bijoux. À coup sûr le butin de rapines dans des plantations au fur et à mesure de leur avancée. Le lieutenant enrageait que ces pillards volent nos richesses et il est allé achever l'autre gars, le blessé, au couteau. On ne pouvait pas emporter le coffre à pied et il m'a demandé si je connaissais un coin sûr où le cacher. Un endroit qu'on pourrait retrouver. Nous sommes convenus que j'allais repérer les alentours pendant qu'il restait avec l'or. C'est ce que j'avais proposé. J'avais une raison pour ça. Je savais exactement où on était, et où aller. Le lieutenant est resté avec nos deux fusils, et moi je suis parti vers l'arbre en arche…

*

On avait enfin la description de l'endroit où était enterré le trésor ! Seule Odah pouvait le reconnaître dans le récit de Joseph. Ils étaient passés là par deux fois dans leur fuite vers le village caché dans les bayous. C'était forcément un message qu'il lui adressait. Brazos devait réfléchir, prendre de la distance. Il brancha sa guitare électrique à son ampli. Voilà ce dont il avait besoin pour penser. Laisser son esprit divaguer sur les notes. C'est la beauté de la musique que de faire naître des images, des parfums, des lumières. On dit que la musique d'ici ressemble à ses paysages et c'est sûrement le cas. Les notes qui sortaient de son ampli le transportèrent dans cette nature et ses éléments. Et au fil des pensées apparurent des images du passé.

Brazos se représenta sœur Marie Bertrand qui marchait le long d'une route, des feuilles de papier déchirées à la main, elle avançait hagarde sur une terre brune, cendrée de poussière, les pieds nus. Quelques instants plus tard, il vit apparaître une barque au milieu des bayous. Il sembla même à Brazos, prenant la hauteur d'un oiseau jusqu'aux cimes des cyprès d'eau, apercevoir dedans la silhouette d'un homme qui ressemblait à Alfie Guidry. Et sous la lune immense, celle qui pleine et ronde illuminait la nuit, il vit clairement dans sa rêverie un arbre courbé jusqu'au sol qui formait une arche. Brazos repensa au récit de N'Onc Pol qui avait permis d'identifier le territoire des Indiens Houmas. Il parcourut dans ses pensées la carte des lieux, se récita le nom des villes entre ici et là-bas. Brazos s'arrêta de jouer, posa sa guitare au sol et se leva d'un bond.

Cet arbre, il l'avait déjà vu.

*

Pour ce qui va suivre, il va vous falloir accepter de croire. Enfin accepter d'accepter de croire. De croire à la science. Ça va, ça, la science ? En tout cas pour ce qu'elle sait à l'instant I du moment M du jour J de ce mois d'avril où il commençait déjà à faire bien chaud à Lafayette et ses environs.

Si l'on accepte de croire à la science, on peut accepter l'idée qu'un croisement d'informations entre des données historiques, des données topographiques, des images satellitaires et des reconstitutions en 3D ait mené à un endroit précis. Là où il y avait eu autrefois deux arbres joints, dont l'un était penché en arc de cercle comme la porte du paradis, dans un endroit qui était un bayou infesté de moustiques et d'alligators, en direction du sud.

On peut aussi accepter l'idée que cet emplacement corresponde au paysage peint sur une toile exposée au fond d'un petit musée local. Le genre de musée qu'on fait visiter aux enfants du primaire et du secondaire une fois par an et qui tient ses collections de nombreux dons de particuliers. Cette toile à peine grande comme une feuille A4, exposée au mur d'un musée de La Nouvelle-Ibérie, à quelques minutes de route de Lafayette, s'intitulait : *La Porte du paradis*. Brazos se souvenait de l'avoir vue plusieurs fois, enfant puis adolescent, lors des sempiternelles visites scolaires. Le premier plan, devant le soleil couchant, était un arbre penché en arrondi, comme la voûte de la porte du paradis. Et le peintre qui l'avait réalisée avait noté le lieu derrière le tableau, Bayou Longue Rive ainsi qu'une date. 1860.

Un programme d'intelligence artificielle créé par des chercheurs de l'université de Bâton-Rouge et opéré par Jacques Fuselier, un autre cousin de Brazos Cormier, permit de retrouver exactement l'orientation du peintre pour voir cette arche végétale dans l'axe du soleil à une heure qui, vu la saison indiquée par la couleur des feuilles des arbres, devait être dix-sept heures. La Longue Rive du bayou avait disparu mais le nom était resté. On put ainsi, en croisant les données de dénivelé du lieu et les informations de perspective livrées par le tableau, modéliser la topographie de l'endroit où se trouvait autrefois, avant les ouragans, les tempêtes, les routes, les villes, l'industrialisation et tout ce qui avait asséché et comblé ces forêts dans l'eau, cet arbre penché aujourd'hui disparu.

Le lieu décrit par Joseph, celui peint sur le tableau bucolique du musée de la Nouvelle-Ibérie, était celui qu'Alfie avait cherché toute sa vie sans le trouver. Forcément, puisqu'il n'était pas sur sa carte. Oui, le lieu que les progrès de la science venaient de permettre de localiser avec précision était celui où était enterré le coffre. On n'était plus qu'à quelques coups de pelleteuse du trésor. Il y avait juste un problème.

Ce terrain, déboisé et asséché, désormais aux abords de la ville de Lafayette qui s'était étendue de plusieurs kilomètres au fil des ans, était devenu un golf puis un golf désaffecté qui avait été acheté quelques mois plus tôt par un promoteur immobilier pour y construire un lotissement. Un riche télévangéliste du Texas voisin.

Le même qui investissait massivement dans la région et qui avait acheté la parcelle et les locaux de l'institution Bon Temps.

Révérend Billodeau

Le Dr Chance et moi, on est cousins par nos mamans. On a grandi dans le quartier de Tremé, à la Nouvelle-Orléans. Des petits gars débrouillards. Notre truc c'était le jazz, le blues, et les combats de coqs. On en avait possédé un quelque temps, mais on avait dû le manger faute de gagner des combats avec. Ne sont restés que le jazz et le blues, donc. Dans une ville qui a donné tant de musiciens de légende et qui en compte encore autant, il est naturel de jouer ce répertoire et pas difficile de trouver un endroit où se produire. Un coin de trottoir était déjà une bonne scène. Alors ça roulait plutôt bien. Le gîte et le couvert, à notre époque, étaient des symboles de réussite suffisants pour les musiciens. Ça allait.

Les problèmes ont commencé avec Apolline. Apolline était une fille du Faubourg Marigny. Elle suivait tous nos concerts et s'était mis en tête d'épouser un des deux membres du groupe. Et elle œuvrait pour ça en nous suivant partout où on jouait. L'échec de cette entreprise vint du fait qu'Apolline ne savait absolument pas lequel de nous choisir. N'arrivant pas à se décider, elle finit par nous demander de le faire à sa place. L'un des deux devait quitter le groupe pour une carrière solo et l'autre rester avec elle pour qu'elle puisse l'inspirer et choisir ses cravates, c'est comme ça qu'elle voyait la suite. Alors Charles et moi on lui a dit adieu et on a arrêté de la voir chacun un jour sur deux.

On a trouvé une solution pour que ce problème ne se reproduise pas. On est restés des vieux garçons ou d'éternels jeunes hommes, ça dépend de quel côté on a décidé de poser son jugement. En fait on avait déjà un amour commun, avec qui on vivait tous les jours et on dormait tous les soirs : une ville nommée La Nouvelle-Orléans. On s'était fait une réputation. À force on a commencé à avoir un bon circuit de bar et de clubs, d'une rive à l'autre. Et disons qu'on connaissait chacun au moins une chic fille dans chaque district. Mais vous voyez y a pas que dans le blues que les histoires tournent mal. Ça tourne mal à chaque fois. Ou c'est peut-être nous. En tout cas le Dr Chance et moi, on est maintenant de vieux cousins et on joue toujours ensemble. Et on habite ici, à la maison Bon Temps, et on pensait y rester. Mais peut-être que les choses sont encore en train de mal tourner…

*

S'il y avait une leçon que Jodi avait apprise de sa passion pour les cow-boys de rodéo, c'était qu'il fallait se lancer dans l'arène. Il était temps de passer à l'attaque. Le télévangéliste investisseur qui multipliait depuis des semaines les pressions fut sans doute étonné de recevoir une invitation de la fondation Landreneau. Il accepta en tout cas de venir découvrir le lieu où allait se déplacer la maison de retraite, ravi de visiter en personne ce nouveau bien qu'il convoitait et sur lequel il avait déjà, via sa banque, fait une offre couvrant par le plus heureux des hasards au centime près les dettes qu'on avait envers lui.

L'homme débarqua de sa limousine dans un costume blanc aux épaules serties de broderies, sorte de réplique d'Elvis période Las Vegas. Il était accompagné de sa femme, perchée sur de hauts talons et gainée d'une robe fourreau de marque. Il comptait en imposer par sa puissance, sa richesse et la femme-trophée qui les validait. Il ne cacha pas sa surprise d'être accueilli par un autre révérend, à l'allure et au train de vie plus modestes.

Le révérend Billodeau n'était, comme on le sait, pas plus révérend que vous et moi, mais se considérait comme ne l'étant pas moins que cet homme d'affaires qui vendait de la foi avec les boniments d'un marchand d'assurances-vie. Sentant le coup fourré, le télévangéliste avait tout de suite interrogé Billodeau quand il avait décliné son titre. Révérend ? Plus qu'un frère, un confrère alors. De quelle obédience ?

Baptiste ? Épiscopalien ? Luthérien ? Calviniste ? Évangélique ? Billodeau proposa une réponse fondée sur une base plus large. Biblique !

En effet, sans mentir en rien, le révérend Billodeau pouvait se targuer d'avoir au sens dit biblique du terme connu un certain nombre de femmes. Et si l'on s'accorde à penser que les méga-cérémonies données dans des stades par cet ersatz d'Elvis pouvaient se rapprocher des concerts donnés devant trois tables dans des bouges crasseux, la bière tiède remplaçant le vin de messe, ils étaient en effet tous deux des officiants.

Donc le révérend Billodeau était de bonne foi, c'est le cas de le dire, d'obédience biblique sporadique et alcoolique pratiquante. Il ne comprenait pas, étant sur cette ligne radicale, en quoi la louange du Seigneur passait par l'accumulation de richesses, les avions privés, une Rolls blindée, ou des investissements immobiliers massifs. L'accumulation des verres, comme la multiplication des pains, devant à son sens suffire à l'exultation de la foi.

Les membres de la fondation Landreneau soupçonnaient que le télévangéliste ne croirait pas plus aux fantômes qu'il ne croyait au spiritueux, au spirituel ou en Dieu. Mais on se doutait qu'avec son sens de la publicité il en ferait un argument commercial, une sorte d'attraction pour parc à touristes : le manoir hanté des confédérés, tarif de groupe à partir de dix personnes, vous pouvez acheter les magnets des fantômes à la boutique de souvenirs, et n'oubliez pas de soutenir l'église du pasteur Faux Elvis par un don au moment de payer avec votre carte de crédit. La médecine du vieux monde ne marchant plus sur le nouveau, le remède d'Alfie – trois doses de fantômes récalcitrants – ne suffirait pas à éloigner les appétits du promoteur. Mieux valait ne pas trop lui en parler. Et même pas du tout.

Les consignes avaient donc été négociées – au cas où – devant le miroir par Jodi, qu'on avait déléguée pour parler aux susnommés fantômes afin qu'ils se tiennent cois. Le problème n'était pas tant Joseph que les deux autres gars, dont on ne savait toujours pas qui ils étaient et en qui on n'avait, dans l'attente, aucune confiance. Vous vous souvenez des règles ? On applique ! Pas de coups dans les murs, pas de bruits de chevaux qui galopent dans les branches, pas de cris, de geignements, de pas au plafond. Nada. Rien. Zip. Zéro. On est d'accord ? Un silence s'ensuivit, indiquant qu'on avait compris et accepté la consigne.

Le révérend faux Elvis ne sut donc rien des fantômes des confédérés. Billodeau prononça son discours avec toute la solennité qu'il pouvait incarner. Non seulement on ne vendrait pas la maison Landreneau au pasteur, mais on lui demandait d'autoriser la tenue d'un concert de charité sur un terrain, un ancien golf, qu'il avait acquis récemment en vue de la construction d'un projet immobilier d'une vingtaine de maisons de luxe. Cette action de grâce serait au bénéfice des anciens de la communauté des musiciens afro-américains ici présents, meurtris par une vie de sacrifices et de misère à chanter le gospel, c'est à dire la gloire du Seigneur.

Bien entendu la déclaration de Billodeau, entouré des pensionnaires de la maison Bon Temps qui avaient pour l'occasion mis leurs vêtements les plus dépenaillés, était filmée en direct par Jodi qui la diffusait sur les réseaux sociaux sous l'œil débonnaire de l'assistant shérif Courville Bergeron, dont la présence dissuadait les gardes du corps du faux Elvis de l'en empêcher.

Le télévangéliste, désarçonné, tourna la tête vers sa femme, qui suivait toute la retransmission sur l'écran de son propre smartphone. On comprit que c'était elle le véritable cerveau de l'entreprise. Elle se pencha vers son oreille et lâcha trois mots au creux de celle-ci. Le faux Elvis réprima un mouvement de surprise puis déploya un large sourire aux dents refaites face à l'objectif du téléphone portable qui le filmait. Non seulement vous aurez le prêt de ce terrain pour votre concert, mais l'église dont l'Esprit m'a confié la conduite financera avec les dons de ses fidèles la scène et toutes les prestations techniques afin que la recette vous soit entièrement versée. Le pasteur Faux Elvis leva les mains vers le ciel en signe d'adoration, imité par toute sa suite. Le révérend Billodeau se joignit à eux dans une sorte de ballet qui ressemblait davantage au geste que l'on fait pour obtempérer à la police qu'à une fervente façon de rendre grâce. Le pasteur Faux Elvis serra quelques mains, chercha des yeux des demandes d'autographes et, n'en voyant pas, fit demi-tour vers sa voiture blindée, sa suite sur ses pas.

On n'avait pas gagné au casino, mais on avait quand même raflé un peu de la mise. Ni Jean Tupelo ni les autres n'étaient dupes. Le télévangéliste s'achetait juste un peu plus de temps et une sorte de blanc-seing pour mettre la main sur un lieu qu'il avait avec « bienveillance » et générosité encouragé et soutenu. Une sorte de double légitimité. La tête pensante à ses côtés pensait bien et vite. Mais on avait une longueur d'avance, car on n'avait pas donné au hasard les coordonnées du terrain réclamé pour le concert.

Et on avait préparé une technique pour excaver le précieux coffre sans attirer les soupçons des sbires du bonimenteur. Pour la mettre au point, Ti-Bone Thibodeaux avait eu une idée de génie. Elle tenait en un nom : Steve McQueen !

*

Ce que Ti-Bone voulait dire, c'est que la solution se trouvait dans un film, le seul avec cet acteur qu'il avait vu. Celui où il jouait le rôle d'une tête brûlée lors de la Seconde Guerre mondiale. *La Grande Évasion.* Vous vous souvenez de cette scène incroyable où il fuit sur une moto, semant ses poursuivants ? Eh bien… c'est pas celle-là ! Non, la solution, dans ce film, est dans les poches des prisonniers creusant un tunnel pour s'évader. Ils les remplissent de terre qu'ils vont disséminer dans le camp en feignant de faire du sport pour l'étaler sur le sol. On était dans la même problématique : creuser sans être vus, faire du bruit pour couvrir les travaux et de l'agitation pour dissimuler les mouvements.

Le stratagème imaginé par Ti-Bone était le suivant : on installerait la scène au-dessus du monticule identifié par le programme d'intelligence artificielle qui avait analysé les données comme la localisation du coffre. On pourrait creuser dessous, cachés des regards, et on disséminerait la terre au milieu des danseurs afin que les techniciens du concert n'en voient rien. Quoi de mieux pour étaler de la terre sur le sol que des pieds de danseurs labourant le reste d'herbe, là où l'herbe a déjà été enlevée par plaques ?

On calcula avec précision la hauteur exacte que la scène devait avoir et la meilleure orientation possible pour pouvoir sortir le coffre, et le déposer sur un kart électrique doté d'une plateforme conçue pour le contenir. Ne restait plus qu'à former une équipe de confiance et distribuer des tours chronométrés pour creuser, excaver, danser, éparpiller et revenir.

Le tout fut répété et répété encore au tableau comme des tactiques de football américain. Coach Ti-Bone exposa en détail les mouvements à son équipe, plusieurs fois. Listant les parades et obstructions possibles et la tactique appropriée chaque fois pour les contourner ou les traverser. Un gros flycase serait glissé sous la scène et on cacherait le coffre dedans, on prétendrait ensuite que la cabine à roues de l'orgue du révérend Billodeau était en panne et qu'on devait la remplacer par le modèle rigoureusement identique qu'il conservait en doublon à l'institution Bon Temps.

Pour le reste, il y avait justement une promotion sur les pelles et les pioches dans un grand magasin de bricolage…

Novembre 1863

Quand je suis arrivé à l'endroit du rendez-vous Odah n'était pas là. Elle avait dû déjà repartir. J'ai repéré des herbes fraîchement pliées sur le sol, quelqu'un s'était caché là et avait attendu. Je me suis baissé pour examiner ces traces et alors que j'allais repartir j'ai entendu un cliquetis derrière moi. Celui d'un fusil qu'on arme. Tu fais quoi ? C'était la voix du lieutenant. Il ne devait pas avoir si confiance que ça car il m'avait suivi à distance. J'avais pourtant pris des précautions, regardé autour, marqué des pauses pour écouter. Je n'avais rien repéré. Ça voulait dire que le lieutenant m'avait menti et qu'il était un sacré bon chasseur. Sinon, même avec le vent de face qui s'était levé, je l'aurais repéré. J'aurais repéré n'importe quel animal. Les gens sont juste plus malins que les animaux. J'avais bien entendu un bruit de branches à un moment, mais c'était un opossum qui se cherchait des baies ou de petits rongeurs.

Le lieutenant me tenait en joue et ce que j'ai trouvé à lui dire pour me sortir de là, c'est que j'avais trouvé l'endroit, la bonne cache. Il n'avait pas l'air convaincu.

Aussi loin ? Là j'avais la bonne réponse. Tous les arbres se ressemblent sauf celui-là. Et je lui ai désigné l'arbre en arche, celui qu'on avait surnommé la porte du paradis avec Odah. Je connais cet endroit. C'est les Indiens qui l'ont fait pousser comme ça, mais ils sont plus là. J'ai fini par le convaincre qu'il ne fallait pas rester trop près des restes du chariot. Y avait peut-être d'autres soldats du Nord qui chercheraient ceux-là, ils appartenaient forcément à une bande ou une section. Il a baissé le chien du fusil et m'a dit que j'étais malin. Et il a ajouté sur un ton menaçant j'espère que t'es pas trop malin quand même.

On a fait plusieurs voyages. À la fin on avait tout remis dans la caisse, rempli l'espace qui restait avec de la mousse espagnole prélevée sur les arbres autour, et on a commencé à creuser. On n'avait qu'une petite pelle trouvée dans le chariot cassé, celle qu'on utilise pour dégager des roues ensablées. Il fallait prendre des tours et on peinait à creuser. Le lieutenant se méfiait, il avait enlevé toutes les cartouches des fusils et les avait gardées sur lui. Et ça, ça me plaisait pas beaucoup.

C'est là qu'on a vu arriver un soldat du Sud couvert de boue, un gars avec un accent traînant de Virginie. Il s'était perdu. Et il avait perdu son arme aussi. Il a vu nos uniformes et il était rassuré. Il a dit que la bataille avait eu lieu et qu'elle était finie. Et le lieutenant a armé le fusil et il l'a mis en joue en disant que ce n'était pas possible, parce que même d'ici on aurait entendu les canons. Le soldat a raconté que le Nord n'avait pas pu s'en servir et il a expliqué pourquoi. Et que c'était une boucherie au corps à corps, à la baïonnette.

Le lieutenant lui a donné de l'eau et lui a dit de creuser avec nous, qu'on enterrait des munitions avant la contre-offensive du Nord pour être plus mobiles. Voilà ce qu'il a dit. Et pendant tout ce temps, il a posé des questions, demandant des détails au soldat sur la bataille et le positionnement des troupes. Et il n'arrêtait pas de lui demander à chaque fois où il était, lui. Quand on a eu fini, on a recouvert l'endroit où avait été enfoui le coffre avec de la mousse, des herbes et des branchages. De la façon dont on camoufle les affuts de chasse. C'était indétectable. Le lieutenant était satisfait et il a dit qu'il partait au point de rendez-vous qu'on devait rejoindre. Je ne comprenais pas pourquoi il devait y aller tout seul cette fois. Il a répondu que c'était un rendez-vous secret entre gradés et qu'il allait revenir, mais j'ai vu qu'il mentait. Il m'a dit en aparté que le conscrit était un déserteur et que je devais rester et le tuer. Et il est parti.

Le conscrit était un paysan de Virginie. Il avait peur dans les bayous. Il était content d'être avec moi parce que j'étais d'ici. Les serpents, les alligators, les ours bruns, je connaissais. Peut-être que j'aurais peur moi aussi si je n'étais pas né ici. Peut-être que j'aurais peur en Virginie, il paraît qu'il y a des montagnes là-bas.

Un autre soldat qui s'était perdu est sorti du bois. Il venait du même régiment confédéré qui avait été disloqué. Il racontait la même histoire. La bataille. La boucherie. Il pleurait, la tête entre ses mains. La moitié des gars ne savaient même pas pourquoi ils se battaient. C'était juste une affaire d'« eux » et de « nous ». On avait gagné une bataille par surprise.

Odah m'attendait. Je me moquais bien de l'or, et je ne voulais pas tuer ces deux gars. Je ne suis pas un assassin. Je leur ai dit d'attendre là. Que le lieutenant allait revenir. Ils avaient peur de rester alors je leur ai laissé mon fusil. De toute façon je n'en aurais plus besoin. Je me suis mis en marche vers l'est pour rejoindre Odah. J'avais à peine fait quelques pas que j'ai entendu un coup de feu. Un rideau de sang est tombé devant mes yeux et j'ai compris que c'était moi qui étais blessé, même si je n'avais rien senti. Peut-être parce que je flottais dans l'air, je ne sentais plus mon corps, j'ai cru que c'était ça être mort. Et puis je me suis réveillé ici.

*

Le jour du concert était venu. La scène, sorte de vaste château d'échafaudages, de tentures et d'écrans, trônait dans un endroit qui n'était certes pas le mieux placé pour un concert, mais auquel les organisateurs avaient tenu. Et tenu bon. Beaucoup de techniciens qui travaillaient à son installation se posèrent la question de savoir pourquoi ces vieux bluesmen avaient décidé d'installer les loges SOUS la scène et non pas derrière ou à côté. Et de l'orienter dos au soleil et pas en face. Mais des demandes originales, les gars des concerts, roadies, line producers et managers, en avaient vu d'autres, et des pires. Des stars superstitieuses qui veulent que l'on reconstitue à l'identique, photos à l'appui, la loge de leur premier succès et refusent de jouer si tout n'est pas disposé au centimètre près à l'identique. On avait vu des demandes comme faire entrer une Camaro de 57, attention pas une de 58, les vitres avant ne sont pas les mêmes. Il y avait aussi les gars trop défoncés pour sortir de leur véhicule avant la dernière minute mais qui exigeaient, dans ce que l'on appelle un *rider*, liste de ce qui doit les attendre dans la loge, des produits introuvables et en quantité pour leur entourage. Et même des artistes qui ne veulent rien, c'est-à-dire rien. Même pas une table, même pas une chaise, même pas un portemanteau. Rien. Les murs, le sol, la porte. Zen. On était habitué aux demandes farfelues, déraisonnables, délirantes. Alors les caprices d'une bande de vieux musiciens qui préfèrent se préparer, s'empiffrer de beignets, ou prier sous la scène, c'était plutôt léger en matière d'excentricité.

Ça, et le fait qu'ils avaient exigé une scène disproportionnée par rapport au lieu et au public attendu. Trop grande, trop haute, et avec une sono trop puissante. Mais bon, au moins le rêve était complet. Celui d'avoir une grande scène et de jouer très fort. Les gars de la technique étaient contents de leur offrir ça. Ces costauds en gilet de cuir aux manches coupées regardèrent donc avec sympathie les anciens qui se relayaient sous la scène avec des airs de comploteurs et ne sortaient que pour se dégourdir les jambes en allant danser une sorte de gigue étrange.

Les fouilles sous la scène avaient en effet commencé dès la balance, en termes de musicien les répétitions pour le son. Voici comment on procédait. D'abord on avait délimité des périmètres à la bombe de peinture, celle qui sert à tracer des lignes blanches sur l'herbe des stades. On avait donc une sorte de terrain de damier, il n'était pas question de faire entrer un engin mécanique, alors on procédait par sondage, technique que les chercheurs de pétrole du golfe voisin appellent carottage. Il faut admettre que les techniciens personnels des artistes étaient du genre imposant, personne n'avait soupçonné jusque-là à quel point il fallait être musclé et bâti comme un défenseur de football américain pour changer une corde de guitare, accorder un violon, ou glisser une nouvelle anche sur un bec de saxophone.

Cette équipe de costauds creusait le sol avec précision et méthode. Les jeunes bodybuilders recrutés à la salle de sport locale avaient été convaincus par ce que l'on qualifiera de mensonge décliné d'une possible vérité écologique. Pour eux, on profitait de l'abri créé par la présence de la scène pour prouver la présence de résidus oléagineux sous le sol, ce qui invaliderait tout projet de construction, le terrain devenant insalubre jusqu'au traitement des déchets.

Les sportifs, trop heureux de venir participer à une cause écologique, n'avaient pas posé davantage de questions. C'était un bénéfice inattendu de l'éco-anxiété des jeunes générations dont les anciens profitèrent sans scrupule. Un bon mensonge, vous dirait le Dr Chance, reposant sur le fait que les gens qui l'écoutent aient des raisons de le croire.

*

Sista Rosetta n'avait jamais joué sur une scène aussi grande. Pour elle, c'était une consécration. Sa renommée n'avait pas dépassé les salles des fêtes et les clubs où l'on fait à peine tenir trente chaises. Elle s'avança et prit une profonde inspiration. L'air chaud lui brûla les narines et elle put suivre son trajet le long de sa gorge vers ses poumons, soudain emplis de soleil. Rosetta en ressentit une immédiate sensation de bien-être. Elle était devenue un ballon prêt à s'envoler. D'ailleurs c'est bien à cela qu'elle devait ressembler, se dit-elle, dans cette robe jaune trop étroite. Et tout le monde aime les ballons, non ?

Quand même, Rosetta se dit qu'elle n'aurait pas dû remettre cette robe. Ça faisait des années qu'elle ne rentrait plus dedans. Mais c'était sa robe fétiche. Son costume de scène. Une sorte de talisman. Elle aurait dû changer, cette fois. Nouvelle époque, nouvelle apparence. J'aurais dû mettre du noir. Une couleur sombre, au moins. Qui amincit. Mais qui se souviendrait d'elle si elle avait mis du noir ? Et qui la verrait de loin ? Au point où elle en était, à soixante-dix ans passés, ce n'était pas une toile plus sombre qui allait rendre son corps plus désirable. Depuis longtemps – toujours, sans doute –, Rosetta savait qu'elle ne pouvait compter que sur sa personnalité pour attirer les regards et les tendresses. Et de la personnalité, Rosetta en avait. De la personnalité et de la voix. Et une façon bien à elle de jouer de la guitare.

Sista Rosetta évalua le nombre de spectateurs face à la scène. On avait bien deux cents personnes. À cette vue, ses jambes semblèrent un instant lui faire défaut. Un vertige. Sista Rosetta dut admettre que, pour la première fois de sa vie, elle avait le trac. Pour une gamine des bas quartiers de La Nouvelle-Orléans qui a passé son enfance à chanter dans les églises le dimanche, et le reste du temps dans les rues au milieu des putes et des maquereaux et des ivrognes, avoir le trac n'est pas habituel. Mais chanter au coin d'une ruelle où des types défoncés se font poignarder devant toi n'est pas la même chose que d'avoir deux cents regards innocents qui te fixent. Car eux vont te juger.

Les autres n'en avaient rien à faire de toi. Ils venaient s'entretuer dans les bouges, chercher leur dose d'argent, d'alcool, de sexe ou de drogue pour faire passer la nuit. Les autres ne te voyaient pas, t'entendaient à peine, ta voix n'était qu'un cri de plus au milieu du bruit, sur une dizaine de mètres de rue trempée par la pisse. La petite Rosetta avait beau se tenir aussi droit que possible, peu de gens s'arrêtaient pour poser leur regard sur elle. Rosetta se revit quelques secondes être cette petite fille, une voix d'enfant dans un corps trop grand pour elle. Un instant revinrent les odeurs de la rue, celles des coulisses des clubs, de la poussière des rideaux, du tabac froid, des bières tièdes renversées sur le sol. Et le souffle du vent dans ses cheveux, la seule caresse qui venait à elle.

Quand les autres filles avaient déjà des amoureux, elle, elle avait ça. Tout ça. Et tout ça était encore en elle. Une assurance joyeuse remplaça le trac. Une vague de fierté déferla sous ses pieds pour la porter. Rosetta s'arrêta devant le micro, approcha ses lèvres de la boule brillante, bloqua les cordes de la guitare d'un arrêt sec, et lança les premiers mots d'une chanson.

*

Pendant ce temps-là sous la scène, on se donnait à fond. Il y avait, autour des trois apprentis terrassiers, une demi-douzaine de contremaîtres et d'inspecteurs des travaux prodiguant instructions, conseils, remarques, directions contradictoires et simultanées. Les jeunes gars se contentaient de sourire en hochant la tête, prenant la force de la patience dans le fait que la petite blonde aux cheveux bouclés, en débardeur et sans soutien-gorge, qui accompagnait les vieux commanditaires, se penchait régulièrement pour veiller à la profondeur de la tranchée, laissant ses voluptueuses rondeurs peser à l'avant comme des fruits gorgés de soleil. Elle avait plusieurs fois demandé avec insistance si l'un d'eux savait monter à cheval ou faire tourner un lasso, mais on ne savait pas trop pourquoi.

On sondait avec précaution sur de petits périmètres d'environ un mètre carré. Une fois le tube de carottage, fabriqué à partir de tuyaux de gouttière, enfoncé dans le sol, retiré, débarrassé de la terre à l'intérieur et replacé, un autre était emboîté à son extrémité et l'on s'enfonçait d'un mètre de plus. Chaque carotte de terre dégagée était divisée en petits tas que se distribuaient ensuite les différents inspecteurs des travaux, tous également devenus scientifiques émérites, pour les emporter à des fins d'analyse. Ils disparaissaient avec des sacs en plastique glissés dans leurs pantalons et revenaient chercher la strate suivante. Cette organisation méthodique permettait, quand l'un ou l'autre des roadies de l'organisation officielle venait vérifier que tout allait bien, de se contenter de rabattre une bâche sur le trou, se positionner autour et simuler une salle d'échauffement où les « techniciens » étaient transformés en masseurs personnels, choyant bras et épaules avec des gestes de kinés.

Une fois la première zone sondée, on se déplaça vers le rectangle suivant. Il suffisait désormais de remplir le premier espace avec la terre retirée du deuxième et l'on n'avait plus à l'évacuer. L'épisode appelé du nom de code Steve McQueen put donc prendre fin, les va-et-vient avec l'extérieur de la scène cesser, et ça tombait bien parce que les jambes commençaient à fatiguer. On se déplaça d'un nouveau mètre. Comme une alarme, les applaudissements saluaient la fin du tour de chant de Sista Rosetta. La bonne nouvelle était que c'était un succès. La mauvaise était qu'on était très en retard sur le timing prévu et qu'à ce rythme-là on allait déborder du concert et se faire prendre. Rosetta se vit donc proposer un troisième rappel. Plus qu'une consécration, c'était un succès. Et même un incontestable triomphe.

*

Ce fut ensuite au tour du révérend Billodeau et du Dr Chance d'entrer sur la scène avec eux aussi, il faut bien l'avouer, quelques appréhensions. Et on leur avait demandé d'allonger la longueur de leur prestation scénique. Faire durer les solos de piano, de batterie. Ajouter des titres. Des reprises. Des standards. Ils savaient le faire. C'est le lot de tout musicien de bar, de club, de kermesse. Tenir la longueur. Une course de fond. Un marathon. L'arthrose qui avec l'âge s'attaquait aux articulations le permettrait-elle encore ? Le révérend avait une parade, des solos d'accords plaqués qui étaient même devenus un style. Il avait développé ça avant l'arthrose, quand une malheureuse histoire de combat de coqs truqué avait conduit les malfrats d'un gang de l'Irish Channel à lui casser les doigts un à un en guise de représailles. Tout cela était loin. Ce qui était près, maintenant, c'était le petit escalier qui menait à la scène.

En dehors de son cousin Chance, le révérend Billodeau avait pour cette occasion spéciale un autre allié. Un allié de taille. Et de poids. Grand, noir et laqué. Il se remémora le moment où la nouvelle était arrivée. Celle qui lui avait redonné une sorte de foi en la foi. Le pasteur Faux Elvis mettait à sa disposition, de confrère à confrère, le piano grand queue de son église de Houston, à cinq heures de là. Un piano grand queue ! Il avait fallu à Billodeau quelques secondes pour reprendre ses esprits. Des secondes qu'il était en train de vivre à nouveau, avec la même intensité, en montant sur scène. Le pasteur escroc avait bien prononcé les mots « piano à queue », et « grand ». Et il avait tenu parole.

Il faut comprendre que, contrairement à ses idoles Dr John ou Allen Toussaint, contrairement à ses maîtres Professor Longhair ou Antoine « Fats » Domino, contrairement à Jerry Lee Lewis, à Jon Batiste ou Harry Connick Jr., le révérend Billodeau n'avait jamais posé ses doigts sur un piano grand queue. Un quart de queue plusieurs fois, un demi-queue une fois, un grand piano de concert, avec ses longues cordes de basse rugissantes, jamais.

Le moment était venu. Ce n'était pas rien dans la carrière d'un homme qui avait voué sa vie à la musique de cette ville. À travers lui, c'est aussi elle que l'on honorait. C'est donc avec solennité que le révérend Billodeau entra sur scène et se dirigea vers le piano, tendant les bras vers le grand Steinway comme s'il allait au sens propre du terme l'embrasser. Le révérend s'immobilisa devant le clavier et se pencha pour poser les mains dessus. Il plaqua un accord et écouta le rugissement des cordes des basses monter vers son visage. Il recommença. Et recommença encore. Il huma l'air à s'en remplir les poumons et, habité par le son, s'assit sur le tabouret qu'il ajusta. Ses lèvres se posèrent sur le micro. Le Dr Chance, déjà installé derrière les fûts de sa batterie, frappa de sa pédale, au pied, la peau de la grosse caisse. Le show était lancé.

*

Sous la scène on continuait à sonder la terre avec précaution. On n'avait plus besoin d'aller vider ses poches mais on allait s'aérer. Respirer. Voir la foule devant la scène. On revenait. On se glissait sous la bâche. Les creuseurs rencontrèrent soudain une résistance au fond du forage. On creusa alors doucement. On déblaya avec soin à la pelle pliante. Comme des archéologues. Comme des chercheurs de trésor. Des chercheurs d'or. C'est bien ça que l'on était, non ?

Une pelle cogna sur le fond, un caillou, peut-être un reste de racine. On déblaya soigneusement avec les mains et le coin d'un coffre de bois apparut. C'était un coffre très simple. Des planches de bois clouées entre elles. Une boîte de transport avec, au bout, un reste de ce qui avait dû être des poignées en corde. Cela pouvait correspondre à la description d'une caisse contenant des lingots ou des pièces d'or. On déblaya tout le côté, le long de l'arête, et on chercha l'autre arête, l'autre bout de la caisse. On avait désormais dépassé la longueur d'un mètre, les planches du couvercle continuaient et on ne voyait pas le coin arriver. Comment un coffre pouvait-il être aussi long ?

On avait pourtant bien étudié les volumes des coffres de banque de l'époque. Brazos, que l'on fit venir discrètement de devant la scène, se pencha et estima que le coffre était trop long, et pas d'un bois correspondant. On allait sûrement trouver à l'intérieur un coffre plus petit. On continua à déblayer avec soin. Et le coffre se prolongeait encore. Ce n'est pas un trésor qu'ils ont enterré, ce sont des armes ! Si le Sud stockait des pièces d'or dans des caches en vue d'un soulèvement, après la paix il devait aussi stocker des armes, dans des toiles goudronnées. Et là, on a commencé à se voir avec une caisse de pétoires de la guerre de Sécession. Pour peu qu'elles soient en bon état de conservation, on pourrait en tirer quelques dollars auprès d'antiquaires mais des dizaines de milliers avaient été fabriqués. Ça valait trois fois rien. Donc rien.

Les fusils de l'époque étaient longs. Un modèle Springfield 1861, l'arme standard des troupes, mesurait un mètre quarante de long. Encore plus si on les stockait avec les baïonnettes montées et des munitions en dessous. On était à peine aux trois quarts de cette taille. Mais on gardait espoir. Les Mémoires de l'officier Dubois citées dans la thèse du jeune Alfie indiquaient que l'on avait envoyé de l'or saisi lors de rapines dans les plantations. Peut-être pas dans une caisse réglementaire. Peut-être dans une caisse à fusils. Les gars qui l'avaient volé avaient tout aussi bien pu planquer le trésor dans une caisse vide récupérée. Simcoe n'avait-il pas dit aux soldats arrivés qu'ils enterraient des munitions ? Joseph avait peut-être encore brouillé les pistes.

On allait peut-être trouver des cartouches. De la poudre. Il fallait creuser avec davantage de précaution encore pour ne pas risquer une explosion. On déblayait avec la sueur au front et on perdait encore un temps fou. Tout allait mal. Et de mal en pis.

*

L'homme qui s'avançait à présent sur la scène juste au-dessus tenait une vieille guitare en fer à la main, il portait un pantalon retenu par des bretelles, une chemise repassée avec soin, et à son doigt brillait un tube de verre prêt à glisser sur les cordes. S'il y a un endroit au monde où tu peux jouer de la slide et être apprécié par des connaisseurs, c'est bien dans ce coin-là de la Louisiane. Dans les terres marécageuses du delta du Mississippi qui ont vu naître cette plainte. Et Ti-Bone Thibodeaux portait cette mémoire-là entre ses mains. Il prit le dobro et l'accorda, une oreille collée contre l'éclisse, comme il l'avait toujours fait. Une habitude de musicien de club, pour en isoler le son des bruits autour.

Les applaudissements saluèrent ensuite l'entrée sur la scène du grand chef Antwane DeVille. Il avait enfilé son costume de plumes et de sequins, plus éclatant que jamais. Le moment du finale était venu. On avait trouvé le coffre et il fallait aller plus vite. Antwane se plaça donc devant le micro, son tambourin à la main.

Le grand chef Antwane DeVille, les yeux fermés, commença par égrener les noms des quartiers. Tous les quartiers de La Nouvelle-Orléans. Ceux qui avaient été ravagés par l'ouragan Katrina. Tremé. Gentilly. Chalmette. Désiré. Ponchartrain. Marigny. Navarre. Charenton. Fontainebleau. À chaque quartier, un costume de couleur différent lui apparaissait et sembler s'ajouter à la foule devant la scène. Celui d'un Indien du Mardi gras de chacun de ces endroits. Ainsi le rouge vint côtoyer le mauve, le vert l'orange, l'orange le bleu, le bleu le rose, le rose le marron, le marron le blanc, le blanc le jaune, le jaune le fuchsia, et ainsi de suite. Il vit se tenir devant lui les Hunters du 9th Ward, ceux du 7th Ward, les Black Cherokees, les Burning Spears, les Golden Eagles, la Congo Nation, les Fi-Yi-Yi, les Red White and Blue, les Wild Tchoupitoulas, les Yellow Pocahontas, les Creole Osceola, et tous les autres groupes d'indiens du Mardi gras… Ils étaient tous là, en costume de perles et de sequins, en plumes majestueuses, de toutes les couleurs, de tous les quartiers. Bien sûr ils n'étaient pas là vraiment. Lui seul les voyait. Mais ils étaient avec lui. Ti-Bone fit glisser une dernière longue plainte sur le manche de son dobro.

Antwane DeVille sentit dans ses veines un sang bouillonnant, comme le flot des eaux qui avaient rompu la digue. Un courant venu de loin. Du passé. Et qui revenait vers la vie. Antwane leva le menton, la tête en arrière, pour entonner la chanson des Indiens du Mardi gras de Moon River. Il était le dernier. Il n'y avait plus personne à qui la transmettre. Elle disparaîtrait avec lui. Alors il était temps de la libérer, de la sortir de la cage des secrets et de la laisser s'envoler dans le ciel immense. Libre. C'était le jour. Peut-être la dernière chance. Antwane frappa son tambourin et approcha les lèvres du micro.

Oh-oh, Da-Darling,
Où es-tu passée ?
Oh-oh, Da-Darling
Où es-tu passée ?

Seule la lune le sait

Oh-oh, Da-Darling,
Où es-tu passée ?
Oh-oh, Da-Darling
Où es-tu passée ?

Mais la lune se tait

*

C'est à cet instant précis qu'en dessous de la scène on arriva à faire suffisamment d'espace autour de la caisse à fusils pour la saisir. On arriva, selon le subterfuge prévu, à sortir le coffre sous une bâche à la place d'un orgue Hammond présenté comme en panne. L'opération était compliquée par le fait que le coffre était beaucoup plus grand que prévu… mais aussi beaucoup plus facile, car il n'y avait rien dedans.

Rien qui pèse lourd, ni or, ni lingots, ni butin issu de rapines.

Rien que deux squelettes, qui furent estimés comme étant ceux d'une femme et d'un bébé de quelques jours. D'après la position et les restes de tissu encore présents sur les deux dépouilles, il était certain que l'enfant était né, puisqu'il avait été emmailloté. Aucun os ni crâne n'était brisé ou déplacé, ce qui n'indiquait aucune chute, blessure par balle, ou accident.

La position induisait qu'on avait dû remonter au-devant d'elle les jambes de la femme pour la faire tenir dans cette caisse à fusils. C'était là un détail important car aucun os n'étant brisé ou forcé, on avait dû le faire assez rapidement après son décès, avant que la raideur cadavérique ne rende cela impossible sans dommages. On s'était débarrassé des corps dans les minutes après la mort pour les cacher.

Il n'était pas rare que des ouragans, des inondations ou des travaux mettent au jour des restes humains datant de la guerre de Sécession, enterrés à la hâte dans des cercueils de fortune. Mais ceux-ci présentaient une particularité qui les distinguait : la femme portait à son cou, au bout d'une petite chaîne de métal, une amulette gravée dans du bois de cyprès d'eau.

Cette petite amulette était parfaitement similaire à celle tatouée sur l'épaule d'Antwane et sur celle de Neakita.

Ti-Bone Thibodeaux

Je ne sais pas ce qui se passe entre les vivants et les morts. Ni d'ailleurs entre la vie et la mort. Je ne sais pas ce qu'on fait ni où on va quand on meurt. Il y a des gens qui pensent que si on a été bon on va au paradis. Et qu'on sera là-haut avec tous les gens qu'on aimait. On dit ça à chaque enterrement. Toute la famille, les oncles, les tantes, les cousins au deuxième degré. Ils nous attendent là-haut.

Que tout le monde y soit ou pas. Moi, je sais juste qu'il y a des gens que je voudrais pas retrouver. Mes parents par exemple, je préférerais pas. Mon père était un vieil ivrogne qui nous battait et qui battait ma mère. Cela dit ma mère le battait aussi, et puis elle nous battait nous. Ils savaient pas bien parler ni comment dire les choses, alors ils avaient créé une sorte de langue des signes. Ils formaient les mots à coups de poing, de pied, de gifles sur le crâne ou les joues ou la nuque.

Je pense que c'est ma mère qui avait le plus de vocabulaire, mais mon père, disons qu'il avait la force des arguments pour lui. Une vie entière à trimer dans les champs de canne à sucre, à couper, tailler, arracher, porter des liasses de cinquante kilos sur son dos. Son argumentation était appuyée par l'expérience de la douleur et de la vie. Alors tu penses, avec celle de la mort en plus, je suis pas pressé de le retrouver. Si tu écoutes bien ce qu'on en dit, et si tu réfléchis bien à ce que c'est, comme je viens de le faire, le paradis, en fait, c'est pas le paradis. Et tu veux pas y aller.

Je parlerais bien de ça avec les fantômes de la maison. Après tout, ces gars-là sont morts, suffisamment pour être dans un endroit intermédiaire, coincés entre deux étages. Ils ont forcément des tuyaux sur ce qui se passe après. Quel homme n'a jamais pensé à sa mort. À la mort tout court. Les gars ont forcément une partie de l'info. Cela dit, s'ils sont dans la salle d'attente, c'est que leur affaire est pas réglée. Alors ils ont probablement aucun tuyau sur le paradis où les pauvres gens comme moi doivent avoir leur place réservée. Il faut que j'arrête de penser à ça. À la mort. La mienne. Même si je sais pourquoi j'y pense.

*

Depuis quelques semaines, Ti-Bone ne voyait plus comme avant. Petit à petit son champ de vision s'était rétréci, entouré d'une sorte de halo noir. Il avait d'abord pensé à de la fatigue, ou peut-être un excès de chocolat. Ti-Bone se comparait volontiers à un vieux chien, et les vieux chiens ne voient plus à force de manger trop de sucre. La maladie de Carré. Mais il n'y avait là ni carré ni rond. Ti-Bone connaissait le mal qui avait frappé sa mère avant lui. Rétinite pigmentaire, une maladie dégénérative, sans remède ni espoir. La lumière baissait peu à peu pour lui, inexorablement. Un soir qui tombe un peu plus chaque jour. Dans quelques mois, quelques semaines peut-être, Ti-Bone serait aveugle. Il était temps de se préparer. Bientôt, même le mouvement des feuilles d'arbres dans le vent ne serait plus qu'un son, un froissement dont il faudrait se rappeler la vue. Ainsi le vent dans les branches devint une chanson, un poème à apprendre par cœur, une bande-son. L'obscurité viendrait à lui mais il garderait les images à l'intérieur. Il deviendrait une salle de cinéma. Celle des souvenirs.

Chaque chose à partir de ce moment se trouva différente. Essentielle. Chaque instant prit plus de valeur. La beauté du monde lui apparaissait à chaque seconde. Ti-Bone se sentait retomber amoureux. Amoureux comme quand il était enfant, jeune homme. Amoureux du monde et de la vie. Par instants ce sentiment gonflait sa poitrine comme une bouffée d'air frais, soulevant une vague géante qui élevait son cœur jusqu'aux confins du ciel. Un bonheur intense remplaçait le désespoir qui l'accablait. Ti-Bone ressentait, pour le monde qui allait disparaître à ses yeux, une tendresse infinie.

Cela changea sa pratique du présent. Ti-Bone ne savait pas ce qu'il pourrait encore faire seul. Ni à qui il pourrait encore être utile. Il se montra soudain d'une prévenance exagérée envers chacun. Sista Rosetta s'étonna de voir ce « pot de colle » (c'est la première expression qui lui vint à l'esprit) la suivre partout d'un air amouraché. Il n'avait jamais remarqué auparavant combien sa poitrine était opulente. La façon dont elle s'élevait en se gonflant à chaque respiration l'impressionnait. Ti-Bone, homme de décence et de savoir-vivre, luttait pour ne pas fixer ces objets palpitants comme de gros poissons sortis du courant. C'est désormais le regard de côté, la tête inclinée vers le sol, que Ti-Bone s'approchait de Sista Rosetta.

Et puis Ti-Bone se tenait fréquemment les mains croisées devant lui. Le révérend Billodeau attribua cette pose à des moments de prière, de plus en plus nombreux. Il fut surpris de cette soudaine conversion de son ami aux louanges de l'Éternel, mais chez un homme âgé la foi peut revenir avec l'approche du Jugement dernier. Chacun avait son explication, son intuition. On avait vécu ce concert comme une sorte d'apothéose dont l'excitation habitait encore les cœurs. C'était peut-être ça. Oui, ce devait être ça.

Ce fut Jodi qui comprit la première. Elle l'avait vu plusieurs fois trébucher et tâtonner. Elle avait observé la cuillère qui puisait dans son assiette à côté de haricots pourtant bien présents. Elle avait remarqué ses yeux étonnamment fixes. Et cette bonne humeur nouvelle, elle connaissait suffisamment Ti-Bone pour savoir qu'elle cachait quelque chose de plus sombre. Elle vint donc un après-midi s'asseoir à côté de lui dans la cour, sous cet arbre qu'il aimait tant. Il ne tourna pas la tête vers elle comme il le faisait d'habitude quand elle approchait. Il garda la tête droite et le regard fixe, au loin, se contentant de l'accueillir d'un large sourire. Se contenter était bien le mot. Car Ti-Bone était toujours content de voir Jodi, qu'il appelait son soleil, s'orienter vers lui. Il sentit le parfum qui la précédait et entendit son pas léger sur le gravier de la cour. C'est cela qu'elle serait pour lui, désormais. Un parfum. Un pas léger. Jodi avait une façon particulière de marcher, de poser son pied sur le sol. Ti-Bone savait qu'il s'en souviendrait, et c'est avec cette certitude heureuse qu'il tourna enfin la tête vers elle quand Jodi lâcha dans un soupir : de toute façon, on ne voit que ce qu'on veut bien voir.

La conversation qui suivit, personne ne l'entendit, à part peut-être un oiseau-mouche qui voletait audessus d'un magnolia. Mais les oiseaux-mouches, comme les pensées et les secrets, peuvent s'échapper très vite, sans que personne les attrape. L'oiseau n'entendit rien, il vit seulement, et cela n'est même pas sûr, une larme couler sous l'œil d'un vieil homme noir quand la tête d'une jolie blonde en chemise à carreaux se posa sur son épaule et que sa main serra la sienne.

*

Jodi partit quelques minutes plus tard pour prendre son service. Plusieurs soirs par semaine, elle faisait des gardes à l'hôpital de Lafayette, le week-end surtout. C'était un des meilleurs de la région, équipé en matériel de pointe. La proximité du golfe, des plateformes pétrolières, et de la traversée de l'I-10, une autoroute sur pilotis au-dessus de l'Atchafalaya, était synonyme d'accidents et de grands brûlés. Les soirs calmes, Jodi aimait les rencontres qu'on y faisait. La plupart des gens qui viennent aux urgences à ces heures-là ont juste besoin d'attention. De se prouver qu'ils sont vivants. D'un peu d'intérêt, de chaleur et parfois d'un café chaud pour tenir le coup. Les vraies urgences il y en avait. Un accident de voiture ou des membres de gangs qui se sont fait tirer dessus, le samedi soir. Un incendie sur un forage en mer, un bateau, une barge. Le reste c'était surtout des gens inquiets, ou des gens seuls, ou les deux. Il y avait aussi quelques habitués. Comme Adam.

Adam était venu plusieurs fois en trois semaines. Il avait toujours un problème, mal au ventre, au pied, au bras, à la tête. Souvent à la tête. Il arrivait avec des bleus ou des bosses. Adam avait six ans. Il venait avec sa mère. C'est elle qui l'emmenait. Elle se plaignait de lui. Heureusement qu'elle était là, vous vous rendez compte où il s'est encore fourré. Jodi ne fut pas dupe longtemps. L'urgentiste, le docteur Jamal, non plus.

Alicia Jamal s'y connaissait en traces de coups, elle était arrivée d'une zone de guerre. Les horreurs, elle pouvait les réciter comme d'autres les tables de multiplication. C'est la mère qui lui fait ça. Le gosse est son passe d'entrée, son ticket pour la soirée. Elle doit avoir l'habitude de se faire jeter de partout. Elle esquinte le gosse et se présente en mère courage.

Après avoir regardé les pupilles et pris sa tension, Jodi savait à quoi s'en tenir. Et Alicia Jamal aussi. La mère était camée. Elle jurait qu'elle ne prenait rien mais une simple observation et quelques douleurs prétextées « tant qu'on est là » indiquaient bien, comme une enseigne de néon clignotant dans la nuit, le besoin de fentanyl. La drogue qui ravage le Sud. Qui dévaste les quartiers populaires. Les familles. Les vies. Les futurs.

C'était la deuxième fois que Jodi la prenait en charge, la troisième peut-être. À chaque fois, le même protocole. La tension. La température frontale. La liste de questions très simples. Où sommes-nous ? Quelle est la date d'aujourd'hui ? Vous avez une adresse ? Cette dernière question menait à l'histoire sur laquelle la jeune femme, qui disait s'appeler Chantelle, tournait en boucle.

J'habite quelque part mais je n'ai pas d'adresse vous comprenez ? Jodi comprenait surtout que la fille racontait n'importe quoi. Tout ce qui lui passait par la tête et qui pouvait avoir l'air, pour elle, crédible par les autres. Jodi était bien placée en ce moment pour accepter l'idée qu'une histoire n'a pas besoin d'être vraie. Elle a juste besoin d'être dite. Et libre à chacun de décider d'y croire ou pas. Alors comme elle était sur cette lancée, que la soirée était calme, et qu'elle avait du temps ce soir-là, Jodi décida de croire à celle-ci aussi. D'écouter Chantelle. Écouter quelqu'un qui a besoin de raconter une histoire qu'elle s'invente n'est pas du temps perdu. C'est du temps gagné. Sur l'indifférence et la solitude. Sur la nuit.

L'histoire qui trottait dans la tête de Chantelle ce soir-là et qu'elle tenait à raconter était qu'elle devait rester là parce qu'elle attendait quelqu'un. Un membre de sa famille qui lui avait donné rendez-vous et qui n'était pas venu. L'homme, puisque c'était un homme, l'avait contactée et lui avait envoyé un billet de bus. Il avait de l'argent pour elle. Car cet homme était riche. Il devait la retrouver à la station Greyhound, oui en face de Grant Street Dancehall devant les piliers rouges. Mais l'homme n'était pas venu et il ne donnait plus de nouvelles. Et Chantelle ne savait plus où le joindre parce qu'on lui avait volé son téléphone portable, ou peut-être qu'elle l'avait vendu pour payer une semaine de plus dans ce motel minable au bord d'Évangeline Thruway, ou peut-être qu'elle l'avait tout simplement perdu.

En tout cas l'homme de sa famille ne pouvait plus la joindre et elle-même ne savait pas où il était, alors elle restait tous les jours à l'arrêt des bus Greyhound pour l'attendre. Les gens me donnent de l'argent en pensant que je fais la manche, mais j'attends juste, vous comprenez ? Oui Jodi comprenait, toutes les filles sans le sou, à la rue, avec un enfant, arrivent par ici parce qu'elles ont dans leur famille un homme dont elles ne connaissent pas le nom, qui est riche et qui les a appelées, les gens leur donnent de l'argent qu'elles n'osent pas refuser pour ne pas les vexer, mais elles ne mendient pas. C'est le genre de baratin que doit entendre toute la journée un bailleur qui gère des logements sociaux, un propriétaire qui loue des appartements dans des immeubles insalubres, un junkie qui sous-loue sa chambre misérable pour quelques dollars, l'épicier qui a fait confiance ou crédit. Bien sûr aucune de ces personnes ne croit à ces bobards. Pas même Jodi. Et personne ne les écoute. Sauf Jodi.

Il n'était pas question de jouer avec l'avenir, ni le présent, d'un gamin maltraité. Jodi avait son idée là-dessus. Si la vie arrêtait de taper sur la mère, elle, elle arrêterait de taper sur son gosse. Elle en avait vu d'autres, des mères traumatisées, des femmes en état de choc, se relever. Et elle avait passé du temps à observer cette femme. Il y avait encore de l'espoir en elle. Jodi était intervenue auprès de la sécurité pour qu'ils les laissent quelques heures, la mère et le gamin, dormir dans la salle d'attente vide. Et elle avait appelé l'assistante sociale…

*

En sortant de l'hôpital, Jodi s'arrêta chez Albertson's pour faire des courses. C'était le seul supermarché ouvert tard le soir. Jodi se rappelait le temps où il était ouvert jour et nuit, tous les jours, vingt-quatre heures sur vingt-quatre, et qu'elle y allait avec sa mère une fois que tout le monde était parti et qu'on pouvait payer sans honte avec des coupons de nourriture de l'aide sociale. Elle se souvenait des rayonnages, des alignements parfaits, de cette profusion de produits colorés, du sol bien ciré qui brillait sous les néons éclatants. Elle se souvenait que cette atmosphère lui apportait de la joie. Elle serait bien restée jusqu'au matin à l'époque, dans ce monde des merveilles ouvert toute la nuit. Ce temps était fini. Maintenant, le magasin fermait à vingt-deux heures, question de sécurité et de rentabilité. D'ailleurs il n'était même plus au même endroit.

Jodi poussa son petit chariot dans les rayons, chargea un gallon de lait, des fruits et des légumes, et pour ce soir un de ces sandwiches maison qui lui éviterait un passage au Taco Bell en face de l'université. Elle embarqua surtout un pack de Dr Pepper au goût de cerise, l'équivalent pour Jodi du café du matin, et passa à la caisse qui était libre. Un jeune Noir en survêtement aux couleurs des Ragin' Cajuns de l'université tenait la caisse. Un autre en débardeur blanc, avec des tresses terminées par des boules dorées autour du front, rangeait au bout du tapis roulant les produits dans des sacs en papier et les remettait dûment emballés dans le chariot. Les deux étudiants, pour égayer le job du soir qui devait leur permettre de payer un peu de leurs études, s'amusaient à se lancer des défis en slammant, pariant sur les articles qui allaient passer en caisse ou commentant ceux qui se posaient sur le tapis roulant. Oh Dr Pepper, mon cher, tu es brun comme moi, et aussi pétillant, et aussi frais. Le jeune au look de rappeur accueillit Jodi avec cette ritournelle qu'il devait sortir à toutes les filles qui passaient en achetant un soda. Le jeune gars était mignon, drôle, et il dansait avec fluidité tout en posant en rythme les produits dans le sac. Jodi plaisanta avec lui. Tant que tu te fais pas mettre en boîte ! Ooouh, réagit l'autre en claquant des doigts, saluant de cette façon la réplique de Jodi qui entrait dans la battle avec brio.

Les boîtes ça me connaît, scanda le rappeur, boîte de nuit, boîte de biscuits, je suis ce qui groove et qui croustille. Regarde, toi vanille et moi chocolat, on ferait un bon cookie, tu crois pas ? Jodi éclata de rire et répondit du tac au tac en slammant à son tour : moi le sel et toi le poivre, blanc et noir, y a les deux dans la sauce, mais au supermarché, chacun reste dans son sachet. Le caissier applaudit en chambrant son copain. Jodi ajouta : tu vois je suis sympa Mr. Pepper, je t'ai laissé les épices. Le jeune Black s'inclina, hilare. C'était comme ça, ici, le soir, tout le monde était gentil avec tout le monde. On passait un bon moment. Le gars continua sur sa lancée et tenta une dernière vanne de drague, c'est quoi ton nom que je me le fasse tatouer avec un cœur autour, je connais un bon salon !

Le jeune étudiant montra sur son corps ses différents trophées. Les lettres gothiques autour du cou c'est Ramirez, il fait les gangs aussi. Là sur les bras c'est Universal Tatoo, derrière l'université, et les roses avec la tête de mort, c'est un Français qui s'est installé à Pont-Breaux. Et puis ceux-là, c'étaient les premiers, c'est moi qui les ai faits quand j'étais au lycée. Faut jamais faire ça soi-même. Ça ni rien d'autre.

Jodi s'immobilisa, passa devant le chariot et s'avança vers lui. Tu as dit quoi ? Le jeune eut peur d'être allé trop loin. Désolé, je voulais pas vous manquer de respect, je m'excuse. Il bredouilla confus, devant son copain qui était en train de compter les points en jubilant. Il plaça sa main sur sa poitrine dans un geste d'apaisement, je m'appelle Jason. Jodi le rassura, non non, c'est bon, mais tu as dit quoi ? Ta repartie, là. Faut jamais faire ça soi-même ?

Bien sûr, on aurait dû y penser avant. Aujourd'hui tout le monde va se faire des tatouages, le moindre joueur de foot en est recouvert, les vendeuses, les filles de l'université, même les flics arboraient fièrement des motifs maoris sur les biceps, et les dentistes à moto, des flammes sur les mollets. Tout le monde en avait tellement qu'on n'y faisait pas plus attention qu'à une chemise à rayures, Mais à l'époque de la guerre de Sécession, peu de gens étaient tatoués. À part les marins. La Nouvelle-Orléans était le deuxième port de l'Est après New York. Il y avait des tas de marins qui arrivaient, repartaient ou restaient. Là où il y avait des marins, il y avait des tatouages, et là où il y avait des tatouages, il y avait des gens pour les faire, et la meilleure façon de remonter jusqu'à un tatouage, c'est de trouver le tatoueur.

Il était tard, le magasin allait fermer, et Jodi s'éloigna vers la porte coulissante en composant le numéro de Brazos Cormier.

*

Certaines personnes croient en Dieu. D'autres croient aux cow-boys de rodéo. D'autres encore croient aux livres. Hélène croyait en Dieu, Jodi aux rodeo boys et Brazos à la littérature. Dieu a ses églises. Les cow-boys de rodéo ont leurs corrals. Et les livres anciens ont leurs boutiques. Elles se trouvent sur les rues Toulouse, Chartres ou Decatur de La Nouvelle-Orléans, comme cette échoppe peinte en bleue où Brazos venait d'entrer. La libraire avait posé un écriteau sur la porte, « même si vous ne voulez pas acheter de livre, entrez, j'ai de la conversation ». Brazos était prêt pour les deux. Il passait là souvent. Et il avait un bon sujet de discussion à proposer aujourd'hui.

Retrouver un tatoueur installé cent cinquante ans plus tôt dans le deuxième port des États-Unis n'était pas simple. Pourtant il se trouva qu'un des sous-officiers du camp, un nommé Jean Robert, qui était marin et avait débarqué d'un des bateaux, savait dessiner et tatouer. Et qu'il savait aussi écrire. Il avait publié après la guerre un recueil d'anecdotes qu'il vendait dans son atelier de portraitiste de Toulouse Street (les dessins marchaient mieux que les tatouages) avec des caricatures et des scènes à la plume reproduisant maisons et paysages, mais surtout des croquis des tombes du cimetière de La Nouvelle-Orléans, le seul à avoir des caveaux hors de terre, en pierre, à la française. Ces dessins avaient fait le succès de l'ouvrage et on en trouvait régulièrement des exemplaires sur le marché. Tous les fans d'Anne Rice réclamaient ce truc. Et Ruthanne Babineaux, la libraire, en avait un.

Jean Robert y racontait de multiples récits qui firent au fil du temps, avec quelques autres ouvrages du même genre, la réputation de La Nouvelle-Orléans. Une sorte d'Eugène Sue, dont *Les Mystères de Paris*, publiés vingt ans auparavant, avaient sans doute influencé son écriture, certains y relevant même des emprunts caractérisés. Jean Robert, parmi les nombreuses aventures et mystères qu'il relatait, racontait comment il s'était trouvé devant la demande de faire le même tatouage à deux réfugiés. Robert faisait là œuvre d'écrivain, et il avait sans doute transformé une partie des faits. Mais pour les esprits avisés, ou ceux qui cherchaient des événements précis comme Brazos, une lecture différente s'offrait. Certains détails, il n'avait pu les inventer. Voici ce qu'il racontait.

« L'Indienne et l'esclave libéré voulaient le même tatouage. L'enfant qui était dans les bras de la femme était le leur, car l'enfant était mulâtre, mais sans doute une bonne raison les empêchait de l'avouer. Ce tatouage devait être pour eux, selon mon sentiment, une sorte d'acte de mariage. » S'ensuivait une courte nouvelle où Jean Robert brodait sur l'histoire de ces Roméo et Juliette de la guerre de Sécession. Robert nommait l'homme Eugène Casamance. Il nommait aussi la jeune Indienne Nevada Nocturne. Ce que Brazos traduisit par Aiukli Oh-Nui. Le nom de l'ancêtre de Neakita. Robert narrait que les Indiennes étaient souvent tatouées de motifs traditionnels. Les esclaves en fuite, jamais, tout signe distinctif pouvant leur être préjudiciable dans un monde où ils étaient poursuivis et parfois marqués au fer en punition. Casamance prenait ainsi avec ce tatouage un risque énorme. Robert y voyait une preuve d'amour certaine. Ce tatouage avait été réalisé par le marin sur les deux parents à partir d'une amulette de bois que l'enfant portait autour du cou. Ainsi, rien ne pourrait jamais les séparer. Le titre de la nouvelle était… « L'amulette ».

Brazos lut le récit exotique des amours de l'Indienne et de l'esclave en fuite d'une tout autre façon. Robert, sans doute pour dramatiser la scène, mentionnait avec eux un groupe d'esclaves libérés parmi lesquels une vieille femme aux cheveux blancs coupés court qui gémissait à la manière des pleureuses africaines lors des enterrements, réclamant sa fille disparue. Jean Robert rapportait ainsi les misères de l'esclavage et se félicitait d'avoir combattu pour l'abattre, sur son bateau, en remportant la décisive bataille de La Nouvelle-Orléans.

Brazos referma le livre et avec lui l'histoire de l'Indienne et de son enfant. Pas tout à fait. Enfin, pas du tout. Cette histoire au contraire s'ouvrait. Le marin Jean Robert mentionnait dans cette fable, au détour d'une phrase, le nom du lieu où il avait réalisé ces tatouages. Une ancienne fortification où le Nord recueillait les esclaves en fuite. Parapet.

Brazos sortit de la librairie, fit quelques pas sur la rue de Chartres, revint en arrière. Vous avez oublié quelque chose ? demanda Ruthanne. Oui, répondit Brazos. Est-ce qu'un vieil homme aux yeux bleus et aux mains calleuses est venu à la recherche de ce livre ? Il montra sur son téléphone une photo d'Alfie. Ruthanne hocha la tête négativement. Non, il n'est pas venu le chercher, mais c'est lui qui me l'a vendu !

Novembre 1863

Dans les heures suivant la bataille du Bayou Bourbeux, on ramassait les blessés, on pourchassait les fuyards, on faisait des prisonniers, on arrêtait les déserteurs. Mon frère Louis, dont le groupe de cavaliers, revenu de ses raids derrière les lignes du Nord, avait été un des fers de lance de la bataille, avait pris la tête de ces opérations. La cruauté de Louis avait fait impression dans la bataille, taillant des brèches dans les rangs du Nord et dispersant ses soldats. Ses hommes poursuivirent pendant des heures les fuyards et par la même occasion les déserteurs qui avaient profité de la confusion pour s'échapper. C'est ce que je comptais faire. C'était ça le plan. Avant qu'on ne tombe sur ce chariot. Avant que le lieutenant Simcoe ne me trahisse. Avant qu'un groupe de poursuivants ne repère mon uniforme et tire dans le dos du déserteur qu'il voyait s'enfuir.

Dès que je me suis réveillé, ici, à l'hôpital Landreneau, on m'a fait venir dehors. Ils avaient dressé une table avec deux chaises dos à la maison. Un tribunal militaire d'exception, pour soi-disant expédier les affaires en urgence avant de partir vers la rivière Sabine, que les nôtres grisés par leur victoire voulaient reprendre. Mais quand j'ai vu les deux officiers tenant lieu de juges s'asseoir, j'ai compris où était la véritable urgence. C'était le lieutenant Simcoe et mon frère Louis. Ils étaient de mèche. La sentence pour les déserteurs étant la peine de mort, elle fut prononcée et exécutée tout de suite pour les deux soldats de Virginie. Il fallait s'en débarrasser avant que les officiers de leur régiment ne les réclament. Au moins ils ne risqueraient plus de parler du coffre enterré. Louis attendait de moi que je livre un autre secret, alors ils ont trouvé un prétexte pour m'épargner. J'avais été gravement blessé. Simcoe avait témoigné lui-même que j'étais en mission secrète, repérant les mouvements de l'ennemi. Ils ont fait cette photo pour l'envoyer au commandement. Les deux condamnés d'un côté, moi de l'autre, avec ce bandage autour de la tête. Je tenais à peine debout. J'ai rassemblé toutes mes forces pour sourire en pensant qu'Odah la verrait peut-être un jour. Je voulais qu'elle me voie sourire.

Mon frère Louis est monté dès qu'on m'a ramené dans cette chambre. Il avait son air mauvais. Louis a dit tu sais, mon père il aimait son cochon, il l'élevait avec amour, il le nourrissait bien et il le tuait après pour le manger. Il tuait le cochon et c'était au cochon de nous nourrir. Et pareil pour le mouton. Et pour la poule. Il les vendait ou il les tuait. Moi, j'ai une esclave pleine qui m'appartient. J'ai entendu la menace. Je l'ai dit déjà. Mon frère Louis n'accepterait jamais cette tache sur sa chemise. Mon frère Louis n'était plus mon frère.

Il était le mal. Le mal fait homme. Il ne me gardait en vie que pour retrouver Odah.

Quand on était dans le village caché, au fond des bayous, Odah et moi, on aimait regarder le ciel au-dessus des arbres la nuit. On restait des heures à regarder la lune claire dans toutes ses couleurs, du jaune brillant à l'orange mat, du bleu au gris. À certaines dates, une semaine après la pleine lune, elle se dessinait parfaitement, scindée en son milieu, une moitié claire et l'autre sombre. On disait alors que c'était notre lune. Un astre où s'unissaient deux couleurs côte à côte. Et inséparables. Odah l'avait dessinée sur le sol avec un bâton. Un cercle avec une moitié blanche et une moitié noire. On voulait se tatouer tous les deux ce symbole sur le bras pour célébrer notre union. Mais tous les esclaves en fuite savent qu'il ne faut pas avoir de signe particulier, comme un tatouage ou une cicatrice. Il ne faut pas être identifié. Il ne faut pas être reconnu. Alors j'ai fabriqué pour Odah une amulette en bois flotté, ronde comme une grosse médaille, et j'ai gravé au centre ce dessin, en creusant la moitié gauche pour que le relief donne l'illusion d'une couleur plus sombre. J'ai proposé que la partie sombre soit plus grande car elle incluait ainsi l'enfant à venir. Et il était plus beau d'avoir un croissant de lune sculpté dans la lune pleine. Autour j'avais dessiné un halo pour qu'elle brille pour nous. J'ai toujours été très adroit pour fabriquer ou pour dessiner. Avec un clou et un peu d'encre, j'ai tatoué ce dessin sur mon bras, pas le symbole, l'amulette tout entière avec son relief. Pour qu'Odah et moi portions la même. Odah l'a mise autour de son cou avec un lacet de cuir. Et Odah m'a juré de ne jamais s'en séparer. Jamais. Je sais qu'Odah fait toujours ce qu'elle dit. Et c'est ce qui me fait peur maintenant, car mon frère Louis a remarqué ce tatouage. Il a longuement observé cette amulette. Et il a craché par terre.

*

Brazos était allongé dans le petit canapé de son bureau, jambes en l'air sur l'accoudoir. Il s'était réveillé avec ces mots en tête, ceux d'un nouveau document retrouvé chez les sœurs et qui faisait écho à la nouvelle du marin Jean Robert. Il était déchiré en lambeaux et avait été reconstitué comme un puzzle entre deux feuilles de plastique transparent.

Dans sa nuit d'insomnie, Brazos avait décliné toutes les combinaisons qu'il avait pu imaginer et en était arrivé à la conclusion suivante. Alfie Guidry avait eu ce livre entre les mains. On pouvait logiquement en déduire que s'il était allé aussi souvent au casino de cette réserve indienne, c'était sur les traces du tatouage, exécuté par Robert, que portait la jeune Choctaw Aiukli. Sauf que Neakita ne l'avait pas encore copié sur sa peau en souvenir de son ancêtre.

De tout cela il apparaissait qu'Alfie Guidry, ou plutôt Alphonse Landreneau, était arrivé aux tatouages par le récit du marin Jean Robert et non l'inverse, comme on venait de le faire. Alfie n'en connaissait pas l'existence avant de lire cette fable, au moins pour ceux d'Aiukli et de l'esclave en fuite que l'auteur nommait Casamance. Il était arrivé jusqu'à ce recueil de nouvelles par un autre biais, un autre trajet. Et ce ne pouvait être que la piste d'Odah.

C'est donc qu'elle se trouvait elle aussi au camp Parapet.

*

Brazos était passé prendre une douche dans les vestiaires de la salle de sport avant de rejoindre les cours. L'eau coula sur ses cheveux, caressant ses paupières et glissant sur sa bouche jusqu'à son torse. Un instant il retrouva la sensation du jeune homme qu'il avait été, celui qui aimait sortir sous la pluie, marcher, traverser le rideau scintillant des gouttes d'eau tombant comme sous le pommeau d'un arrosoir géant, revenir trempé, se sentir vivant. Brazos aimait la sensation des vêtements chargés d'eau comme une lourde couverture. Il se dévêtait sur le patio de la maison, tordait ses vêtements pour les essorer, et les mettait à sécher. Le monde et lui semblaient pareils à ce moment-là, rincés par la pluie. Une sorte de rituel. Les coups de pluie plutôt que les coups de soleil. Et puis Brazos avait arrêté de le faire en grandissant. Un permis de conduire à seize ans et une voiture d'occasion peuvent amener bien des changements…

Il venait de retrouver cette sensation en s'apercevant qu'il avait oublié d'enlever sa chemise avant d'appuyer sur le bouton de la douche. Il coupa l'eau, l'enleva, l'essora, et la posa sur le bord de la petite cloison qui séparait le compartiment du suivant. Quand il eut terminé, il se sécha, enfila des vêtements propres, repassa par sa voiture et laissa la chemise mouillée dans le coffre avant de se diriger vers l'amphi. Brazos n'avait plus de vraie vie depuis longtemps, plus rien de réglé en dehors des heures de cours. Les derniers jours avaient rempli ce vide trop vite, trop plein.

Il se dirigea vers l'estrade et regarda la petite vingtaine d'étudiants qui occupaient les premiers rangs. Le reste des gradins était vide. Chaque année, de moins en moins d'élèves s'intéressaient à l'histoire. Les filières qui recrutaient le plus étaient celles de la science informatique et de l'économie. De la même façon qu'il s'était revu adolescent sous la douche, Brazos se revit un instant à leur place. À cette époque, l'amphi était plein à craquer et des étudiants étaient assis jusque sur les marches des côtés et du centre. Brazos se passa la main sur la nuque. Voilà des années qu'il ne lui était pas arrivé de se remémorer ces moments de sa jeunesse. Peut-être la fatigue. C'est ce que se dit Brazos. Mais il savait, au moment même où il formait cette pensée, qu'il ne la posait devant lui que pour en cacher une autre. Cette pensée qu'il tentait de masquer par une autre avait un nom, ou plutôt un prénom. Oui, Brazos savait pertinemment que ce qui le ramenait à ces visions de sa jeunesse était le fait de se retrouver en présence d'Hélène.

Il entra dans la salle, posa le gobelet de café sur le bureau, relia son ordinateur portable au projecteur de l'amphi et baissa les lumières de la salle, approchant sa bouche du micro.

*

Le 4 juin 1862, un planteur du nom de Polycarpe Fortier se présenta à la grille du camp Parapet. Il venait réclamer sept de ses esclaves qui s'étaient enfuis et y avaient trouvé refuge. Malgré son insistance, ses preuves et le bon droit dont il pensait se prévaloir, le général Phelps, commandant du camp, refusa de les restituer. C'est ce qu'atteste une lettre adressée par Polycarpe Fortier au général Butler pour se plaindre de l'attitude disait-il bornée de Phelps. Des lettres similaires émanant d'autres propriétaires, nommés par exemple W. Mitthoff ou V. Kruttschnidt, se succèdent ainsi au fil des mois et sont consultables dans la correspondance du général Butler, publiée en cinq volumes chez Plimpton Press en 1917.

Parapet était un endroit sûr, un ancien camp retranché sudiste qui était tombé sans combattre, les troupes du Nord étant arrivées de l'arrière par bateau. Elles avaient alors occupé cette fortification, se préparant à une contre-attaque des confédérés qui ne vint jamais. Ce qui vint en revanche à eux, ce furent des hommes, des femmes et des enfants échappés des plantations, que les propriétaires et les sudistes désignaient du nom de « contrebande ».

Chaque jour de petits groupes arrivaient, passant derrière les lignes pour se placer sous la protection des soldats du Nord. Bientôt, ils furent quelques centaines. Le général John. W. Phelps, qui dirigeait le camp, refusait de les rendre à leurs propriétaires, même quand ceux-ci venaient accompagnés par la police. Il ne céda devant aucune menace, aucune pression, aucune intimidation. Aucun argument ne le convainquit jamais. Il y avait une muraille plus forte que le remblai du fort. Un rempart infranchissable constitué de douze paires de côtes recouvertes d'un uniforme bleu marine orné de boutons dorés. Phelps informa sa hiérarchie qu'il serait obligé de démissionner de l'armée des États-Unis si on lui demandait de rendre qui que ce soit ou même de contraindre quiconque à travailler gratuitement comme un esclave dans son camp.

En montrant à ses étudiants la photo du camp Parapet que l'on trouve quand on tape ce nom dans un moteur de recherche, Brazos fut frappé par un détail qu'il n'avait pas remarqué auparavant. Sur le cliché, on voit un long bâtiment en bois de deux étages avec un toit en pente. Devant ce grand hangar sont alignées une poignée de tentes militaires, dont certaines sont ouvertes, et tout autour, des dizaines de tipis. Des tentes indiennes.

Sur une autre photo, qu'il était à peu près sûr de situer au même endroit, on distinguait un attroupement de femmes vêtues de blanc, des esclaves aux foulards immaculés noués à l'africaine sur la tête. Et elles semblaient danser.

III

Sista Rosetta

Je m'appelle Rosetta à cause de Sista Rosetta Tharpe, une des premières chanteuses de blues qui s'accompagnait elle-même à la guitare. Je chantais à l'église. Mes parents avaient commencé à m'y emmener quand j'étais encore dans le ventre de ma mère. La messe durait des heures parce que le pasteur aimait s'écouter parler. Et les gens, eux, ils aimaient chanter, alors ils l'écoutaient parler pour pouvoir chanter ensemble ensuite sans se faire embarquer par les flics pour tapage diurne. Va faire ça dans la rue dans les années cinquante quand tu es une personne de couleur, tiens… Alors les gens, ils patientaient pendant que le pasteur buvait ses propres paroles, et aussi du moonshine qu'il distillait lui-même avec des patates et des copeaux de bois et dont il gardait une bouteille sous son pupitre.

Quand il était trop saoul de lui-même ou de sa gnole, le pasteur avait besoin de récupérer et il s'endormait dans son fauteuil de bois en faisant semblant de prier. Là les gens pouvaient chanter. Il n'entendait plus rien. Le truc, c'était de ne pas s'arrêter, parce que le silence le réveillait aussitôt. Alors on chantait des gospels et des cantiques, le plus longtemps possible. Et c'est comme ça que j'ai appris à chanter. Ah oui, je sais plus si je l'ai dit, mais le pasteur Lavergne était mon père.

Ma mère se rendait donc à l'église pour chanter et pour satisfaire son mari, en bonne épouse. Mais pour la religion, elle avait sa propre idée. Et dans le dos du pasteur Lavergne, qui exigeait que je l'appelle comme ça et pas papa, elle m'emmenait voir les prêtresses vaudoues au bord du fleuve. C'étaient des femmes à la peau très foncée, enrubannées de linges blancs. Leurs longs cheveux huilés, roulés sous des turbans créoles, sentaient la noix de coco. Elles parlaient une langue étrange, mêlant mots de français et dialectes africains. Elles communiquaient avec les esprits. Ceux des morts et ceux des vivants qui étaient loin. J'ai appris à chanter à l'église et la vraie religion sur le bord du fleuve. Une bonne patte de poulet te protège mieux que l'eau bénite s'il a été correctement sacrifié. Le pasteur Lavergne n'avait jamais compris pourquoi les volailles qu'il mangeait le dimanche midi en étaient toutes dépourvues. S'il en avait conçu quelques doutes, il ne les avait jamais manifestés, ayant sans doute trop peur de voir se tarir la source d'approvisionnement de sa volaille aux patates douces du jour du Seigneur.

Mon père s'écoutait parler et ma mère parlait avec les esprits. Je l'accompagnais. C'était notre secret.

Je conduis Rosa au cours de couture. On récupérait des napperons que les femmes vaudoues avaient brodés à l'avance et on les rapportait à la maison. C'est comme ça que j'ai appris à mentir. À mentir aux hommes. Ce que toute fille normalement constituée et pleinement formée doit savoir faire au jour béni de ses règles, qui peuvent commencer chez nous vers douze ans. C'était le genre de précepte que l'on apprenait au bord du fleuve avec les femmes vaudoues, mentir, mais aussi tout sur les règles, comment les prévoir, les traiter, les cacher, et aussi s'en servir pour des sorts. Et des tas d'autres affaires qui nous regardent et personne d'autre.

*

Les souvenirs avaient mis du temps à trouver leur chemin mais à présent Rosetta y voyait clair. La mémoire est parfois comme un sentier dans les bois, on passe des dizaines de fois à côté sans le voir. Oui, la mémoire est un sentier qui serpente depuis l'enfance. Un sentier encombré d'obstacles, peuplé de visages qui se succèdent et parfois se brouillent ou s'effacent. On oublie les noms, les paroles, les paroles des chansons aussi. Et puis un jour elles reviennent.

Oh-oh, Da-Darling,
Où es-tu passée ?
Oh-oh, Da-Darling
Où es-tu passée ?

Cette chanson qu'Antwane DeVille avait libérée sur scène, elle n'était pas aussi secrète qu'il le croyait. Rosetta la connaissait. L'entendre sur cette scène avait instantanément fait remonter des images à ses yeux. Des images et des parfums. Et des voix. Et des claquements de mains. Elle l'avait entendue lorsqu'elle était enfant, chantée par des femmes en blanc lors de cérémonies sur les bords du lac Pontchartrain. Ces cérémonies où l'emmenait sa mère, en secret. Elle revoyait ces femmes assemblées sur la rive du lac. Acajou des peaux, blanc immaculé des turbans sur les têtes, princesses yorubas, elle les entendait encore chanter cette chanson de leurs voix à l'unisson. Puis venaient les harmonies. Rosetta se rappelait les gestes qui l'accompagnaient, les bras en cerceau sur la tête, balancés de droite à gauche et de gauche à droite, prenant possession de l'air. Et puis les femmes se tenaient côte à côte, immobiles, face à l'eau, les yeux vers l'horizon. Les prêtresses vaudoues interrogeaient les eaux, et le ciel, et la route qu'elles recouvraient de poignées de pétales de fleurs. Oh-Da-Darling, où es-tu passée ?

Rosetta se remémora ce moment et les images pieuses qui circulaient de main en main. Oui, cela lui revenait. Cette chanson était associée à l'évocation d'une mystérieuse dame blanche qui était apparue en divers endroits. Cette dame blanche, habillée comme la Vierge et considérée par les femmes de son quartier comme étant la Vierge elle-même, apparaissant pour apporter le réconfort aux esclaves et à leurs descendants. Certaines même la priaient comme une de ces divinités vaudoues qui s'ajoutent aux saints du catholicisme.

*

Sista Rosetta se méfiait de sa mémoire. Elle lui avait déjà joué des tours. Avec le temps on réinvente les souvenirs. On y croit ensuite. Impressions de déjà-vu. Elle voulait en avoir le cœur net avant d'en parler aux autres alors elle contacta par vidéoconférence la petite-fille d'une des prêtresse vaudoues de la rive du lac Pontchartrain, une jeune femme qui avait étudié ces traditions, recueilli de nombreux témoignages, et écrit quelque temps plus tôt un article sur le sujet dans l'édition en ligne d'un journal local.

Yolanda, c'était son nom, apparut à l'écran du smartphone dans la tenue blanche de circonstance, foulard noué en turban sur la tête. C'était une jeune Afro-Américaine aux traits réguliers et aux lèvres pleines. Un trait de maquillage blanc, en pointillé, séparait son visage en deux, passant sur l'arête de son nez dont une des narines était percée d'un anneau d'or. Yolanda était d'une beauté éblouissante. Le sombre de sa peau était renforcé par le blanc immaculé du foulard entourant ses cheveux. Elle se souvenait de Sista Rosetta et assurait être venue l'entendre jouer une ou deux fois sans jamais avoir osé lui parler. Ainsi elle se sentait flattée qu'elle la contacte. Surtout pour une affaire comme celle-ci.

Yolanda se rappelait très bien cette chanson. Sa grand-mère la chantait. Vers la fin de sa vie, dans ses très vieux jours, elle la murmurait de sa voix tremblante, une couverture de laine tricotée sur les genoux. Elle répétait cette chanson comme une prière. Une invocation.

La mélodie ressemblait à celle d'un chant traditionnel. C'était coutumier. On prenait une mélodie connue et on mettait de nouveaux mots dessus. Yolanda ne savait pas d'où venait cette chanson ni qui avait changé les paroles pour la faire sienne et la transmettre au folklore des quartiers du lac Pontchartrain. Mais elle confirmait l'avoir entendue, comme Rosetta, sur les berges du lac.

Dans les souvenirs de Rosetta, la façon dont les femmes vaudoues chantaient cette chanson différait de celle d'Antwane. La césure était déplacée d'une syllabe et c'était le A qui était répété, pas le O. Aussi demanda-t-elle à Yolanda de la chanter comme elle l'avait entendue. Yolanda se redressa, croisa les mains sur sa poitrine et ferma les yeux. Elle ouvrit ses lèvres et commença à fredonner une mélodie. À la fin du premier cycle elle la reprit, cette fois avec les mots. Ce qu'on entendait sur cette découpe prenait un tout autre sens :

Odah, da-arling
Où es-tu passée ?
Odah, da-arling
Où es-tu passée ?

Yolanda était formelle : cette chanson était chantée quand on invoquait la Dame blanche, protectrice des femmes enceintes et des enfants. Yolanda alla chercher dans une boîte de bois une icône de la taille d'une carte à jouer. Les femmes plaçaient ces cartes au-dessus des berceaux des bébés pour la protection. Celle-ci par exemple était accrochée au mur de la chambre de Yolanda pendant toute son enfance et elle l'avait gardée, avec ses premières socquettes blanches, sa robe de communion et sa médaille de baptême.

Selon les secrets des femmes vaudoues qu'elle avait interviewées pour son article, le texte de la chanson avait à voir avec les mots que prononçait la Dame blanche, la question qu'elle posait à celles – toujours des femmes – à qui elle apparaissait. Odah darling, où es-tu passée ?

La version ésotérique y voyait un prénom qui, en fait, représentait toutes les femmes. Peut-être la divinité vaudoue Oshun, dont le nom est proche.

Yolanda présenta alors la carte devant la caméra du smartphone. La carte de la Dame blanche. Elle représentait, dessinée dans le style naïf de la peinture créole, une reine de cœur, une reine de cœur en miroir comme sur toutes les cartes à jouer, mais qui était en fait une vierge à l'Enfant avec une couronne d'or sur la tête.

Une vierge blanche avec un enfant noir.

*

Rosetta vint partager ce qu'elle avait appris avec le groupe des résidents de la maison Bon Temps, devenu conseil d'administration de la maison Landreneau, mais toujours chercheurs de trésor et vieux musiciens sans le sou. Un effectif désormais augmenté de Jodi bien entendu, mais aussi de personnalités érudites. Brazos Cormier et Hélène Fontenot. Rosetta avait le trac de parler devant eux, elle ne s'était jamais exprimée devant des gens aussi importants. Elle s'était installée sur le devant de sa chaise, les jambes repliées. Ses bas la grattaient de façon atroce. Son cœur battait. Son esprit cherchait les mots justes. Ses yeux, l'attention. Elle voulait surtout faire durer ce moment. Celui où elle serait écoutée. Où ces bribes de souvenirs, issus des plus tendres moments de son enfance, capteraient l'attention de tous. À moins qu'on en rie. À moins qu'on se moque. Qu'on ne prenne ces histoires de superstitions au sérieux. Ou qu'elles choquent.

Il n'en fut rien. La religieuse Hélène ne cria pas au sacrilège. Elle vit au contraire dans cette transgression une douce forme de poésie. Et l'affirmation, bien réelle pour elle, que le Christ était à l'image de tous. Le professeur Brazos Cormier écouta avec attention, le buste penché en avant, prenant des notes dans un carnet posé sur ses genoux. Toutes ces histoires avaient selon lui un sens. Il mentionna celle de saint Expedite, légionnaire romain dont la statue était exposée dans une église de Rampart Street. Il était vénéré par le vaudou comme un saint messager et on lui confiait, sur de petits papiers pliés, des pensées vers les défunts. Après de nombreuses recherches, ne trouvant aucune trace de son martyre, les autorités religieuses avaient fini par en déduire qu'on lui avait juste attribué par erreur le nom inscrit sur la caisse reçue par bateau : expedite. En latin, expédition. Pour le professeur d'histoire, chacune de ces légendes prenait sa source dans un événement, ensuite transformé, ou recyclait une tradition plus ancienne. Il fallait tout entendre. Tout comparer. Tout étudier. Et l'apport que venait de faire Rosetta était en ce sens des plus précieux. Brazos l'en remercia. Des applaudissements montèrent de la petite assemblée, et des larmes de fierté aux yeux de Rosetta.

Brazos n'avait pas exprimé ces compliments en vain. Il donna mission à ses étudiants, toujours mobilisés sur cette partie-là des recherches, d'explorer cette piste. Dans les archives des tribunaux de la ville de La Nouvelle-Orléans datant de l'émancipation, soit les mois qui suivirent la bataille du Bayou Bourbeux, on trouve de nombreuses plaintes d'esclaves libérées qui se portaient en justice pour reconnaissance de paternité contre leurs anciens maîtres.

En passant au peigne fin ces documents, les étudiants identifièrent plusieurs mentions de cette légende. Selon les témoignages, la Dame blanche, très fine et très pâle, portant un voile sur ses cheveux, apparaissait d'elle-même aux femmes qui venaient d'accoucher. Un jour, elle se tenait là devant elles. Et disparaissait quand elles étaient guéries. On lui attribuait des miracles, des pouvoirs. On affirmait qu'elle soignait par l'imposition des mains. On la disait très jeune. Personne ne savait où la trouver. Il y avait de nombreuses variantes mais une constante revenait dans chaque récit : toutes les jeunes femmes assuraient qu'en remerciement des soins apportés la Dame blanche leur demandait pour seul paiement d'allaiter l'enfant qu'elle portait dans ses bras. L'enfant noir.

Il y a encore beaucoup de débats autour de cette histoire, et presque autant de points de vue que d'historiens qui s'y sont intéressés. Pour certains cette dame blanche était Marie la Jeune, fille que la célèbre prêtresse vaudoue Marie Laveau, elle-même claire de peau, avait eue avec un homme blanc.

L'autorité de Marie Laveau, la prêtresse au serpent, était grande. De nombreux esclaves attribuaient la réussite de leur fuite à sa magie. Femme politique puissante, elle était aussi vénérée que crainte et attirait des centaines de fidèles pour célébrer ses rites sur les bords du lac Pontchartrain. Si la Dame blanche était sa fille, on pouvait comprendre l'origine de la légende.

D'autres historiens affirmaient en revanche que ce ne pouvait être le cas, à moins qu'elle n'ait eu un don d'ubiquité, des témoignages fiables attestant de la présence de cette dame blanche et de Marie la Jeune à deux endroits en même temps.

Les membres de la Fondation Landreneau, réunis autour de Brazos, avaient désormais, eux, en tête, une autre explication.

Qu'est-ce qui ressemble plus à une statue de la Vierge qu'une jeune religieuse vêtue à son image d'une longue robe blanche et d'un voile bleu recouvrant sa tête ? Et qu'est-ce qui pourrait plus ressembler à un bébé noir que celui d'Odah, l'esclave arrivée enfant d'Afrique dont on savait la peau très sombre ?

*

La supposition que la Dame blanche soit en fait la jeune ursuline Marie Bertrand menait à deux corolaires. Un, elle était partie à la rencontre d'Odah. Deux, elle avait dans ses bras son enfant et devait chaque jour trouver une femme relevant de couches pour l'allaiter. Entre les deux, il y avait la question : Odah Darling où es-tu passée ? Celle de la chanson que les femmes vaudoues associaient à la célébration de la Dame blanche. Celle qu'elle posait. Et à laquelle il fallait encore répondre.

Sœur Hélène Fontenot gara sa voiture sur un parking public devant le Mississippi et prit le fameux tramway nommé Désir, celui qui parcourt toute l'avenue Saint-Charles. Ses pensées voyagèrent au rythme du cliquetis des rails, aux « dings » de la sonnette, dans ces lieux préservés, presque identiques à ceux qu'avait dû traverser la novice Marie Bertrand, confidente du soldat Joseph cent cinquante ans auparavant. Hélène se demandait ce qui avait changé. Beaucoup de maisons avaient été restaurées au fil des ans, surtout depuis que l'ouragan Katrina avait frappé la ville, mais elles avaient été refaites à l'identique, telles que les anciennes fortunes les avaient construites pour montrer leur puissance, leur richesse et leur goût. Vanités succédant aux vanités, beautés aux beautés, les maisons défilaient derrière les vitres du tram, ne semblant pas se lasser d'être prises en photo par des grappes de touristes en short et sandales ouvertes.

Au bout de la ligne de tramway se trouvait l'académie du Sacré-Cœur *mater admirabilis* de La Nouvelle-Orléans. Créée trois ans après la fin de la Guerre civile, dans le Vieux Carré, puis déménagée vingt ans plus tard pour suivre les familles catholiques françaises, espagnoles et irlandaises vers ce secteur résidentiel derrière le Garden District. S'il existait une réponse à toutes ces questions, elle se trouvait dans les archives de l'Académie. Les sœurs se dévouaient dans les hôpitaux, les hospices et les camps de réfugiés. La population de la ville avait triplé depuis sa prise par les soldats de l'Union, avec un afflux massif d'esclaves en fuite ou libérés. Cela induisait un nombre d'accouchements plus important. Odah avait dû accoucher au camp Parapet. Sœur Marie Bertrand, partie à sa recherche, l'avait-elle retrouvée là-bas ?

Hélène fut reçue par mère Augustine, la supérieure. Une femme d'une soixantaine d'années, née en France. Elle avait le teint d'une poupée de porcelaine, avec une peau si fine que l'on voyait en transparence ses veines, petites rivières bleues irriguant la carte de ses tempes et de son cou, sous son voile tenu par deux épingles. Hélène fut pendant quelques secondes fascinée par cette vision. Elle remarqua que le sang battait aux tempes d'Augustine, animant ces petites rivières au rythme de ses battements de cœur. Il se dégageait de sa carnation et de ses traits délicats une impression de douceur. La tête légèrement inclinée, elle écouta l'histoire que lui conta Hélène. Quand celle-ci eut terminé, la supérieure posa ses mains à plat sur la table. J'ai compris. Venez avec moi. Elles passèrent le reste de la journée à sortir des rayonnages de la bibliothèque de l'ordre de gros dossiers reliés de cuir et gravés de lettres dorées.

Les registres des ursulines restèrent muets. Hélène ne trouva trace d'aucun enfant né d'une mère nommée Odah au camp Parapet, ni ailleurs dans la ville, sur cette période. Mais elle remarqua la déclaration d'un bébé né d'une femme indienne nommée Aiukli. Et un détail crucial. Cet enfant, décrit comme mulâtre, *mulatto*, était déclaré mort-né. Il était consigné par les sœurs qu'il avait disparu, la jeune femme ayant préféré le soustraire à l'enterrement religieux qu'elles lui avaient proposé. Partie chercher une réponse, Hélène revint avec une question de plus.

*

Cette découverte occasionna, comme il était d'usage, de longs débats animés entre les membres de l'institution Bon Temps. Voici comment, cette fois-ci, se répartirent les arguments. Il y avait comme toujours les enthousiastes et les sceptiques. Les rêveurs et les réalistes. Les fantasques et les logiques.

Du côté des optimistes, on trouvait Sista Rosetta et Jodi. On pouvait, à côté, identifier une zone tampon constituée du département légal et scientifique, représenté par le notaire Jean Tupelo et le professeur Brazos Cormier. Ces deux experts étant surtout là pour recharger la machine à arguments d'hypothèses et de faits. L'autre versant du débat, ou plutôt les autres versants, étaient tenus par une composante sceptique, à savoir les cousins Chance et Billodeau. Venaient ensuite une frange que nous qualifierons de politique, portée par Ti-Bone, et une minorité mystico-poétique incarnée par le grand chef Antwane DeVille. On doit enfin ajouter, sur un mode plus apaisé, un courant d'inspiration religieuse avec la présence d'Hélène Fontenot. De quoi tenir tout un après-midi avec une simple question : sœur Marie Bertrand était-elle oui ou non la Dame blanche ?

Le petit groupe, comme la *writing room* d'une série télévisée, commença par évaluer les éléments à disposition. Tout scénariste a pour matériel de base des personnages : on avait ici Odah et l'enfant. Puis Marie Bertrand, l'enquêtrice, qui devait la retrouver, c'est-à-dire une mission. Il fallait maintenant lister les obstacles, c'est-à-dire le deuxième acte du scénario, et les différentes façons de les franchir pour arriver à la deuxième partie de la question : l'enfant noir dans ses bras était-il celui d'Odah ?

À partir de là se suivaient en cascade toutes les autres questions, incluant la nouvelle, fraîchement arrivée, et qui changeait leur ordre dans la file. On tenta donc de dérouler la liste des comment et des pourquoi.

La jeune sœur Marie Bertrand avait noté tout ce récit page après page pour qu'Odah puisse prouver que l'enfant à naître était celui de Joseph. Il faisait de la sorte acte de paternité, avec la volonté expresse de l'affranchir. Elle avait à la mort de celui-ci suivi la piste du groupe d'esclaves abandonnés jusqu'au camp Parapet. Le seul point sur lequel on butait jusque-là était que l'enfant noir que la Dame blanche tenait dans ses bras ne pouvait pas être celui d'Odah, puisqu'on avait retrouvé son squelette à côté du sien.

C'est là qu'entrait en jeu la découverte de sœur Hélène. La présence sur le registre des sœurs du camp Parapet d'un enfant mort-né. Décrit comme mulâtre. Né d'une Indienne nommée Aiukli, et d'un homme de couleur. Le nouveau point sur lequel on butait était que cette information ne coïncidait en rien avec le récit du marin Robert, qui avait tatoué les dessins des amulettes. Il racontait, lui, que l'enfant d'Aiukli était vivant, et même qu'elle l'allaitait.

La frange mystico-poétique, qui ne s'était pas exprimée jusqu'alors, découvrit son épaule, montra le tatouage qui s'y trouvait et affirma que ce signe de reconnaissance était la clé de ce mystère. Antwane exposa ses arguments : Odah était d'une intelligence aiguë et très habile à élaborer des plans et stratégies. Il en déduisait que, partant vers les bayous à la recherche de Joseph, ce que l'on savait par l'endroit où l'on avait découvert la caisse, elle avait laissé l'enfant au couple Aiukli-Casamance, qui avait perdu le sien, demandé à chacun de faire ce tatouage et, si elle ne revenait pas pour quelque raison que ce soit, de remettre l'enfant à la personne qui porterait exactement le même. C'est-à-dire Joseph. CQFD.

Une salve d'applaudissements salua cette brillante démonstration. Il y avait là une forme de logique qui réconciliait toutes les contradictions. Antwane se leva à demi pour remercier avec modestie. Tout le monde fut convaincu. Sauf Ti-Bone. Ce qu'il n'arrivait pas à comprendre était pourquoi elle l'avait demandé aux deux.

La *writing room* en effervescence retint après de nombreux échanges une explication simple : pour multiplier par deux les chances au cas où ils seraient séparés. Et pour la question qui en découla, pourquoi avaient-ils accepté de le faire ?, on s'accorda à penser que pour Aiukli et Casamance le signe avait le même sens que pour Odah et Joseph. Deux couleurs, une claire et une sombre contenues dans un tout circulaire. Le souvenir de leur enfant. À jamais avec eux. Une version compatible avec celle du marin Robert. Et avec le fait qu'on ait retrouvé le restes d'un bébé avec ceux d'Odah.

Odah et Aiukli avaient échangé les enfants. Autrement dit, Aiukli avait gardé l'enfant vivant d'Odah et Odah était partie avec l'enfant mort-né d'Aiukli.

Une nouvelle salve d'applaudissements salua cette thèse. Elle avait le mérite de révéler le fait qu'Odah était encore présente au camp Parapet à ce moment-là. Et établissait de façon tout aussi certaine que la religieuse Marie Bertrand n'y était pas encore arrivée. La chronologie s'articulait parfaitement. Le scénario avançait comme sur des roulettes. Acte deux bouclé. Sauf que. Restait encore un fait à éclaircir. Pourquoi ne pas avoir laissé l'amulette avec l'enfant ? C'était plus simple, non ?

Après quelques minutes de concentration, Brazos passa ses cheveux derrière son oreille. Il avait trouvé. Chaque jour arrivaient au camp Parapet des esclaves en fuite. Certains venaient de Vermilion et apportaient avec eux des nouvelles. Odah avait entendu parler de la bataille et des faits d'arme de Louis, gloire locale qu'on fêtait dans les rues. Il était de retour et la cherchait. Et il tenait Joseph. C'est pour ça que celui-ci n'était pas venu au rendez-vous. Qu'elle avait attendu des heures. Des jours. Avant d'être évacuée par le Nord qui se retirait.

Ce n'était donc pas à la recherche de Joseph qu'Odah allait, mais au-devant de Louis. Elle irait à lui. Il verrait l'enfant déjà mort et tuerait Odah. Ce faisant, elle protégerait le sien, qu'il ne chercherait plus. Se sacrifiant pour le sauver. Si Joseph s'en sortait vivant, lui le retrouverait grâce aux tatouages représentant l'amulette.

Cette judicieuse proposition porta nos scénaristes à infléchir quelque peu le genre du film. On passa d'un road movie à un thriller, d'une simple quête à une course contre la montre. On revisita le matériel de départ. On avait un danger. Et on avait un méchant. Louis, le frère de Joseph, un criminel raciste prêt à tout pour tuer Odah et l'enfant afin d'expurger sa famille de sang noir. Ça ne disait toujours pas pourquoi elle n'avait pas laissé l'amulette à l'enfant, avait objecté le clan des sceptiques.

On se souvint qu'Odah avait juré à Joseph de toujours garder l'amulette. On prit en compte le fait que l'enfant pour être en sécurité ne devait posséder aucun élément distinctif. Avant d'en arriver à la réponse collant avec le nouveau genre du scénario. Pourquoi Odah avait-elle emmené avec elle l'amulette ? Pour qu'on la trouve.

Odah savait que le Nord comme le Sud reviendraient chercher les corps des soldats enterrés à la hâte autour de la bataille pour éviter les épidémies. Elle savait qu'on la trouverait. Et elle voulait qu'on trouve cette amulette sur ce qu'il resterait d'elle. Elle l'identifierait. Elle voulait que Joseph sache. Que leur fils sache un jour. Elle voulait aussi qu'on puisse un jour remonter jusqu'à Louis. Son assassin.

Et ça avait marché.

Cette fois, on se leva, on s'embrassa, on multiplia les accolades, les bravos, les mercis et les cris de victoire. On venait d'établir que Marie Bertrand était la Dame Blanche et que l'enfant noir qu'elle tenait dans ses bras était celui de Joseph et Odah. La religieuse était arrivée après le départ d'Odah. Joseph lui avait décrit l'amulette. Peut-être même en avait-elle un dessin comme signe de reconnaissance. Le couple Aiukli-Casamance lui avait remis l'enfant, conformément aux consignes qu'Odah leur avait laissées. Et depuis, Marie attendait son retour, cherchant des femmes pour allaiter le bébé. La *writing room* tenait cette fois un scénario solide. Jusqu'à ce qu'un détail, soulevé par sa composante religieuse, ne vienne pointer un dernier trou dans sa version complète.

Si l'enfant était né au camp Parapet, où les deux femmes avaient fait l'échange, il aurait été répertorié dans les actes de naissance tenus par les sœurs, comme l'était l'enfant mort-né d'Aiukli, non ?

Cette juste question trouva sa réponse dans la tout aussi juste réponse du Révérend Billodeau. Si Odah n'avait pas accouché au camp, c'est qu'elle avait accouché ailleurs.

Par exemple durant le transport. Ce qui amena à s'intéresser à un personnage que l'on avait quelque peu négligé et qui était pourtant au centre de toute l'histoire : une vieille femme aux cheveux blancs coupés court nommée Maman Brigitte.

12 décembre 1863

Du médecin-chef Dubois au commandant Moreau

Cher commandant,

Suite à votre requête, j'ai examiné et gardé en observation la dénommée Maman Brigitte ou, pour être exact, la femme que les autres désignaient ainsi. Cette femme affichait-elle les manifestations d'une double personnalité ou était-elle tout simplement une bonne comédienne ? Je n'ai pas de réponse formelle. J'ai oscillé de l'un à l'autre tout le temps qu'il m'a été demandé de l'examiner. Elle était tour à tour deux personnes ou plutôt deux états différents, bien que son identité que je qualifierais de principale soit celle qui correspondait aux faits constatés : Brigitte, esclave s'étant enfuie de chez ses propriétaires. Elle se disait habitée par un esprit qu'elle recevait, mais d'autres femmes profèrent ce genre d'affirmations dans le culte qu'on appelle vaudou. Pour ce que j'en comprends, il y a de la superstition, des légendes africaines et du christianisme dans ce mélange.

Cette femme avait un charisme certain et une autorité sur les autres, qui la craignaient. C'est en cela que je la crois en partie actrice. Et en tout cas une personnalité complexe et d'une intelligence aiguë. Je crois pour ma part, après l'avoir examinée et avoir longuement parlé avec elle, que c'était une femme bonne. D'une bonté, je l'ai dit, empreinte de magie, de mystères, de traditions qui nous sont inconnues, auxquelles elle se référait en permanence. Mais elle était, pour ce que moi, Frédéric Dubois, aliéniste et médecin auprès des armées, j'ai pu voir, un être de bonté. La médecine a établi depuis longtemps que de grandes souffrances peuvent occasionner des sortes d'hallucinations, mais aussi des troubles qui se manifestent par l'envie d'être autre que soi en même temps que soi. Ce que ces femmes et hommes ont enduré sous les chaînes de l'esclavage est au-delà du supportable. J'en ai examiné des dizaines. Leur confusion inspire autant de pitié que de respect.

Ce préambule étant terminé, voici le récit que m'a livré la femme dite Brigitte sur les faits que l'on m'a demandé d'éclairer. Je n'ai consigné que les moments que je considérais comme lucides, car bien qu'elle ait toujours été sincère, par instants ses divagations l'emmenaient au bord de la confusion que j'ai décrite. Je ne suis pas en mesure de me prononcer sur la véracité des faits. Je peux seulement, en tant que médecin, attester de l'état psychique dans lequel elle les a racontés.

Cette femme s'est donc présentée comme étant Brigitte, esclave d'une plantation dont elle a oublié le nom – ce que je peux accepter comme vrai, l'oubli est un principe actif pour ceux qui ont vécu des horreurs – mais qui doit se trouver du côté de la ville de Bâton

Rouge. On ne sait pas clairement si elle s'est échappée ou si elle a été abandonnée par des propriétaires en fuite devant l'avancée de nos régiments. L'administration confédérée a laissé sans secours, dans son repli vers le Texas, tous les esclaves à sa charge qui ne pouvaient pas travailler ou marcher, vieillards, enfants en bas âge, femmes enceintes, malades ou handicapés. Nos troupes, en avançant vers l'ouest, les trouvaient mourant de faim et de soif, ravagés par les fièvres et la misère. Brigitte faisait partie d'un petit nombre de miséreux qui survécurent et furent transportés par nos chariots vers la fortification Parapet où nos hommes se retiraient dans l'attente de nouveaux ordres.

Ce qu'elle raconte ensuite sur l'épisode du nourrisson se joue aussi entre raison et déraison. Elle prétendait qu'une jeune femme qu'elle présentait comme sa fille unique, qu'elle avait cherchée pendant des jours après s'être enfuie de la plantation, avait accouché dans le fourgon, alors qu'elles étaient prises en charge par les hommes du capitaine Milliken avec le groupe d'esclaves abandonnés. Quand j'ai demandé où était sa fille, la femme Brigitte a répondu qu'elle avait disparu avec l'enfant. Cette question la mettait dans un état de grande agitation qui n'était pas feinte et une humeur proche de la souffrance, son pouls s'affolant. Elle se mettait alors à lancer des anathèmes et des invocations dans une langue que je ne connais pas.

Je note en aparté ses propos déraisonnables, mais qui sont, selon les autres esclaves, conformes à leurs croyances, afin que l'on puisse faire la part de la sincérité et de la folie dans les dires de la femme Brigitte. Selon elle, dans la voix de la personnalité qu'elle disait l'habiter, elle aurait fait intercession auprès de son mari, un nommé Baron Samedi, dont nous n'avons pu trouver trace chez les Créoles nobles de La Nouvelle-Orléans mais à l'existence duquel les autres esclaves croyaient. Nous n'avons pu, de ce fait, confier cette femme aux soins de son mari. Je note au passage qu'une esclave mariée à un noble, homme libre de couleur, me semble peu crédible.

Pour ce qui est de la réalité du coffre d'or qui a motivé votre requête et mon examen de ladite femme Brigitte, il semble que là aussi ses deux personnalités divergent. Dans une version, elle aurait de ses propres yeux vu trois soldats en uniforme confédéré enterrer ce coffre à l'endroit qu'elle a désigné. Dans une autre version, qu'elle énonçait avec autant de sincérité, c'est sa fille qui lui aurait déclaré les avoir vus alors qu'elle était cachée dans les fourrés, à l'abri des regards. La femme Brigitte aurait donc repris à son compte ses dires. Pour avoir répété de nombreuses fois la question, de façons différentes et à des moments différents de nos entretiens, ma conviction intime, fondée sur l'observation, est que cette seconde version est la plus probable. Ce qui explique qu'elle n'ait pu conduire avec succès l'escouade de reconnaissance au lieu décrit.

Je n'ai pu terminer mon expertise, la femme Brigitte ayant disparu comme on le sait dans des circonstances qu'il conviendra d'éclaircir. Voici mon rapport tel que requis par l'officier Paul-Étienne Moreau, et à charge du commandement de décider d'une nouvelle investigation, plus large, des lieux, s'il le souhaite. Fait à La Nouvelle-Orléans, le 12 décembre 1863.

*

Une étudiante du nom d'Erin Duval, qui préparait sa thèse de doctorat en histoire de la psychologie à l'université de La Nouvelle-Orléans sur le thème « Guerre civile et santé mentale », venait de consacrer trois années à étudier une bibliographie médicale considérable jusque dans des universités du Nord. Et dans celle-ci, des documents jugés jusque-là insignifiants du point de vue factuel mais qui apportaient un éclairage précieux sur ce que l'on appelle aujourd'hui le stress post-traumatique, sa prise en charge, et ses conséquences. C'est elle qui adressa à Brazos ce document signé du psychiatre Frédéric Dubois, cité dans sa thèse, et qui contenait deux des noms listés dans le message que Brazos Cormier venait de déposer sur le forum des départements d'histoire de toutes les universités.

Erin connaissait Brazos Cormier. Elle avait été une de ses élèves à l'université de Lafayette avant de faire son dernier cycle à La Nouvelle-Orléans, et cinq ans plus tard, eh bien, elle ne serait pas contre un café avec lui, ou deux, ou une bière, ou un verre de vin blanc frais contre lequel elle poserait sa joue, la tête légèrement inclinée, les lèvres humides et les yeux brillants. C'était la meilleure façon qu'avait Erin de témoigner son attention, et aussi sa moue charmeuse travaillée devant la glace. Alors elle avait sauté sur l'occasion de répondre avant qu'une autre ne le fasse.

Erin se trouva ridicule de se sentir en rivalité, de penser que quelqu'un d'autre pouvait travailler sur un sujet aussi particulier. Son frère aîné, engagé dans l'armée, était revenu d'Afghanistan avec un TSPT qui avait détruit ses rêves et consumé sa famille. C'est ce qui avait conduit Erin à s'y intéresser. Elle sentit son visage s'empourprer. Elle eut un bref instant le sentiment d'instrumentaliser cette douleur, de s'en servir comme alibi pour attirer un homme séduisant à elle. Alors Erin retint la phrase d'invitation qu'elle s'apprêtait à écrire. Elle envoya juste le message avec en conclusion j'espère que cela vous sera utile, je garde un très bon souvenir de vos cours, sincèrement vôtre, Erin Duval. Elle trouva cette dernière phrase stupide. L'effaça. La remit. Relut. Hésita. Laissa juste les derniers mots.

Sincèrement vôtre. Oui, elle était sincère cette envie d'être à vous, mais on en resterait là. Et le beau Brazos n'en saurait jamais rien, comme il ne savait rien des dizaines d'anciennes élèves qui se mordaient les lèvres avec les mêmes intentions refoulées chaque fois qu'elles remarquaient son nom dans un mail. Ni des anciennes camarades de classe ou d'université qui perdaient leur regard vers lui, même une beauté seule et sous serment qu'il revoyait par hasard depuis peu. Un vœu, c'est bien comme un serment, non ?

Si Brazos pensait à une autre, et à son serment, c'était parce qu'il la verrait le lendemain, comme il la voyait presque tous les jours depuis quelque temps. Et qu'il venait seulement de le constater dans un large sourire. Sourire seul, voilà bien longtemps que Brazos n'avait pas eu conscience de le faire. Et c'est avec ce sourire qu'il s'était plongé pour le relire dans le document affiché sur l'écran de son ordinateur.

Grand chef Antwane DeVille

Il m'a fallu dix ans avant de pouvoir revenir à Moon River. On ne nous l'interdisait plus mais quelque chose me l'interdisait. La honte. La honte d'avoir été séparés, abandonnés, oubliés, d'avoir vu nos rues dévastées, nos vies éparpillées. La honte de n'avoir plus rien quand nous étions fiers de si peu. La honte d'avoir été dans la rue pendant des années. Sans-abri. La honte là où il y avait la fierté. La honte d'être encore là quand tout avait été pris.

Et puis un jour, j'ai quitté les trottoirs de la ville, les abris de fortune sous l'autoroute, les tentes faites avec des bâches. J'ai marché sous le soleil de plomb de l'été et je suis revenu. Oui je suis revenu là où nos vies étaient nos vies. À Moon River. J'avais entendu dire qu'on allait reconstruire. Même le vide ne se souviendrait plus de nous. Et ce devait être ça, parce que quand je suis arrivé devant le chantier, tout était rasé. Je suis tombé sur les genoux. Mes jambes ne me portaient plus. J'étais au milieu de la rue et j'ai levé les bras pour me retenir au ciel, mais le ciel n'avait pas de branches et mes bras sont restés en l'air sans pouvoir s'agripper à quoi que ce soit. Alors je suis tombé à genoux. Je suis resté longtemps comme ça avant de me rendre compte que je pleurais. Ma maison était là, avant Katrina. Là où les bulldozers avaient poussé les gravats, laissant la trace de leurs roues comme des cicatrices entaillant le sol, il y avait ma femme, Selena, et notre fils, Morris.

J'ai mis longtemps à reprendre des forces. Mes bras ont fini par retomber à terre, et j'ai pu m'y appuyer pour me relever. Je me suis redressé et je me suis retourné pour partir. C'est là que j'ai vu un homme qui se tenait derrière moi, à quelques pas. Je ne l'avais pas entendu arriver. Je ne savais pas ce qu'il faisait là. Je savais juste que je l'avais déjà vu, sans pouvoir me rappeler où. C'était un homme blanc, au visage tanné et crevassé. Il ressemblait à un de ces gars du bâtiment qui travaillent dehors sur les chantiers, ou à un ouvrier des plateformes pétrolières. Il se tenait droit, la main au-dessus de ses yeux en visière, pour les protéger du soleil. Je me suis avancé vers lui et il a baissé la main. J'ai vu ses yeux. Ils étaient bleus. Comme le ciel. Du même bleu très pâle. Ses mains se sont tendues vers moi. Et je me suis appuyé sur son bras pour marcher. Mes genoux étaient en sang. L'homme s'est tourné vers moi, il m'a dit je sais où vous devez aller. Et c'était vraiment inattendu, parce que moi, je n'en avais aucune idée. Je me nomme Alfred Guidry, mais on m'appelle Alfie ! C'est ce qu'il a dit ensuite.

*

La Toussaint est un jour important en Louisiane. On se retrouve en famille, on va sur la tombe des parents, des grands-parents, des aïeux, on allume des bougies, on chante, on prie, on danse. Et puis la Toussaint est un mot français, alors c'est un jour encore plus important. De nombreuses chansons font mention de ce jour. Il y a même un très bel album de Steve Riley & the Mamou Playboys qui porte ce titre. On fête les saints qui sont morts, et les morts qui ne sont pas tous saints. Peu importe. Seul compte le souvenir. Et d'aller allumer des cierges au cimetière et à l'église Saint-Jean-le-Baptiste de Lafayette. C'est la Toussaint, une fois par an. Le lendemain est le Jour des morts.

Mais aujourd'hui n'était pas la Toussaint ni le Jour des morts. S'il y avait des décorations de têtes de morts dans les vitrines c'est parce que c'était le Cinco de Mayo, le 5 Mai. Les rues étaient décorées aux couleurs de la fête nationale mexicaine, qu'on aime fêter en Louisiane avec les Mexicains, comme la Saint-Patrick avec les Irlandais et le Bastille Day avec les Français. Une brasserie locale sortait des caisses de la fameuse bière Cinco de Bayou, qu'on buvait en mangeant des tacos et du boudin, des enchiladas et des gratons, parce que c'est ça qu'on fait ici. Et puis on pense aux morts en même temps, quand même. Parce que plus on se sent vivants et plus on aime ceux qui nous ont quittés. On regrette de pas les avoir avec nous à manger des tacos et des gratons, et des enchiladas et du boudin, et du jambalaya sur des tortillas, et des écrevisses. C'est comme ça qu'on en était arrivé à parler d'Alfie. De combien il manquait. Et qu'Antwane avait raconté sa rencontre avec lui.

Il ne faisait aucun doute, à la fin du récit d'Antwane, qu'Alfie était venu le chercher. L'Indien du Mardi gras avait jusque-là vécu cette rencontre comme un hasard. À la lumière de ce qu'il avait appris depuis la mort d'Alfie, beaucoup de mots, de regards, de gestes prenaient un autre sens. La bienveillance constante d'Alfie pour lui, sa patience, son intérêt. Antwane se sentit dans une zone étrange où il avait du mal à démêler les sentiments contradictoires.

D'un côté il se sentait dupé et trahi, parce qu'Alfie lui avait caché son dessein. Mais quel était-il et quelle part lui, Antwane, jouait-il dedans ? D'un autre côté, Antwane se sentait immensément fier, parce qu'à travers lui, sa simple personne n'ayant pas grande importance, c'était en fait la tribu des Indiens du Mardi gras du quartier de Moon River qui avait été choisie. Leur histoire, leur quartier, leurs rituels et leurs parades.

C'était toute une époque qui reprenait vie. Les Indiens de Moon River étaient un maillon d'une chaîne, les passeurs d'une clé, d'un secret que lui, le grand chef Antwane DeVille, portait en leur nom à même la peau de son épaule. Oui, les Indiens de

Moon River, quartier disparu, englouti sous les flots rageurs et meurtriers de l'ouragan Katrina, avaient une mission dans l'Histoire, la grande, ils étaient importants à nouveau.

Des images s'animaient sur l'écran de sa mémoire, les rues sous le soleil, les petites maisons aux toits de tôle, les enfants qui jouaient dans la rue, les Indiens du Mardi gras qui sortaient de leur local en habits de majesté, eux qui étaient entrés quelques heures plus tôt pauvres hères ressortaient archanges de lumière. Antwane ressentait à nouveau cette fierté. Celle devant les regards émerveillés des enfants, celle des gens pauvres qui brillaient à travers eux. Notre quartier. Quelques rues. Un moment de danse à Congo Square, au son des fanfares. Une parade du Mardi gras. Une *second line*.

Alfie. Sur le trottoir, lors du défilé d'un enterrement de musicien. Alfie le jour de la parade. Antwane se souvenait. La chemise à manches courtes. Les yeux bleu clair. Alfie était là tout près. Depuis longtemps. Alfie avait un plan. Alfie cherchait ce coffre d'or. Et les Indiens du Mardi gras de Moon River se trouvaient sur la route qui y accédait.

*

Ainsi Antwane avait été en quelque sorte recruté par Alfie. Mais Rosetta ? Deux ans plus tôt, avant qu'elle ne se retrouve à la maison Bon Temps, Sista

Rosetta avait un travail. Une sorte de travail. Les vieux, quand ils sont pauvres, ils doivent se trouver un petit travail pour survivre. Son travail, c'était de verser le sucre glace sur les beignets. C'est une spécialité de La Nouvelle-Orléans, les beignets. Des beignets bien moelleux qui sortent de la friture, après il faut verser le sucre glace rapidement et le tendre tout de suite aux clients pour qu'ils aient cette belle couche blanche dessus. Si on attend trop, le sucre fond dans le gras avec la chaleur et on a une pâte collante au lieu du souffle léger du sucre glace. C'est tout un art de faire un bon beignet, et de le servir aussi.

Rosetta avait toujours été très adroite, et même à son âge elle pouvait sans trembler faire tomber en pluie le sucre, mettre le beignet dans le petit sac en papier et le tendre au client avec le « Bon appétit », dit en français, de rigueur. Rosetta savait faire le bon geste, dire les mots avec le bon accent créole et la voix qui porte, bien placée. Elle aimait ça, voir le regard des gens qui prenaient le beignet de sa main. Leur donner un peu de ce qu'on est ici. Une bouchée de La Nouvelle-Orléans.

Bien sûr, il y avait beaucoup de touristes qui achetaient ces beignets, mais aussi des gens du coin, des clients réguliers, comme cet homme qui venait chaque semaine, le vendredi. Il se présentait à l'ouverture, parmi les premiers clients. Il disait « Bien merci » en français, avec l'accent cajun du sud de la

Louisiane, quand Rosetta lui lançait son traditionnel « Bon appétit ». Un homme blanc à la peau tannée par le soleil. Quand il avait fini son beignet et terminé son café, il, il se levait et partait en se léchant les doigts d'un air gourmand. Il était là si régulièrement que quand elle ne le voyait pas Rosetta s'inquiétait pour lui. Et puis le stand de beignets a fermé. Le patron ne pouvait plus payer les patentes qui avaient augmenté avec tous ces magasins de luxe qui s'installaient rue Decatur.

Rosetta s'était retrouvée sans travail. Le dernier jour, elle avait tout rangé, tout nettoyé, en faisant traîner un peu. Après, elle était partie le cœur gros. Sur le chemin de chez elle, elle avait eu l'impression que quelqu'un la suivait. J'ai des yeux derrière la tête, comme disait ma mère. Elle s'était retournée et le client était là. L'homme du bien merci. Il lui avait parlé de cette maison ici, à Lafayette, pour les vieux musiciens. Il lui avait dit qu'il venait à La Nouvelle-Orléans chaque semaine car il avait vécu ici dans le temps. D'ailleurs il se souvenait d'elle comme chanteuse. Il lui avait cité les clubs et les chansons. L'homme lui avait offert de remplir un dossier pour postuler. Il pouvait l'aider à le faire. Il lui avait tendu la main. Excusez-moi, je ne me suis pas présenté. Alfred Guidry. Mais tout le monde m'appelle Alfie.

*

En entendant Rosetta, Chance et Billodeau échangèrent un regard stupéfait. Cette histoire était aussi un peu la leur. Les clubs avaient fermé les uns après les autres avec la pandémie. En fait, à peu près tous en même temps, parce que les gens ne pouvaient plus se regrouper pour venir au spectacle, boire un verre, ou manger sur un coin de table. Les gens ne s'attroupaient même plus dans la rue pour écouter les musiciens jouer, ils restaient à distance les uns des autres. Après ça, peu de clubs avaient rouvert. C'est peut-être pour ça qu'un soir, dehors, sur le trottoir où ils jouaient pour quelques pièces, un homme qui était venu plusieurs fois les entendre leur avait parlé de cet endroit qui se créait à Lafayette.

L'occasion ne se reproduirait pas. Les deux cousins en avaient parlé, ils avaient décidé que cela ressemblait à une croisière en bateau, sans bateau et sans la mer, sans même les eaux boueuses du Mississippi et une roue à aubes à l'arrière. Le gars en face s'était présenté. Alfred Guidry, mais tout le monde m'appelle Alfie. Il aurait fait un capitaine de navire parfait. Un capitaine de bateau à vapeur avec une roue à aubes, comme celui qui transportait les balles de coton jusqu'aux entrepôts vers Natchez et qui sert désormais à promener les touristes. Avec de la musique à bord.

Oui, Alfie aurait pu être capitaine de bateau. Il en avait la prestance. Et comme il était bon public, le Dr Chance et le révérend Billodeau avaient décidé de le suivre et de prendre une retraite bien méritée à la maison Bon Temps, à trois heures de route de La Nouvelle-Orléans.

*

Ti-Bone Thibodeaux se leva à son tour, les yeux humides. Ce qu'il allait raconter là, il ne l'avait jamais raconté à personne. Jamais en entier. Jamais à moitié. Comment Ti-Bone était arrivé dans cette modeste institution, la maison de retraite pour musiciens Bon Temps dans une petite ville au milieu des bayous. La question était plutôt : comment Ti-Bone avait-il connu l'existence de cette institution, lui qui vivait tranquille à l'écart ? Il n'est pas inexact de dire qu'il était réticent lorsqu'on l'avait amené là. Et qu'il avait fallu argumenter pour le convaincre de postuler. Quelqu'un l'avait donc persuadé de le faire.

Ce quelqu'un était un homme blanc qui vint un jour le voir alors qu'il jouait comme tous les mardis devant le stand de saucisses de Rudy LaTour. Un homme qui s'assit sur le trottoir (ici on dit banquette) et l'écouta avec attention et respect, les jambes croisées à l'indienne et les mains posées au centre. Un homme blanc aux cheveux gris coupés en brosse à la façon des militaires. Un homme aux yeux turquoise et au sourire paisible. Ti-Bone Thibodeaux revit ensuite plusieurs fois cet homme blanc s'installer sur le trottoir pour l'écouter jouer. Tous les mardis. Car c'est le mardi seulement que Ti-Bone jouait devant le stand de saucisses de Rudy LaTour. Il faut de bonnes saucisses pour mettre dans le gumbo, et Rudy faisait les meilleures.

Ti-Bone aimait les po' boys poulet avec de la sauce épicée et quelques jalapeños émincés dessus. Rudy en vendait aussi. Jamais l'homme qui venait s'asseoir n'y goûta ni n'en acheta. Il se tenait là, assis. Dans les mêmes habits et dans la même position chaque semaine, et il écoutait. Ti-Bone en vint à se dire que cet homme était son meilleur public. Un public fidèle, appréciateur et régulier. Un public qui applaudissait à la fin du set et repartait heureux pour disparaître dans les rues, emportant la magie de cet instant avec lui.

Ti-Bone avait toujours pensé qu'après l'avoir entendu les gens ne repartaient pas chez eux sans rien. Ils repartaient avec ses chansons en eux, comme un parfum qu'ils avaient respiré. Le public porte ainsi en lui un peu de vous-même. L'homme était le public idéal, à la nuance près que ce public était composé d'une seule personne.

L'homme venait toujours seul. Repartait toujours seul. Il se présenta plus tard sous le nom d'Alfred Guidry en tendant une main large et crevassée par les travaux. Une main de travailleur ou d'ouvrier. Alfred Guidry, mais tout le monde m'appelle Alfie.

*

Chacun avait relaté à tour de rôle sa rencontre avec Alfie. Une personne n'avait encore rien dit, et les regards se tournèrent vers Jodi.

Jodi ne savait pas trop quoi raconter. Elle chercha le moment. L'instant. L'image qui lui venait en premier était celle de la maison mortuaire, quand elle y était allée avec Courville pour relever ses empreintes. Courville avait tourné de l'œil et Jodi était restée seule avec Alfie, prenant délicatement sa main pour déposer de l'encre sous ses doigts. Il avait l'air reposé, les traits apaisés. Un demi-sourire gravé pour l'éternité sur son visage. C'est au moment où elle revoyait ce sourire apaisé que Jodi se rappela.

La sortie de l'école d'infirmières. Des groupes de jeunes filles et quelques garçons à l'ombre des arbres magnifiques du campus. Jodi revit les petites grappes d'étudiants se détacher et se rattacher comme aux mouvements du vent sur les pelouses entre les bâtiments de brique rouge. Elle se revit parmi eux, le jour de la remise des diplômes, croisant le regard d'un homme aux cheveux gris. L'homme lui avait souri, détournant ensuite ses yeux bleu clair vers la route. L'homme qui avait laissé sur le banc où elle allait s'asseoir un journal local avec une annonce entourée au crayon rouge. Association locale recherche infirmière, de préférence spécialisée en gériatrie. Débutantes acceptées.

Quand elle avait aperçu Alfie la première fois à la maison de retraite, Jodi avait eu le sentiment de l'avoir déjà vu quelque part sans vraiment pouvoir cerner où. C'est une petite ville ici, on a sûrement croisé tout le monde au moins une fois ou deux au coin d'une rue ou au supermarché. Ce sentiment s'était dilué ensuite dans le simple fait de voir Alfie tous les jours. Mais maintenant, cela revenait à Jodi LeBlanc. L'homme qui avait posé le journal avec l'annonce sur le banc, à côté d'elle, à l'université. Ce regard, ces épaules un peu voûtées. C'était Alfie.

Une autre image vint alors se superposer à celle de l'homme du banc. Un de ces petits films en super-huit, pellicule rayée et image instable, bordée d'un halo. Un vieux film d'enfance. On y voit un terrain à l'herbe jaunie par le soleil. De longs mobil-homes de bois peint, alignés. Celle qu'elle habitait avec sa mère. Le linge qui sèche sur un fil, devant, drapeaux de couleur immobiles. Et cette caravane au fond, plus petite. Un peu à l'écart des autres. Un homme est assis devant, sur un siège pliant. C'est l'homme qui habite là. Il doit avoir une cinquantaine d'années et une vingtaine de kilos de trop. Son ventre dépasse de son T-shirt. L'homme est vêtu d'un short et il est coiffé d'une casquette de base-ball fatiguée. Il a aussi de longs cheveux roux qui tombent en boucles sur ses épaules. Et une barbe fournie. Et puis des yeux bleus, d'un bleu plus clair que celui d'une piscine.

Ces yeux avaient vu Jodi grandir et s'occuper de sa mère. Chaque jour. Chaque nuit. Surtout quand elle était malade et que Jodi la veillait, ne s'éclipsant que pour s'installer quelques instants à l'extérieur, une pomme à la main, dessiner une marelle maladroite par terre sans même prendre le temps d'y jouer. Jodi et son éternel sourire. Parce que c'est comme ça qu'est dessinée sa bouche, avec des coins relevés qui lui donnent cet air rieur. Il paraît qu'elle tient ça du fils de pute.

Les yeux bleu ciel de cet homme avaient tout vu de Jodi dans ces mois difficiles. Ils avaient même peut-être vu au fond d'elle. Oui, ces yeux avaient vu Jodi. Et Jodi les avait vus quand l'homme passait, le bras à la portière de sa voiture. Et les avait revus plus tard. Bien plus tard. Au milieu d'un visage imberbe. Celui, buriné, d'un homme aux cheveux gris taillés en brosse. Celui d'un homme amaigri, fatigué par les années, semblant porter sur ses épaules un poids qui avait remplacé les dizaines de kilos perdus.

Jodi se dit qu'elle aurait dû les reconnaître, ces yeux, quand cet homme sur le campus de l'université avait laissé le journal à côté d'elle sur le banc. Et qu'elle aurait dû les reconnaître aussi quand elle avait croisé Alfie pour la première fois à la maison de retraite. Et elle aurait dû les reconnaître ensuite chaque jour où elle l'avait côtoyé à la maison Bon temps.

Elle avait toujours eu cette impression avec Alfie. Celle qu'il lui était familier. Mais tout le monde ressentait cela avec Alfie. Tout le monde avait l'impression de le connaître depuis toujours. Il était cette sorte de personne. Oui, elle aurait dû le voir. Alors qu'elle pensait à lui, une bouffée de tendresse emplit sa poitrine. Comme chacun des autres, Alfie l'avait choisie.

*

On découvrit donc avec stupéfaction qu'Alfie Guidry, qui était aussi Alphonse Landreneau, était allé les chercher un à un, les avait réunis, et leur avait légué une maison et une quête. Et on se demandait bien pourquoi. Pourquoi eux ?

C'est Courville Bergeron qui eut cette idée. Les shérifs ont des idées de shérifs. Vous venez tous de dire qu'Alfie était celui qui vous avait trouvés et vous avait amenés ici. Chacun d'entre vous. Courville avait la passion des films policiers. Pour se détendre des journées de travail, les délinquants des autres te reposent des tiens. Il poursuivit : prenez *Ocean 11*, prenez *Les Sept Mercenaires*, *Les Sept Samouraïs*, prenez le film avec Tom Hanks, là, où ils braquent un casino aussi, n'importe quel film de casse… Les gars qui préparent un coup, ils rassemblent une équipe. La meilleure. La seule qui peut faire le coup. Vous voyez ?

Il était certain, et on l'avait prouvé, qu'on était bien incapables de braquer un casino et tout aussi incompétents pour localiser un coffre d'or. Il était pourtant avéré, dans les deux cas, qu'Alfie était allé en repérages. Ce que l'on savait faire ensemble en utilisant les compétences de chacun, on venait de le faire, et c'était un concert, et si c'était ça ce qu'Alfie voulait, il fallait bien avouer qu'encore une fois on avait échoué, car l'argent récolté était loin d'être à la hauteur des besoins.

Courville sortit son crayon et son carnet. Il fit le geste de passer ses cheveux derrière ses oreilles bien que les siens soient ras, pour imiter Brazos, et prit un ton professoral en lui faisant un clin d'œil. Tout le monde pouffa de rire, Brazos le premier. Ça faisait du bien de rire. Courville lança à voix haute : Qu'est-ce que vous tous, ensemble et non pas seuls, pouvez faire que personne d'autre ne pourrait faire à part vous ?

Personne ne voyait. Vraiment. Alors Courville a commencé à faire un inventaire. Voyons. Vous êtes tous musiciens. Disons plutôt âgés. Et tous, pour ne pas parler de couleur, descendants d'esclaves, c'est ça ?

C'est à ces mots qu'Hélène et Brazos tournèrent la tête l'un vers l'autre, confirmant chacun dans le regard de l'autre ce qu'ils venaient de comprendre. Brazos saisit la main d'Hélène et ils partirent en courant sans un mot.

Hélène Fontenot

Je regarde Brazos qui conduit. Il est concentré sur la route. Je n'aurais jamais pensé qu'un jour on se retrouverait si proches, œuvrant pour un but commun. Je sens son odeur chaque fois qu'il tourne la tête et qu'un léger déplacement d'air la porte vers moi. Je me rappelle son odeur quand il passait dans les couloirs du bâtiment des arts libéraux, il sentait l'homme, celui que tu rêvais d'avoir à toi. Je me souviens de son sourire quand il traversait l'allée du campus. Non, il ne souriait pas. Ses yeux. Ses yeux souriaient.

Il a toujours ce sourire dans le regard, et de petits plis maintenant au coin des paupières. De fins sillons qui le rendent encore plus beau. Le temps rend les hommes plus beaux. Ils se revêtent de leur vie. Certaines femmes aussi. Je crois que la vie rend les gens plus beaux. Même quand ils ont eu une vie dure. Surtout quand ils ont eu une vie dure. Ce qu'ils ont dû trouver de beauté en eux, ou dans les autres, pour supporter ça. Pour le traverser. Oui, la vie rend les gens plus beaux.

Je regarde Brazos, encore plus beau. Je le respire, ma main sur la bouche pour le cacher. Je pourrais encore le désirer si je n'avais pas transformé le désir en autre chose de plus vaste. Si vous saviez comme tout peut être plus grand.

*

La portion d'autoroute I-10 entre Lafayette et La Nouvelle-Orléans est un ruban de béton sur pilotis qui traverse le bassin de l'Atchafalaya. Les soirs de pleine lune, quand le temps est dégagé, on y voit presque comme en plein jour, un jour électrique. Les ombres des arbres chargés de longues guirlandes de mousse espagnole se découpent sur le ciel, au-dessus d'une eau scintillante de copeaux de lumière, pétales de lune qui flottent.

Brazos et Hélène roulaient sans un mot. Ils auraient pu avoir cette conversation. La conversation qui n'était jamais arrivée. Celle qu'ils auraient dû avoir longtemps auparavant. Et qui n'arrive pas non plus à ce moment. Mais elle existe en creux dans le silence. Que dire qui ne soit pas de trop quand le silence est si beau. De temps à autre, Brazos détachait quelques fractions de seconde son regard de la ligne blanche au milieu de la chaussée pour tourner son regard vers Hélène, éclairée par cette lune des bayous. Ils auraient pu rouler comme ça toujours, si la route pouvait ne jamais s'arrêter, si la route pouvait être un peu plus que la route, la nuit un peu plus que la nuit.

Ils étaient bien, là. Ils étaient bien comme ça. Roulant vers le même but. Vers cette chose qu'ils avaient comprise au même moment.

La voiture arriva trop tôt vers les faubourgs de La Nouvelle-Orléans. Laplace, Saint Rose, Kenner, Métairie… La boucle du Mississippi se dessinait derrière le pont Huey Long quand Brazos fit un détour pour passer prendre devant chez lui le professeur Mildred Golden.

*

L'homme chauve aux yeux cerclés de petites lunettes rondes attendait Brazos et Hélène devant sa porte. Mildred Golden avait un sens très particulier de l'élégance, ou de l'assemblage vestimentaire. Il était vêtu d'une chemise moulante exacerbant la protubérance de son ventre. Rien jusque-là de très étonnant sauf qu'il s'agissait d'une chemise hawaïenne vert fluo, qu'il portait sous une veste en tweed à chevrons, et d'un pantalon à pinces donnant sur une paire d'Air Jordan orange. Mildred Golden, responsable du département d'histoire de l'université de La Nouvelle-Orléans, était un original, au moins pour ce qui était de l'assortiment vestimentaire. Rien n'allait avec rien et d'une façon si outrée que cela n'avait pu être que pensé, mais il était tard le soir, et la distraction pouvait tout aussi bien être à l'origine de cet accoutrement pour le moins dépareillé. Brazos avait appelé son collègue depuis la voiture et Mildred lui avait dit bien sûr, venez !

Quand ils arrivèrent devant le bâtiment du département d'histoire de l'université de La Nouvelle-Orléans, quelques thésards étaient encore en train de travailler. On traversa donc la salle sous les saluts taquins des étudiants. Aloha ! Super baskets, professeur ! Brazos, Hélène et Mildred montèrent au deuxième étage. Il tapa le code sur le clavier à droite de la porte, puis un autre sur celui de la porte d'après, inséra sa clé, déconnecta l'alarme, et ils pénétrèrent dans le coffre-fort grand format que constituait la bibliothèque des archives.

Les néons s'allumèrent en bégayant. Ce que Brazos souhaitait voir, c'était la liste des gens qui avaient consulté les archives du camp Parapet au cours des cinq dernières années. On cherchait dans cette énorme masse de documents quelqu'un qui cherchait quelqu'un. Brazos exposa les détails.

Mildred Golden le regarda d'un air malicieux. Vous ne m'avez pas demandé pourquoi j'étais habillé comme ça, tout à l'heure. Brazos le fixa, circonspect. Mildred désigna sa chemise criarde et ses baskets orange fluo. C'est pour que vous me voyiez de loin, la nuit. Que vous me trouviez facilement. Parce que je voulais que vous me trouviez. Nous avions rendez-vous. Est-ce que la personne que vous cherchez voulait que vous la trouviez ? Oui. Est-ce qu'elle voulait que vous trouviez ce qu'elle avait trouvé ? Oui. Est-ce que j'ai mon idée sur la question ? La réponse est, là aussi, oui !

Mildred se dirigea droit vers un rayonnage, monta sur un petit escabeau et en sortit un registre. C'est donc vous qu'il attendait, ce vieux farceur !

Mildred ouvrit le registre et poursuivit : Ce registre est celui d'une archive. Chaque personne qui la consulte doit signer dans ce livre et inscrire la date. Mildred le feuilleta avec méthode jusqu'à une page datant de cinq ans auparavant. Il désigna une ligne. Cette signature revient plusieurs fois. Il alla chercher un classeur d'archives.

Le carton contenait les documents qui consignaient les arrivées au camp Parapet dans les semaines précédant la fin de la Guerre civile. Mildred reprit son registre. Votre homme a semé des petits cailloux blancs pour vous faciliter la tâche. Enfin, un ! Il a fait ça la dernière fois qu'il est venu. Il a demandé à consulter des documents qu'il avait déjà étudiés des années auparavant. Sa signature est là, là et là. Sauf que cette fois-ci il a demandé une copie. La copie d'une seule page. Mildred vérifia les numéros, sortit du carton la page en question, et la tourna vers Brazos.

Y était enregistrée l'arrivée d'un groupe d'esclaves abandonnés venus de Vermilion en date du 12 novembre 1863, soit presque dix jours après la bataille du Bayou Bourbeux. Le groupe avait été, selon les notes du soldat de garde à l'entrée, déposé par des fourgons de l'armée de l'Union qui l'avait pris en charge. L'officier qui commandait cette unité était désigné comme le lieutenant Milliken. Sur la page d'en face étaient listés, avec leur âge et leur description, les noms des personnes qui composaient ce groupe. Un commentaire ajouté par le lieutenant Milliken déplorait les conditions dans lesquelles ces pauvres Noirs, vieux et malades avaient été abandonnés depuis des semaines sans nourriture. Il y avait parmi eux une femme enceinte souffrant de douleurs atroces sans parvenir à accoucher, une deuxième avait accouché prématurément dans le chariot. Une vieille femme, écrivait aussi Milliken, avait perdu la raison et invoquait le ciel en maudissant les Sudistes.

Mildred Golden, ravi d'avoir ménagé le suspense jusqu'au bout, tourna le registre des consultations vers Brazos et pointa une colonne. Vous voyez, la contremarque, là, ce sont mes initiales. C'est moi qui l'ai accueilli chaque fois. Le nom de votre homme se trouve dans la colonne d'après.

Comme ils s'y attendaient, Hélène et Brazos lurent le nom d'Alfred Guidry.

*

Mildred s'en souvenait très bien, de cet homme. Le visage buriné. Les yeux bleu clair. Les mains calleuses. Pas l'étudiant en thèse ou l'universitaire typique qui vient consulter les archives. Plutôt de ces visiteurs que Mildred appelait les chercheurs d'or. Des gars comme ça, il en voyait de moins en moins, mais de temps à autre il s'en pointait encore, deux ou trois fois par an. Des gars qui croyaient avoir une piste sérieuse sur l'or des confédérés.

Mildred se tourna vers Hélène. Vous avez entendu parler de l'or des confédérés ?

Juste avant que les troupes du Nord ne prennent la ville de La Nouvelle-Orléans, les confédérés vidèrent les banques et évacuèrent des millions en or pour qu'ils ne tombent pas entre leurs mains. Une grande partie fut convoyée jusqu'en Géorgie où elle disparut littéralement. Le général sudiste Pierre de Beauregard, envoyé plus tard pour les récupérer, ne trouva rien. L'autre partie pouvait avoir été convoyée vers le Texas où le Sud se repliait. Une légende tenace prétend que des coffres d'or ont été enterrés dans des endroits secrets, en route, pour financer un futur soulèvement du Sud.

Cette légende est tenace car elle est plausible. S'il a été emporté dans cette direction, cet or a bien pu être récupéré et déplacé par les confédérés à mesure de l'avancée des troupes du Nord.

Dans un contexte d'embuscades permanentes, de lignes de front changeant au jour le jour, les convois étaient multipliés et dispersés sur des routes différentes afin de minimiser les risques, de tromper l'ennemi, et de limiter les pertes. Il n'est pas inconcevable alors que, dans ce transfert à la hâte, certains coffres soient « tombés de la charrette » en cours de route, ou aient été affectés à des finalités plus privées. Certaines fortunes de l'après-guerre ont été suspectes.

Alfie Guidry cherchait l'or des confédérés ? Mildred fit remonter ses lunettes sur sa tête de façon théâtrale, ménageant son effet. La première fois qu'il est venu, oui.

Brazos releva. Vous voulez dire qu'ensuite, quand il est revenu des années plus tard, il ne le cherchait plus ?

C'est cela, confirma Mildred Golden. Il l'avait trouvé !

Jodi LeBlanc

Je ne sais pas pourquoi l'or a tant de valeur. Pourquoi il est la valeur de la valeur. Pourquoi c'est l'or et pas un autre métal précieux comme le platine, ou une pierre comme l'améthyste ou le diamant qui fait référence. J'imagine que c'est parce qu'il y en a suffisamment. Assez pour remplir les coffres des banques de lingots, frapper des monnaies, faire des bijoux, des bracelets, des colliers, des bagues, pour figurer dans des composants électroniques...

Il y avait assez d'or dans le monde pour ça. Il y avait de l'or partout et on en trouvait encore. Et on trouvait encore chaque jour de nouvelles façons de l'utiliser. Par exemple chercher un coffre plein que quelqu'un d'autre a déjà trouvé.

J'ai bien conscience que dans cette quête que nous a léguée Alfie, le seul trésor que nous avons trouvé est ce que sont devenues nos vies. Que c'est la première fois depuis longtemps que ces personnes que j'ai aimées au premier regard ont retrouvé un espoir, un but et une peur aussi. J'ai l'impression que la vie s'est réveillée en eux. Ce que je me dis quand j'y pense c'est qu'à part la routine de tous les jours, attendre le soir, remplir la journée de ses petits rituels, on n'avait jamais vraiment rien fait tous ensemble. Pour nous. Et je me dis qu'on a accompli beaucoup ensemble maintenant. Et qu'on est devenus une sorte de famille.

Je crois qu'on a tous choisi de croire à cette histoire de fantômes pour ça. Pour rester ensemble. Une fille blanche de vingt-quatre ans et cinq vieillards noirs. On a remplacé le mot famille par le mot fondation. Et c'est là que moi je vois ça pareil. On dit fonder une famille. Et nous on a famillé une fondation. Je sais que le verbe n'existe pas, mais il devrait exister. On dit bien ce qu'on veut, non ?

*

Jodi se réveilla au matin sur un oreiller un peu dur. C'était l'épaule du rodeo boy d'hier soir. Où et comment elle l'avait trouvé n'avait finalement aucune importance. Ni son nom. Ni la partie de jambes en l'air qui avait suivi. Elle se demanda qui avait inventé cette expression ! Qui fait ça les jambes levées ? Elle venait de trouver un nouveau sujet à débattre avec Sista Rosetta lors de leur prochaine séance de soins. Elle pourrait aussi en parler avec le rodeo boy. Ça le ferait rire. Ils avaient bien rigolé la veille. Elle le ferait peut-être. Elle l'aimait bien celui-là. D'habitude, elle ne les ramenait pas chez elle. Et puis elle pourrait lui parler aussi de cette histoire de famille, pour voir ce qu'il en dirait. Juste pour voir, hein.

Jodi se leva pour préparer un petit déjeuner. Un petit déjeuner façon Jodi. Une canette de soda attrapée dans le frigo rouillé, des œufs balancés dans une poêle et… ah non, plus de pain.

Le rodeo boy s'était réveillé, il écarta Jodi de devant la poêle d'un geste doux. Retira l'ustensile de la plaque électrique en serpentin. Jeta les œufs crevés dans la poubelle, nettoya la poêle avec ce qu'il trouva autour de l'évier et entreprit de confectionner un véritable petit déjeuner avec ce qu'il piocha entre le frigo et le jardin. Quatre œufs, quelques herbes finement hachées et un restant de saucisse de Tasso, coupée en petits morceaux, peuvent faire une omelette réussie, et un petit déjeuner de princesse cajun. Tout est dans la façon de le faire. Le temps que tu mets à reproduire ces gestes familiers. Des choses transmises.

Ah oui ! Jodi se rappelait maintenant, ce n'était pas les cicatrices, ni leur histoire qu'elle avait déjà oubliée, qui lui avaient plu, c'était ce moment où le gars, un peu bourré au bout de quelques bières, avait dit *chà*[1] avec l'accent qu'il avait dû prendre de sa mère ou de sa grand-mère. Le mouvement de ses lèvres quand il avait prononcé ce mot, *chà*, c'était descendu

1. « Chère » avec l'accent cajun.

direct dans le bas du ventre de Jodi. En tout cas c'est comme ça qu'elle le raconterait à Rosetta lors de leur prochaine séance de confidences. Le même truc qui était en train de se reproduire à la vue du cou, tanné par le soleil, du rodeo boy au dos balafré qui faisait frire cette omelette improvisée avec trois restes et un peu d'histoire.

Le petit déjeuner, c'est comme ce qu'il y a avant, le peu de temps que ça dure, ça fait de toi un couple. Des êtres qui partagent des choses. Mais comment arriver à mettre sur la table les choses qu'elle avait envie de partager. Ses histoires de famille. De nouvelle famille. Des descendants d'esclaves qui font équipe avec des fantômes de confédérés. Oui, t'as bien compris, des vieux bluesmen et des jeunes soldats sudistes. Parce qu'ils ont besoin de la même chose. Que cette maison reste debout.

Jodi avalait sa dernière bouchée d'omelette avec cette idée en tête : il faudrait trouver ça pour le monde, un truc dont on a tous a besoin et qu'on ne peut avoir qu'ensemble. Les mots sont sortis de sa bouche pleine au moment où elle les formulait. Elle venait de penser à voix haute. Le rodeo boy a levé les yeux vers elle en prenant une gorgée de café. Ça c'est sûr *chà* ! Oh non, ça y est c'est reparti, a pensé cette fois Jodi sans le dire alors qu'elle se levait pour lui sauter au cou.

Parfois il faut accepter de la vie des cadeaux simples. Une cuite, une migraine, un orgasme correct, et un rodeo boy capable de faire une omelette décente. C'est sur ces dispositions que Jodi roulait maintenant, le reste de sa canette de salsepareille à la main, en direction de l'université où Brazos Cormier et ses étudiants l'attendaient.

*

Si vous regardez une carte des environs de la Nouvelle-Orléans, vous verrez que les méandres de la rivière Tchefuncte entourent le parc de Fontainebleau, coincé entre le vaste lac Pontchartrain, le Bayou Cane et le Bayou Castine. Cet endroit, avant d'être un parc régional, a abrité des champs de canne à sucre et une briqueterie. D'après les registres tenus par le fils du propriétaire, Armand de Marigny, plus de cent cinquante esclaves y étaient recensés à la fin de la guerre de Sécession. Certains s'étaient enfuis quand les troupes de l'Union avaient pris La Nouvelle-Orléans ; chaque jour de nouveaux esclaves parvenaient à s'échapper et on avait en effet recensé plusieurs de ces « contrebandes » qui se trouvaient au camp Parapet.

Brazos passa la parole à une de ses étudiantes. On était bientôt en fin d'année universitaire. Et cela faisait des semaines que tout le master d'histoire travaillait sur ces événements. Shonta Maurice, une jeune étudiante à la peau sombre et aux cheveux tressés fin s'approcha du pupitre. Tout historien connaît la lignée des Marigny de Mandeville, dont l'aîné,

Bernard, avait défendu bec et ongles les droits de sa demi-sœur, Eulalie, une femme de couleur libre née des amours adultérines de son père avec une esclave de sa plantation. Autour de lui, tout le clan Marigny avait fait bloc à plusieurs reprises pour défendre les droits d'Eulalie. Ceux de leur nom.

Voici ce que nous a révélé l'étude du document que nous a communiqué le professeur Cormier. Shonta accompagna l'énoncé de ce titre d'une révérence qui fit rire l'assistance. Elle ajouta, monsieur Brazos, en mimant le geste de plaquer un accord sur une guitare, ce qui déclencha des applaudissements. Brazos, saluant avec humour, l'invita à en venir au fait. Shonta remonta ses lunettes sur son nez, fière de son hommage, et poursuivit d'un ton cette fois doctoral. Parmi les listes des réfugiés arrivés au camp Parapet au début du mois de novembre 1863, dans celle dont nous avons copie, on trouve un Mandeville, écrit à l'anglaise : Man DeVille… L'homme DeVille. Notre hypothèse est que le soldat qui notait les arrivées au camp Parapet était anglophone et l'avait orthographié comme ça. Le nom complet de cet homme est Diola Man DeVille. Il avait donné un prénom africain, pas celui choisi par son maître. Un nom d'homme désormais libre, qui exprimait ses racines, précisa Shonta, car comme vous allez le voir ce n'est pas n'importe quel nom.

Diola est le nom de l'ethnie majoritaire dans le sud du Sénégal également appelé Casamance. Cela nous permet de supposer que Diola Mandeville, devenu Man DeVille, devenu Diola DeVille au fil du temps par les altérations des écritures, ancien esclave des Marigny de Mandeville, est le Casamance du récit contenu dans le livre du marin Jean Robert. L'homme à qui il avait fait le tatouage.

Cet indice émut le grand chef Antwane DeVille. À coup sûr, il s'agissait de son ancêtre.

Brazos remercia Shonta et prit la parole. Il s'adressait, ce faisant, surtout à Antwane. Marigny père, homme complexe, séducteur invétéré, bagarreur friand de duels, et bon vivant notoire, était aussi connu pour être le créateur… du Mardi gras de La Nouvelle-Orléans.

Il n'y avait qu'un pas à faire pour arriver à penser que la confrérie des Indiens du Mardi gras de Moon River trouvait l'origine de son nom – qui ne correspond à aucun des quartiers actuels de La Nouvelle-Orléans – dans une référence à la rivière Tchefuncte. Avant de se jeter dans le lac Pontchartrain, ce cours d'eau qui descend droit jusque-là fait une sorte d'arc de cercle qui ressemble à un croissant de lune, exactement à la hauteur de… Mandeville !

L'histoire de ce tatouage commençait à prendre sens. Mais le plus important n'était pas là. Ce Diola DeVille était arrivé à Parapet avec le groupe venu de Vermilion dans le fourgon des hommes de Milliken. Celui de la page photocopiée par Alfie. On y trouvait aussi le nom d'une vieille femme qui s'était présentée sous le nom de Brigitte Yaye. Un nom qui en wolof, autre langue du Sénégal, signifie « maman ». Maman Brigitte, à côté était noté la présence avec elle d'une autre femme désignée comme sa fille, avec un nouveau-né. Le soldat avait ajouté : pas de nom. La jeune femme, sans doute par peur qu'on ne vienne la rechercher, n'avait pas voulu le donner.

*

Entre aujourd'hui et la guerre de Sécession, on peut compter de cinq à sept générations, suivant l'âge que l'on a. En partant des noms du petit groupe, en retranchant ceux qui étaient morts avant d'avoir eu des enfants, ceux qui n'avaient pas eu d'enfants, sans oublier les ravages de la fièvre jaune, de la variole, du choléra, de la misère, de l'alcool et de la drogue, des ouragans, des inondations, de la prison, des guerres, Alfie avait descendu chaque lignée de la petite poignée d'esclaves amenés de Vermilion par le fourgon de Milliken, ceux pour qui l'or promis n'était pas arrivé. Ceux au nom de qui Maman Brigitte – ou la femme qui se faisait appeler ainsi – avait prononcé la malédiction qui retenait les âmes des trois soldats confédérés dans la maison Landreneau. Ceux dont la liste était consignée sur cette page.

Brazos parvint à confirmer avec l'aide de ses étudiants qu'Antwane DeVille descendait bien de Diola « Casamance » Mandeville. On retraça aussi, comme avait dû le faire Alfie, que Sista Rosetta descendait par sa mère de Sophie Moreau, esclave échappée d'une plantation de coton, que les cousins Albert « Chance » Arceneaux et Jérôme Billodeau descendaient de Mulatte Sinegal, et que Ti-Bone Thibodeaux avait un jeune ancêtre nommé Washington Lescot, âgé de seulement huit ans à l'époque du fourgon. Ce dernier était mort en prison à l'âge de vingt-six ans, accusé d'un vol qu'il ne pouvait avoir commis, mais avait laissé un fils nommé Théodore.

Oui, ils étaient tous leurs descendants. Les derniers. Ils étaient la dernière chance. Alfie les avait trouvés. Il les avait rassemblés, protégés, choyés. Leur avait légué cette maison. Il avait de cette façon payé la dette à ce petit groupe d'esclaves, celle qu'avait « mise en commerce », selon les termes de Sista Rosetta, la malédiction de Maman Brigitte. Avant qu'il n'y en ait plus un seul pour le faire et que ce ne soit plus possible.

Voilà ce qu'ils étaient tous ensemble et non individuellement. Ce qu'ils pouvaient faire, eux seuls, pour libérer la maison de ses fantômes. Voilà ce qu'avaient compris Hélène et Brazos quand Courville avait posé cette question et évoqué ce point commun. Alfie n'avait pas échoué. Il avait réussi.

Mais alors, puisque Alfie les avait menés là un par un, pourquoi avoir attendu ? Et s'il avait trouvé de l'or, pourquoi ne pas le leur avoir donné pour sauver la maison et se sauver eux-mêmes ? Pourquoi, puisqu'ils étaient tous là ?

La réponse se trouvait sur la page photocopiée. On avait fait et refait les lignées. Il manquait encore une personne. C'était elle, et non pas l'or, que l'on cherchait.

Et il se trouve que Jodi savait où elle était.

Chantelle

Vous direz merci à l'urgentiste pour le médicament. Ce n'est pas ce qu'ils me donnent d'habitude quand je viens à l'hôpital, mais ça a calmé la douleur. Non, je ne viens pas d'habitude. J'ai dit d'habitude ? Ah… je ne sais pas pourquoi j'ai dit ça, je suis venue une ou deux fois, peut-être plus. Oui, je m'appelle Chantelle. Ma famille avait de l'argent vous savez. Ils avaient de l'argent. Non, pas moi. Ni ma mère. C'était avant. Mais ma mère m'a toujours dit ça. Ma mère s'appelait Chantelle. Et sa mère aussi. Et je m'appelle Chantelle Rose comme elles.

Gaspard Prudhomme, il joue du trombone ou du sousaphone je sais plus, c'est un ancien voisin. Je l'ai croisé dans la rue, il y a deux mois. Je crois que c'est quand il y avait cette parade. Je venais de revenir. J'étais partie en Floride avec ce gars, le père d'Adam, mais il a foutu le camp avant la naissance alors je suis restée en Floride et puis j'ai trouvé un autre gars et je l'ai suivi en Caroline du Nord, et puis je suis allée dans cinq autres États avec des gars différents. Il faudra me dire pourquoi les hommes, dans le Sud, ils partent tout le temps. Enfin les nôtres. Après ça j'ai décidé de revenir par ici avec Adam, chez ma maman, mais elle était morte pendant la pandémie.

Quand il m'a vue sur le trottoir, Gaspard Prudhomme m'a dit qu'un gars me cherchait depuis la mort de ma maman. J'aurais dû venir aux funérailles mais j'ai pas su, personne savait où me prévenir.

Chantelle se leva. Elle écarta légèrement les pieds pour se tenir droite, souleva les épaules, bras en avant, et appuya sur l'air, lentement, comme on marque le rythme dans un concert de rap. Elle se balança ainsi et commença à rapper un flow qu'elle interrompit pour chanter un refrain avec une voix étonnamment maîtrisée. Ma mère a été un des premières rappeuses de La Nouvelle-Orléans. Lil Wayne, Juvenile, Master P, Birdman… Vous voyez ? Big Freedia. Et puis le bounce. Et ma mère, elle chantait avec ces gens. Il y avait tous ces clips, vous voyez, avec les filles qui twerkent, les fesses en arrière.

Gaspard, il a téléphoné à l'homme et m'a passé le téléphone et l'homme m'a dit de venir ici avec Adam. Oui, je mens pas, il a dit qu'il était de ma famille ou un truc comme ça et que je devais venir ici. Je me rappelle pas son nom. Ça fait des jours que je cherche à m'en souvenir. Si je m'en souvenais je pourrais le trouver. Peut-être qu'il n'a pas dit son nom. Il a dit qu'il cherchait ma mère depuis longtemps. L'homme. Il cherchait ma mère. Il avait vu son nom en entier dans un journal de musique. Un article qui annonçait la *second line* pour les funérailles. Ma mère était morte et depuis c'est moi qu'il cherchait. Il voulait me voir. Il a dit Gaspard va acheter des billets de bus pour vous et Adam, et je vous attendrai à la gare des bus à Lafayette.

L'homme au téléphone, c'était un Blanc. Il parlait comme un Blanc. Il a dit qu'on était de la même famille ou un truc comme ça. Il m'a dit qu'il fallait que je vienne ici et qu'il m'attendrait à la station des bus. C'est ce qu'il a dit. Et je suis venue le lendemain avec les billets achetés par Gaspard. Je comprends pas pourquoi il s'est jamais pointé. Et maintenant je suis coincée ici. Les gens font ça aux gens ?

*

Les fantômes ont cette qualité commune avec les pauvres d'être invisibles. Personne ne les voit. Personne ne veut les voir. Et pour beaucoup ils n'existent pas, ou seulement par absence d'être vivants ou riches.

On peut choisir de croire aux fantômes mais on est bien obligé de croire aux pauvres. Parce qu'ils existent. Et qu'il y a des preuves de ça. Il y a des gens pour qui ces preuves sont le crime, les quartiers malfamés, les bidonvilles au bord des routes. Pour d'autres, ce sont les difficultés de gens qui travaillent dur et doivent enchaîner trois petits boulots mal payés et exténuants pour survivre. Et il y a aussi tous ceux qui sont dans la rue. Ceux qu'on voit sans les voir. Et qui finissent par ne plus se voir eux-mêmes. Aveuglés par la misère, la drogue, le manque d'estime de soi.

Chantelle Rose faisait partie de cette dernière catégorie. Et il y avait longtemps qu'elle ne s'était pas vue elle-même. Avec un présent. Un avenir. Des repères. Un corps dont on prend soin. Un esprit que l'on cultive. Un amour que l'on choie ou auquel on se prépare. Elle était un fantôme qui hantait les rues et s'allongeait au sol avec son gamin de six ans qui, lui, essayait de se tenir debout, pour voir au moins jusqu'au bout de la rue. Sauf le soir, quand les ombres se fondaient dans la nuit et qu'elle cherchait la lumière d'un hôpital.

La première consigne que vous donne un service de secours quand vous l'appelez la nuit, c'est d'allumer toutes les lumières de votre maison pour qu'on puisse la repérer de loin. C'est ce que fait un hôpital. Rester allumé toute la nuit. Comme un phare dans la tempête. Facile à repérer. C'est là, dans cet endroit aux vitres éclairées, que Chantelle se rendait. Ce n'étaient pas les secours qui venaient à elle. C'est elle qui venait aux secours. Une dernière chance.

La chance l'attendait ce soir-là avec ses boucles blondes, son amour des rodeo boys, et sa chute de reins pas si mal que ça. Jodi accueillit Chantelle et Adam encore une fois. Encore une fois elle était revenue à l'hôpital avec le gosse, et la même histoire.

Une ordonnance qu'elle avait perdue. Et puis l'autre histoire aussi, l'homme de sa famille qui allait venir lui donner de l'argent. Cette fois Jodi regarda Chantelle et prit ses mains dans les siennes. Essayez de vous rappeler. Cet homme, là, celui qui n'est pas venu, il vous avait donné rendez-vous quel jour ?

Comme le pressentait Jodi, ce jour était celui de la mort d'Alfie.

*

Le vent. Le vent dans les cheveux. Jodi attendait devant l'hôpital avec Adam endormi dans les bras. Jodi était étonnée de voir à quel point l'enfant était léger. Ou alors c'est elle qui était devenue très forte. Une rafale vint soulever ses boucles, les rabattant sur son visage, alors sans lâcher le gosse Jodi releva la capuche de son hoodie pour se protéger. Jodi portait un sweat trop grand pour elle d'à peu près trois tailles et la recouvrant jusqu'aux genoux. C'était la mode. Elle attendait comme ça, l'enfant endormi dans les bras et son visage dépassant de la capuche blanche.

Une voiture se gara devant elle sur le parking. Jodi avança d'un pas puis recula, non, ce n'était pas l'assistante sociale mais une femme d'une quarantaine d'années, une radiographie à la main, qui se rendait à la consultation d'orthopédie. La femme claqua la porte du SUV, hésita, se tourna vers Jodi. Je peux me garer ici ? Oui, assura Jodi, pas de souci, c'est une place pour les patients. Le marquage au sol est effacé. On doit les repeindre bientôt. La femme appuya sur sa télécommande et les phares de la voiture lancèrent un rapide éclair confirmant le verrouillage. En passant devant Jodi, dont la capuche tombait de chaque côté du visage comme un voile, elle lança joyeusement, on dirait la Vierge Marie, comme ça ! Devant l'air surpris de Jodi elle continua en riant, la Vierge avec un Jésus noir, comme celle du nouveau restaurant sur la route de Saint-Martinville, il ne vous manque que la couronne ! Jodi se figea. Il y a un nouveau restaurant à Saint-Martinville ? Oui, sur la route, lança la femme, La Dame blanche ça s'appelle, et il y a une peinture comme ça devant.

Une fois l'enfant remis à l'assistante sociale, Chantelle ayant accepté qu'on le prenne en charge au moins quelques heures, Jodi prit la route de Saint-Martinville pour voir ce nouveau lieu qui venait d'ouvrir. C'était une petite bâtisse blanche avec des arcades et des grilles en fer forgé qui devait son architecture au fait qu'elle avait été dans le passé une sorte de couvent, ou de dispensaire, qu'on appelait la Mission.

Le bâtiment avait été récemment restauré, il y avait encore des pancartes « Peinture fraîche » sur les volets. À côté de la porte d'entrée, un artiste de rue avait peint une fresque murale. Cette fresque représentait une vierge à l'Enfant. Une vierge blanche avec un enfant noir. Au-dessus était peint en lettres ornementées le nom du restaurant, La Dame blanche, éclairé de deux projecteurs qui en rendaient les couleurs encore plus vives.

Jodi entra et fut accueillie par une femme d'une trentaine d'années qui s'exprimait avec un accent de France. Désolée on n'est pas encore ouverts, mais vous pouvez regarder si vous voulez, on vient d'accrocher les cadres au mur. La salle du restaurant était lumineuse, décorée dans un style cosy-chic qui mélangeait le bois clair, le métal et l'ancien. Jodi remarqua, dans un cadre de bois de cyprès, une peinture dont la fresque murale au-dehors était la reproduction. En s'approchant du cadre, Jodi s'aperçut que cette représentation de la Vierge n'était pas une peinture mais une broderie de sequins et de très fines pierres de turquoise polies.

Cette broderie scintillait à la lumière des spots incrustés dans le plafond. C'était une belle pièce, finement ouvragée, et les mots La Dame blanche étaient écrits en sequins dorés alignés comme des confettis se chevauchant. On trouvait ce genre de broderie sur les plastrons et boucliers des Indiens du Mardi gras, à La Nouvelle-Orléans. Voyant Jodi fascinée par ces éléments de décoration, la femme s'approcha.

Elle raconta que tout ce qui était accroché sur ce mur avait été découvert lors des travaux. Son mari et elle avaient acheté ce petit bâtiment un an auparavant. Vous auriez vu tout ce qui avait été entassé là-dedans, chacun des propriétaires précédents avait accumulé ferrailles, objets et vieux meubles par-dessus ceux laissés par les autres. Un vrai dépotoir. On a mis deux semaines à le vider, avec des masques et des gants de chantier. La maison avait été une imprimerie, un garage de motos, une fabrique de bijoux, un salon de coiffure, une sellerie, elle avait été squattée pendant des mois avant d'être laissée à l'abandon, le toit commençait à s'écrouler… Beaucoup de ce bazar avait moisi ou rouillé mais on a trouvé une malle en fer, au fond du grenier, entourée de toile goudronnée, où ces documents avaient été conservés à l'abri de l'humidité…

On n'a gardé que quelques belles illustrations comme ça, les autres on les a vendues dans les brocantes, il y avait des photos de soldats aussi. Jodi lui montra sur son smartphone la photo des trois condamnés avec la jeune sœur devant la maison Landreneau, celle du musée du biker. Catherine la reconnut. Ah oui, celle-là était dans le lot. Il y en avait des dizaines d'autres qu'on a vendues dans un vide-grenier à Mamou, à quelques kilomètres d'ici. Il y avait aussi des meubles, des sacs en cuir avec du matériel de médecine d'époque, des prie-Dieu et des candélabres. Il a dû y avoir une chapelle dans la cour, dans la remise qu'on est en train de transformer en chambre d'hôtes.

Catherine, c'était son nom, était intarissable. On en a fait, des brocantes, pour tout écouler ! Mais ça nous a aidés pour les travaux. Une vraie ruine recouverte de végétation quand on l'a achetée. Vous savez, on a cherché pendant deux ans un endroit où s'installer. On cherchait plus près de Lafayette mais on ne trouvait rien dans nos prix, alors comme mon nom de famille est Martin, on s'est dit qu'on devrait aller voir du côté de Saint-Martinville. Que ça nous porterait chance. On a eu raison !

Oui, ils avaient eu raison. Remise à neuf, peinte de blanc et avec cette fresque de couleurs vives, la bâtisse était accueillante comme elle devait l'être à l'époque de sa construction, après la guerre de Sécession. On a juste gardé la façade, les balcons en fer qui ont été complétés, et deux des murs, sinon on a tout refait, ajouta Catherine avec fierté.

Catherine Martin était une de ces institutrices venues de France pour enseigner dans les classes d'immersion en français. Elle avait rencontré un garçon du coin, bon danseur et encore meilleur cuisinier, Dwight Chaisson. Ils s'étaient mariés deux ans plus tôt et avaient entrepris de réaliser leur rêve : monter un petit restaurant de bonne cuisine française et cajun, avec des chambres d'hôtes. Vous savez que la dame blanche est le nom d'un dessert très célèbre en France ? De la glace à la vanille et du chocolat.

Jodi n'écoutait plus. Son regard était fixé sur un petit cadre au-dessus de la dernière table. Il contenait un dessin à l'encre. Celui-ci était un peu plus délavé que les autres. On sentait qu'il avait voyagé, le papier était jauni et froissé, auréolé par endroits de traces d'humidité, mais le dessin était clairement visible.

Il représentait une amulette. Une amulette que Jodi connaissait.

Neakita Jonson

Je ne sais pas si je devrais parler de ça. En parler comme ça. Je ne suis pas votre Indienne type. Même si je ressemble à la Pocahontas des dessins animés qui ne ressemble pas à Pocahontas et que je travaille dans un casino. Ces machines à cash qui poussent sur les miettes qu'on nous a laissées. Disons que pour l'occasion les Indiens servent à quelque chose en tant qu'Indiens. On a entre les mains le hasard, la roulette, les cartes, encore un peu d'argent qu'on peut aller chercher sur nos terres. On n'a pas eu besoin de faire beaucoup de publicité pour ça, les Blancs savaient venir chez nous et repartir avec un peu plus de richesse depuis toujours.

Au moins, là, ils perdent de temps à autre. En vrai, le plus souvent. Ils viennent là pour jouer. Les Blancs et puis les Noirs après eux, et puis les autres.

Les Choctaws n'ont jamais été en guerre contre les États-Unis. Ce n'était pas des nomades ni des guerriers comme les tribus des plaines. Plutôt des agriculteurs sédentaires installés depuis des centaines d'années dans un réseau de villages. Ils étaient habitués à vendre, échanger, faire commerce, accueillir. On est toujours des bons commerçants. Et on est toujours bons à accueillir les gens. Alors les gens n'ont plus vu l'Indien en nous. On est devenus invisibles. Comme une trace qui disparaît.

*

Une file indienne désigne des individus qui se suivent. Une file indienne peut se matérialiser par une ligne ondulant à flanc de colline, de montagne, ou traversant une plaine. Une file indienne peut aussi traverser le temps. Et par exemple se constituer d'un vieil homme noir à moitié aveugle qui boite en suivant une femme créole avançant, poitrine généreuse en avant, dans une robe à pois, elle-même marchant derrière un autre homme d'âge avancé, le visage orné de rouflaquettes blanches descendant jusqu'aux commissures de sa bouche ; cet homme met ses pas dans ceux d'un homme qui lui ressemble, un peu plus large d'épaules et portant un chapeau fédora, homme lui-même précédé d'un grand échalas voûté qu'on pourrait décrire comme le sosie du rappeur Snoop Dogg, les cheveux tressés en arrière. Il y a devant eux une jeune femme blonde aux cheveux bouclés, en jean et chemise de cow-boy, marchant avec assurance dans des bottes mexicaines. À l'autre bout une Vietnamienne dans la trentaine qui roule des hanches sous les yeux de la femme qui la suit, des plumes au bout des nattes terminées par des bijoux en turquoise qui entourent son visage, et se déplaçant un pied devant l'autre à la façon des Indiens dont elle a les pommettes hautes. L'homme qui chemine après elle arbore des airs de rock star dans sa chemise à carreaux, et de longs cheveux bruns jusqu'aux épaules. Enfin, fermant la marche et terminant la file, se tient l'une des plus évidentes beautés que vous ayez jamais vues. Une beauté simple avec un gilet de coton orné d'une grosse croix d'argent.

Cette file indienne comprenait donc, ironie poétique, une véritable Indienne nommée Neakita Jonson et un Indien du Mardi gras en la personne du grand chef Antwane DeVille. Cette file indienne marchait sur le tracé de pierres entre les pelouses récemment refaites, et plantées de buissons de magnolias. La file indienne s'allongea en cours de route d'un officier de police en uniforme de shérif dont l'allure simiesque était autant due à sa carrure de géant qu'à ses bras trop longs. Il fut rattrapé par un homme en costume de ville et chaussures noires impeccables, dont les cheveux gominés vers l'arrière paraissaient tout aussi cirés que ses chaussures et lui donnaient l'air de ce qu'il était, un notaire de Bâton-Rouge.

Bien qu'il ne soit pas présent et qu'on n'ait pas dressé de couvert pour lui à table, les personnes de cette file indienne suivaient les pas d'un homme qui n'était jamais arrivé jusque-là mais qui avait marché toute sa vie dans cette direction. Cet homme, usé par le travail et sa quête, avait le visage buriné, creusé de profondes rides, les cheveux gris taillés en brosse à la manière des militaires, les yeux bleu acier, et répondait au nom d'Alfie Guidry. En tout cas, c'est sous ce nom que les femmes et les hommes de la file indienne l'avaient connu. Et aimé.

Cet homme avait marché sans le savoir dans les pas d'une femme qui avait créé cet endroit, cent cinquante ans plus tôt, avant qu'il ne devienne un tas de petits commerces puis un restaurant, Marie Bertrand, religieuse de la compagnie des Ursulines, qui elle-même avait suivi les pas invisibles d'une jeune esclave noire en fuite nommée Odah Beaugency, patronyme des maîtres qui l'avaient achetée enfant, et de leur fils Joseph, l'homme qui l'avait passionnément aimée.

On peut aussi se souvenir, si l'on veut un instant croire aux légendes des femmes du lac Ponchartrain, qu'une des guédés du vaudou appelée Maman Brigitte s'était incarnée dans une vieille esclave et avait prononcé contre Joseph, sans savoir qu'il était l'amour d'Odah, une malédiction qui les séparerait pour l'éternité.

Cette file indienne arriva au bout du chemin devant la porte du nouveau restaurant. Elle s'arrêta devant la reproduction en fresque murale d'une icône qui se trouvait à l'intérieur. Une vierge blanche à l'enfant noir. Œuvre dénichée dans une caisse entourée de papier goudronné.

Dans la même caisse, Catherine Martin et Dwight Chaisson avaient trouvé une pile de papiers dont la plupart était des morceaux de feuilles déchirées, écrites à la plume, datées de novembre 1863.

Et puis cette lettre qui devait être une sorte de testament. Datée de 1907.

Sœur Marie Bertrand De La Mothe

Je ne sais pas si j'ai péché ou pas. J'ai le sentiment d'avoir suivi la voie qui m'a été dictée par la compassion et la figure de la Vierge Marie, dont l'habit que je porte rappelle le vêtement. J'ai longtemps prié avant de prendre cette décision. Et je me suis sentie investie de la confiance que Dieu avait mise en moi. De pourquoi il m'avait appelée, moi, Marie Bertrand. Si le Sacré-Cœur, celui qui bat aux souffrances des hommes, m'avait placée au chevet de ce jeune mourant, c'était pour accomplir ce qui devait l'être. Il faut savoir entendre les desseins de Dieu. Et le dessein de Dieu est de soulager les hommes. J'ai accepté la mission qu'il avait mise sur mon chemin avec modestie. Joseph Beaugency craignait que son frère Louis ne trouve Odah et ne la tue. Elle et l'enfant en elle. Je suis une vieille femme et je rejoindrai sans doute le Seigneur bientôt, alors c'est à mon tour de me confesser en demandant, si j'ai péché, le pardon.

Quand je suis allée au camp Parapet où avait été conduit le groupe d'esclaves abandonnés pris en charge par les soldats du Nord, j'ai vu un esclave affranchi qui portait au bras un tatouage semblable à l'amulette que m'avait dessinée Joseph Beaugency avant de mourir, celle qu'il avait faite pour Odah. L'homme, Diola, me raconta qu'Odah avait accouché avec l'aide d'une vieille femme qu'elle nommait Maman. Les esclaves appelaient souvent ainsi les vieilles femmes. Diola, lui, était arrivé avec une jeune Indienne nommée Aiukli. Ils avaient rencontré Odah et Joseph dans un village indien des bayous où ils s'étaient cachés. Leur bébé à peine né était mort et il était encore dans leurs bras. Odah leur avait confié son enfant, elle avait demandé à Diola et à la jeune Indienne de faire croire que c'était le leur. Un enfant métis. Car elle disait que l'enfant était en danger si on savait qu'il était le sien. Elles ont échangé les enfants. L'enfant vivant contre l'enfant mort. Voilà ce que disait Diola.

L'enfant était venu avant terme mais il était fort. Et la jeune Indienne, venant de perdre son bébé, pouvait l'allaiter, au début. Odah a dit qu'elle allait revenir très vite. Aiukli a dit qu'elle garderait l'enfant et le nourrirait jusqu'au retour d'Odah. Et Odah ne revenait pas. Quand je suis arrivée, la jeune Indienne malade m'a confié l'enfant car elle devait partir avec les siens. Elle rejoignait sa tribu, à des semaines de là. J'ai dit que je continuerais à attendre. Diola devait partir aussi. Il avait trouvé un travail. Je crois que la perte du bébé avait mis fin à leur histoire. Aiukli l'avait vu comme un mauvais présage.

Quand le camp a fermé, je craignais qu'Odah, qui avait peut-être été reprise et vendue loin, ne me retrouve pas car beaucoup de monde était en ville, des dizaines de milliers de gens affluaient. J'ai eu l'idée de cette chanson pour qu'elle puisse venir à moi. Avec Joseph nous avions imaginé le nom de Beaugency et nous étions convenus de le nommer ainsi dans mon récit, celui que je devais transmettre à Odah. C'était un stratagème pour ne pas attirer l'attention de son frère Louis si quelqu'un tombait sur ces papiers. Je n'avais écrit son vrai nom de famille que sur la reconnaissance de paternité que je gardais séparément. Joseph allait mourir de ses blessures. J'étais le seul recours. Il fallait qu'elle puisse me trouver.

Diola et Aiukli ont accepté d'ajouter chacun un nom à leur tatouage. Orléans pour Diola. De Cléry pour Aiukli. Afin qu'Odah puisse faire le lien avec une chanson qu'elle avait apprise avec Joseph, de déserteurs français, dans le village caché des bayous : le Carillon de Vendôme. Joseph m'avait confié cette anecdote.

Cette ritournelle répète la même phrase que l'on reprend en canon. « Orléans, Beaugency, Notre-Dame-de-Cléry, Vendôme ». Une sorte de rébus, car le vrai nom de Joseph est Vendôme. Nous avions aussi bien sûr changé le prénom de ses parents. Vous les trouverez dans les registres d'église avec son acte de baptême. François Paul Joseph Vendôme.

À partir de n'importe lequel de ces deux noms, Orléans, De Cléry, Odah pouvait faire le lien avec Vendôme, et chercher un enfant que je faisais appeler Beaugency.

De mon côté, j'ai gardé la mélodie de la ritournelle et mis des paroles à son nom dessus. C'était l'indice que moi je porterais. Elle comprendrait. Cette nouvelle version de la chanson, je l'ai apprise aux anciens esclaves, aux gens de couleur libres. À ces femmes qui dans leurs superstitions murmuraient que j'étais la Vierge Marie avec un enfant noir, parce que je devais trouver chaque jour une femme relevant de couches pour l'allaiter. C'est pour ça qu'il est très fort. Il a été nourri du lait de beaucoup de femmes.

C'est peut-être un péché mais j'ai laissé prospérer cette superstition et, je le confesse, je l'ai encouragée. Je savais qu'ainsi elles la garderaient, la transmettraient. J'espérais qu'Odah, si elle ne trouvait ni Aiukli, ni Diola, puisse l'entendre quand elle reviendrait, et nous retrouver, l'enfant et moi.

Odah ne venait toujours pas. Quand l'enfant a été assez grand pour être sevré, je suis revenue avec lui du côté de Vermilion, car il serait plus facile pour elle, qui avait grandi ici, de nous retrouver, une fois l'abolition de l'esclavage proclamée et appliquée. J'y ai souvent pensé.

Ce que je crois aujourd'hui, c'est que Louis a trouvé Odah et l'a tuée. Où et comment, les siècles le diront peut-être. Il est devenu un homme puissant au Texas.

J'ai aussi entendu la superstition qui disait Joseph et ses deux complices maudits. Je n'ai jamais connu cette femme Brigitte. Je ne sais pas si elle a vraiment existé ou si elle est née de la rumeur. Parfois les anciens esclaves disaient qu'elle était montée au ciel, parfois qu'elle était partie vers la mer avec le fleuve. Peut-être qu'elle s'est noyée. J'ai prié pour elle aussi.

Je veux ici faire acte de contrition, mais aussi expliquer, pour que l'on comprenne. Je n'ai fait que deux serments dans ma vie. Celui de mes vœux, et celui que j'ai fait à François Vendôme, dit Joseph Beaugency, sur son lit de mort. Et toute ma vie je me suis efforcée d'honorer les deux.

Sœur Marie Bertrand RSCJ, mission Notre-Dame-de-Cléry, le 15 mai 1907

*

Cette lettre livrait la résolution des mystères restants. Les noms avaient bien été ajoutés plus tard aux tatouages. Voilà pourquoi ils étaient gravés dans un style différent du trait du marin Robert. Il n'était pas difficile de trouver quelqu'un capable de tatouer un nom en lettres capitales. Beaucoup de soldats ou de prisonniers le faisaient sur eux-mêmes avec celui de leur fiancée.

Marie Bertrand indiquait aussi à Odah, par ces deux mots ajoutés aux tatouages, la direction pour la retrouver. Et elle avait pris soin en revenant vers Lafayette de multiplier encore les chances en éparpillant dans différents couvents les pages relatant l'histoire de Joseph sous le nom de Beaugency. Elle avait auparavant déchiré tous les passages recelant des informations sensibles, pour que seule Odah puisse en reconstituer les blancs. Elle compléta ces indices en nommant la mission qu'elle avait fondée Notre-Dame-de-Cléry.

« Orléans, Beaugency, Notre-Dame-de-Cléry, Vendôme ». Cette vieille chanson traditionnelle française énumérant les dernières possessions du dauphin Charles à la fin de la guerre de Cent Ans était la clé de tout. Brazos en écouta une version et se prit à la fredonner, un large sourire aux lèvres. Marie Bertrand avait dans son testament résolu le rébus des tatouages et des documents. Ils se complétaient.

Cela expliquait pourquoi on n'avait pu trouver de Beaugency dans aucun registre de mairie ou d'église. Brazos et ses étudiants relevèrent, comme l'avait annoncé la religieuse, le patronyme Vendôme, parfois orthographié Vandome, dans les registres des églises de l'époque. Et la trace de la naissance de François Paul Joseph Vendôme, le 6 juin 1844. Joseph avait donc dix-neuf ans à sa mort.

Ils y trouvèrent aussi un autre certificat de baptême. Celui d'un enfant nommé Joseph-Marie de la Mothe, daté de mai 1864. À côté était écrit « mulâtre ». Cela indiquait que Marie Bertrand de La Mothe avait adopté l'enfant de Joseph et Odah et lui avait donné son nom pour le protéger de Louis. Louis Vendôme.

En suivant l'arbre généalogique de l'enfant mulâtre Joseph-Marie de La Mothe, on arrive au bout de trois générations à Simone Guidry, fille de Justus Guidry et Léocadie de La Mothe, qui hérita avec son mari, Calliope Landreneau, de cette maison appartenant à la famille du père de celui-ci, Ferdinand Landreneau.

Alfie était donc le descendant de Joseph et avait hérité par mariage, quatre générations plus tard, de la maison Landreneau, une maison hantée par son aïeul. Alfie y avait vu une mission et, jeune étudiant, il avait travaillé sur la thèse rejetée par le professeur Trahan pour obtenir l'accès à plus d'informations afin de retrouver le coffre d'or volé. Alfie savait que sa thèse était peu étayée et qu'elle serait refusée. Il était à la recherche d'autres éléments qu'il trouva ensuite, autrement.

On découvrit d'ailleurs, en continuant à classer les factures disséminées dans les archives d'un couvent, celles d'un géomètre de Houston nommé Alfred Guidry venu faire des relevés avant la construction de nouveaux bâtiments. Une des sœurs qui étaient encore là se souvint de cet homme serviable qui avait aidé et même participé à déplacer certains cartons d'archives d'une remise inondées à la suite d'une tempête tropicale. Un homme costaud et barbu, aux yeux bleus, qui avait ensuite disparu.

Alfie avait mis des années à suivre la piste des descendants de la petite poignée d'esclaves évacués vers Parapet par les hommes de Milliken. C'est en se rendant à une second line, ces parades d'enterrement de musiciens, qu'il avait enfin trouvé le premier, le grand chef Antwane DeVille. Alfie, tétanisé, avait aperçu le tatouage sur son épaule quand celui-ci avait enlevé son costume de sequins et que, ruisselant de sueur, il s'était essuyé le torse avec une serviette-éponge. Le dessin d'une amulette de bois gravée. Tout était reparti de cette déflagration.

C'était à peine quelques jours avant l'ouragan Katrina, qui allait rebattre les cartes du destin et dévaster la ville. Les deux amours d'Antwane avaient ensuite disparu, engloutis par les eaux quand les digues du lac Pontchartrain avaient cédé. Antwane lui-même avait disparu, évacué vers Houston, au Texas, une ville de deux millions trois cent mille habitants. Devenu sans-abri, ombre parmi les ombres, il avait vécu dans la rue, invisible. Introuvable.

Et puis un jour, enfin, Antwane était revenu à Moon River. Il ne savait pas que quelqu'un l'attendait. Il savait juste qu'il était le dernier grand chef des Indiens du Mardi gras de Moon River et que le tatouage, transmis de génération en génération, s'éteindrait avec lui.

Pourtant, ce jour-là, il était arrivé à destination.

Sista Rosetta

Il n'est pas facile d'être une femme dans un monde d'hommes. Il n'est pas facile d'être une femme dans le monde. Elles doivent tisser des liens entre elles. Parfois ce sont des danses, comme on le faisait avec les amies de ma mère, au lac Pontchartrain. Parfois ce sont des paroles, comme je le fais avec Jodi un après-midi sur deux, parfois ce sont des chants. Moi, j'ai chanté. J'ai chanté avec les autres femmes, et j'ai chanté seule sur scène ensuite.

J'ai chanté avec ma guitare, peu de femmes noires le faisaient. Dans le monde des hommes, il fallait que la femme ait besoin d'eux. Qu'il y en ait toujours un avec toi pour plaquer les accords sur un instrument et les mains sur ta poitrine après.

J'ai appris à jouer avec ma mère. Ma mère, qui était gauchère, avait appris à jouer en tenant la guitare à l'envers. Elle jouait les basses avec les doigts et le reste des cordes avec le pouce, comme Libba. Comme moi j'étais droitière, j'ai dû apprendre sur une guitare dont on avait inversé le sillet, pour reproduire cette technique. Et comme j'avais ce rythme différent, bientôt c'est moi qui accompagnais les hommes. Sauf qu'ils voulaient toujours quand même plaquer leurs mains sur ma poitrine après. Alors j'ai fini par jouer toute seule. Et comme j'avais une voix puissante, j'ai joué de cette guitare électrique, comme Sista Rosetta Tharpe dont mon père avait voulu que je porte le nom, et j'ai chanté une autre sorte de blues.

Si vous vous demandez pourquoi je suis la seule femme ici, à l'institution Bon Temps, je vous dirai que c'est difficile d'être une femme dans un monde d'hommes. Et si vous demandez pourquoi je suis restée seule, je vous répondrai la même chose. Je pense qu'Alfie était un fou. Ou peut-être un saint. Ou juste un homme décent. Parfois je regrette de l'avoir autant engueulé. Mais la plupart du temps, je regrette de ne plus pouvoir le faire.

*

Jean Tupelo avait convoqué tous les membres de la fondation dans la salle dite de l'arbre et de la rivière. La réunion revêtait un caractère doublement solennel. D'abord par l'importance de l'annonce à venir, puisqu'elle établirait si on allait pouvoir garder la maison Landreneau et déménager là-bas. Ensuite parce que d'une façon comme d'une autre, ce serait la dernière fois que l'on se réunirait dans cette pièce de l'institution Bon Temps. L'avis d'expulsion signifié par les huissiers étant arrivé à terme et tous les recours et délais possibles se trouvant désormais épuisés, il fallait partir.

Les résidents s'étaient donc réunis, l'air grave et quelques plis supplémentaires au front, assis sur des chaises bancales aussi inconfortables que la situation, dure, rigide, trop étroite, et héritée d'un passé qui n'avait ménagé ni les sièges ni les corps. Personne n'avait osé en parler à personne avant. Chacun avait gardé son inquiétude en lui-même comme un recueillement, fait son introspection, préparé son mea culpa. On n'avait pas réussi. On n'aurait jamais dû y croire. Laisser cet espoir absurde entrer dans les têtes et les cœurs. Il n'y avait pas d'or. Alfie n'avait rien trouvé du tout. Il l'avait juste fait croire. Et ce professeur d'université, celui de La Nouvelle-Orléans, si malin qu'il soit, avait gobé la mouche. Non, Alfie n'avait rien ramassé, excavé, découvert. L'État n'aurait pas cinquante pour cent, et nous un toit au-dessus de la tête.

C'est dans cet état d'esprit et avec l'appréhension au ventre que les membres de la fondation Landreneau firent silence, ou plutôt restèrent immobiles pour ne pas le briser.

Sur l'estrade, à côté de Jodi, il y avait cette fois trois hommes. L'arbre, Jean Tupelo, la rivière, Brazos Cormier, et un troisième que Ti-Bone décida de surnommer le caillou parce qu'il était rond comme un galet gris. Le caillou tenait à la main le chapeau qu'il venait d'enlever, il regarda autour de lui afin de trouver un endroit pour le poser, n'en vit pas, esquissa un mouvement vers le sol, se ravisa au vu de la poussière accumulée et le replaça sur sa tête.

Jodi présenta alors le caillou comme étant l'enquêteur privé Maurice Préjean, de Bâton-Rouge, un ancien policier qui travaillait avec l'arbre et avait déjà aidé à identifier Albert Prince. Une fois les présentations faites et le travail minutieux de collecte d'informations mené par le détective Préjean mentionné, remercié et applaudi, Jodi passa la parole au notaire Jean Tupelo. Voici les grandes lignes de ce qu'il expliqua, ou en tout cas de ce que Ti-Bone en garda une fois la réunion terminée.

D'abord, les faits. Non, Mildred Golden, du département d'histoire de l'université de la Nouvelle-Orléans ne s'était pas trompé. Alfie avait bien trouvé l'or, celui du coffre enterré puis déterré par les soldats confédérés. Sauf que cet or n'était plus de l'or, mais s'était transformé en propriétés et immeubles et terrains et usines et actions en Bourse. Il était devenu richesse et pouvoir. Il avait servi à bâtir une fortune. La fortune d'une famille du Sud.

Tupelo prit une profonde inspiration et s'avança d'un pas pour être mieux entendu.

L'héritier actuel de cette famille, un comédien raté, s'était reconverti en pasteur cathodique pour faire fructifier ses avoirs. Ses shows télévisés avaient fait de lui une star. Patron d'une méga-église qu'il avait érigée, il officiait habillé et coiffé comme un clone d'Elvis Presley. Sa fortune personnelle incluait voitures de luxe, jet privé, maisons avec piscines, jacuzzis, et practices de golf. Vous voyez bien entendu de qui je veux parler, puisque nous connaissons ce ministre du culte et son épouse, ajouta Jean Tupelo.

Une clameur de surprise s'éleva de l'assemblée. Le pasteur Faux Elvis, celui qui avait racheté la maison Bon Temps et voulait nous expulser ?

Oui c'était bien lui. Tupelo se tourna vers le caillou qu'il invita à prendre la parole. L'homme se leva, enleva son chapeau qu'il garda à la main, le bras le long du corps, regarda l'assemblée, toussota, se racla la gorge et se décida enfin à parler.

Le pasteur diversifiait depuis quelques temps ses activités commerciales dans l'immobilier. Il avait ainsi acquis un terrain de golf dans notre région qu'il comptait transformer en lotissement de luxe. Celui où vous avez donné votre concert.

Peu après cet achat, le pasteur avait été contacté par un géomètre qui avait fait des relevés pour ce projet. L'homme, Alfred Guidry, devenu un fidèle zélé, lui avait écrit pour lui signaler un investissement à faire pour le bien de l'église, de Dieu, et bien sûr de sa fortune. Un endroit en plein centre-ville, idéal pour y construire un immeuble de bureaux de bon rapport. Une ancienne école attenante à une église, aujourd'hui occupée par une maison de retraite associative et bientôt à vendre, ou plutôt à saisir car l'association n'en payait plus le loyer depuis des mois.

Faute d'argent, les locaux se dégradaient et seraient bientôt fermés par les services sanitaires. Fort de cet argumentaire, le révérend avait immédiatement fait une offre pour l'acquérir. Vous connaissez la suite…

Un grondement mêlant la colère à l'incrédulité monta de la salle. Quoi ? Alfie avait fait acheter la maison Bon Temps par le révérend Faux Elvis pour la raser et construire des bureaux ? Personne ne pouvait croire à une trahison pareille. Non, tout ça n'était pas sérieux. Pas possible. Et pourquoi pas la maison Landreneau aussi, tant qu'on y était ?

La maison Landreneau aussi ! lâcha Tupelo. Une clameur scandalisée s'éleva. Rosetta s'éventait avec un magazine pris sur la table basse. Les cousins se frappaient les cuisses des mains, de rage. Antwane hochait la tête en signe de dépit. Seul Ti-Bone, plissant les yeux, remarqua que Jodi, elle, jubilait, semblant se satisfaire de cette nouvelle. Soit c'était un cauchemar, soit sa vue formait de cruelles hallucinations avant de s'éteindre. Jean Tupelo attendit le silence complet.

La maison Landreneau aussi, répéta le notaire. Je passe la parole au professeur Cormier qui saura mieux que moi vous expliquer pourquoi. L'arbre se tourna alors vers la rivière. Brazos se leva comme il le faisait toujours, en plaçant ses mains des deux côtés du plateau de la chaise.

La maison Landreneau était l'appât. Si Alfred Guidry avait contacté le pasteur investisseur, c'était pour lui extirper l'héritage reçu de son ancêtre Louis Vendôme, ancien officier sudiste et figure des Chevaliers du magnolia blanc, l'équivalent local du Ku Klux Klan. Un raciste sanguinaire qui avait volé le coffre d'or à l'origine de sa fortune en faisant exécuter des soldats du Sud innocents. Un homme qui avait disparu au Texas avec l'or, et dont nous savons désormais que c'est l'homme qui a tué Odah. Ce qu'Alfie avait sans doute lui aussi découvert.

Une fois le pasteur appâté avec l'achat des bâtiments de la maison Bon Temps, dont il devenait le bailleur, et mettant à portée de sa cupidité la saisie de la maison Landreneau, Alfie avait tendu son piège. Il avait rédigé ce legs envers vous, pour que vous en soyez tous propriétaires. Vous imaginez le scandale ! Le révérend Vendôme s'apprêtant à spolier de pauvres musiciens descendants d'esclaves, comme son ancêtre Louis, criminel raciste, avait spolié les leurs ? De quoi ruiner sa réputation, celle de son épouse, qui avait désormais des ambitions politiques, et tout le juteux business de la foi qu'ils avaient monté en arnaquant des milliers de fidèles, pour la plupart afro-américains, qu'ils rackettaient à coup de grands-messes et de dons à verser chaque mois.

L'arbre, Tupelo, reprit la parole. Forts de ces éléments, nous avons pu intervenir cette semaine.

Tupelo sortit de son cartable de cuir un dossier épais qu'il montra aux résidents. Voici la totalité des documents effaçant les dettes, réglant les frais, et ceux, dans la chemise cartonnée suivante, établissant la cession à la fondation Landreneau du terrain de golf, dont nous avons pu estimer que le prix de vente nous permettrait de faire réaliser tous les travaux nécessaires à la remise en état de la maison et subvenir aux besoins de ses résidents. Il nous restera même de quoi alimenter un fonds pour les premières actions de la fondation. Autant d'éléments que vous devrez valider lors du conseil d'administration qui va suivre cette réunion.

Tupelo ajouta pour précision que c'était l'enquêteur Maurice Préjean, assis à sa gauche, qui s'était chargé de porter en main propre les éléments et preuves nécessaires qu'il avait rassemblés au pasteur Vendôme à Houston afin de terminer ce qu'avait commencé à accomplir Alphonse Landreneau dit Alfred Guidry.

Le caillou, Maurice Préjean, émit un claquement de langue modeste avant de se lever une nouvelle fois pour reprendre la parole. En tant qu'ancien flic, je peux me montrer persuasif, s'exclama-t-il. Mais je dois reconnaître que la tâche a été facilitée par le fait que les comptes du pasteur étaient scrutés depuis deux ans par l'administration fiscale et qu'un redressement lui pendait au nez. Un contrôle dû, si mes sources sont bien informées, à une lettre anonyme adressée par un ancien fidèle dudit pasteur qui attestait avoir travaillé pour sa société à l'occasion d'investissements immobiliers en Louisiane et identifié des montages suspects. L'ancien paroissien, qui se présentait comme géomètre, y avait joint des renseignements très précis recensés au fil des années.

Sous pression de tous les côtés, le pasteur Vendôme n'avait d'autre choix que de défiscaliser au plus vite pour assainir ses comptes, éviter les poursuites, et sauvegarder sa réputation. Le piège que votre ami Guidry, géomètre et paroissien, avait monté de longue date, avait fonctionné à la perfection.

Des applaudissements crépitèrent. Feux d'artifice de son. De joie. De tendresse envers Alfie. On se leva. On s'embrassa. On se congratula. Ti-Bone essuya une goutte d'eau qui était tombée du plafond sur sa joue. Ou peut-être était-ce une larme.

Il pleuvait, dehors, va savoir.

Antwane DeVille

Le monde est une maison abandonnée, une maison brisée et hantée, mais c'est la maison où nous vivons avec un toit en forme de ciel au-dessus de nous. Quand j'étais dans la rue, après l'ouragan Katrina, la rue était ma maison. Même quand tu n'as plus que la vie, tu aimes la vie. Tu te surprends à aimer les petites choses, celles qui tiennent dans ta main, comme un caillou irisé ou un insecte. Tu aimes. Je me suis trouvé dans la rue, et je tenais dans ma main ce petit coléoptère qui s'y était posé, je n'avais jamais remarqué avant combien il était beau, avec ses fines ailes mordorées dans la lumière du soleil. Je me suis dit que dans les champs de coton, assis, épuisés de labeur, ceux qui n'avaient rien avaient peut-être eu cette même richesse dans les mains. Un insecte.

Voilà une chose qu'ils n'auront jamais, les autres. Les oppresseurs. Les propriétaires. Ceux qui possèdent et asservissent. La beauté fragile et précieuse de l'infime. Il faut se sentir tout petit pour voir ce trésor-là. Je dis ça parce qu'il faut, quand on parle de vie, dire que nous en avons eu une, nous, les gens du quartier de Moon River.

On nous a tout pris, mais ça, on n'a jamais pu. Même les eaux qui ont tout englouti ne l'ont pas pu. Je suis encore là. On ne peut pas prendre une promesse. Un espoir. Un demain. Certaines personnes gardent leurs espoirs. Certaines personnes tiennent leurs promesses. Alfie, mon ami, le public, était de ceux-là. Il tenait les promesses des autres. Des silencieux. Des invisibles. Que le jour soit le jour ou qu'il devienne la nuit. Et c'est maintenant à nous de tenir la sienne.

*

Les travaux avaient commencé depuis six mois à la maison Landreneau. Tout avait été restauré et mis aux normes en respectant le caractère et les détails historiques de la demeure. Sa façade de bois repeinte d'un jaune clair lui donnait une allure plus gaie que le blanc devenu gris. L'escalier, le porche et la petite tour avaient été repeints du brun tirant sur l'ocre des chemins, le tout se détachant en contraste sur le vert des arbres centenaires, derrière. Les climatiseurs furent recouverts de coffrages de bois qui les dissimulaient aux regards. Le bois sombre des moulures et des parquets brilla, repeint, reverni. On changea les vitres des fenêtres et même certaines des fenêtres, en fait presque toutes, à l'identique. Toute l'électricité fut câblée, glissée dans des plinthes.

Les plinthes, donc, remplacèrent les plaintes. Parce que des fantômes, s'il y en avait eu, il n'y en avait plus. Maman Brigitte, satisfaite, avait dû retirer sa malédiction et convaincre le Baron Samedi, son mari, d'ouvrir les portes du ciel. Les femmes ont ce pouvoir sur les hommes, avait dit Sista Rosetta. La maison semblait désormais apaisée, vide sans qu'on y voie d'absence. Et chargée d'histoire sans qu'on y ressente aucune présence. La maison était dans le soleil du matin, comme elle fut plus tard dans le bleu pâle de la nuit, juste une maison. Un endroit pour vivre.

Après la diffusion sur la chaîne de télévision locale d'extraits du concert, les vues sur les réseaux sociaux avaient explosé et de nombreux dons affluaient à la fondation Landreneau. Des artistes de la jeune génération lui rendaient hommage et envoyaient même des virements issus de leurs tournées. L'esprit de la maison Bon Temps, imaginé par Albert Prince, autrement dit Alfie Guidry, était revenu comme un soleil de printemps après l'orage.

Jodi avait parlé avec le docteur Alicia Jamal d'une solution pour Chantelle et Adam. À elles deux, le docteur et l'infirmière avaient réussi à convaincre Chantelle. Et à elles deux, elles avaient aussi réussi à convaincre les services sociaux. Elles deux. Et sœur Hélène Fontenot. Et le professeur Brazos Cormier. Et Ti-Bone. Et Antwane. Et Sista Rosetta. Et le

Dr Chance et le révérend Billodeau. Et Jean Tupelo qui avait fait toutes les démarches légales, sorti tous les textes de lois, tous les recours. Et on était arrivé à un protocole d'accord.

La chambre d'Alfie étant vide, tous les résidents de la maison Bon Temps avaient jugé légitime qu'elle soit occupée par Chantelle. Les services sociaux étaient d'accord pour qu'Adam reste là puisqu'il y avait une infirmière sur place, et un assistant shérif avec un diplôme de moniteur acquis lorsqu'il était scout qui venait de quitter son emploi pour prendre celui d'homme à tout faire, gardiennage, conciergerie, entretien, ingénieur du son, et aide de vie. Jodi et Hélène se relaieraient pour dormir là, tant qu'il fallait une présence médicale le soir. Ainsi Adam aurait une famille pendant que Chantelle compléterait son programme de sevrage et de rétablissement. Elle ne frapperait plus jamais Adam. Elle redeviendrait elle-même. Loin de la drogue. En attendant, ce qu'il fallait à Adam, c'était un environnement sûr et un copain de son âge. Quelqu'un qui veille sur lui et sur qui il puisse veiller à son tour pour reprendre confiance. Et il se trouvait que Jodi en connaissait un. Un éternel enfant, plein de bienveillance et de poésie, qui avait bien besoin d'une paire d'yeux supplémentaires. D'un regard neuf et d'un peu de compagnie.

C'est comme ça qu'Adam se trouva assis un matin à côté d'un vieillard qui lui tendit en cachette, au creux de la main, la moitié de son carré de chocolat.

Ne dis pas à la fille que je t'en ai refilé un bout, elle me rationnerait, après ça. Bien sûr il n'en était rien, mais Ti-Bone savait y faire pour mettre les gens dans sa poche. Et le gosse avait immédiatement tiré une fierté indicible de se sentir copropriétaire à cinquante pour cent de cette filouterie. Ti-Bone avait regardé les bleus sur le visage d'Adam. Ils t'ont pas raté, ces enfoirés. L'enfant avait haussé les épaules. On dit pas enfoirés, c'est malpoli. Ti-Bone était dans la combine. Tu sais, fiston, parfois les gens ne savent pas ce qu'ils font. Ils pensent une chose et ils en font une autre. Si ça se trouve, ces enfoirés t'aiment bien quand même. Adam rétorqua : et ils font ça pour mon bien ? Ti-Bone laissa échapper un long soupir. Des coups, il en avait reçu plus que sa ration quand il était enfant. Le bien, c'est ce que toi tu décideras d'en faire…

*

Brazos se tenait au bord du bayou Vermilion. Brazos attendait. Hélène allait arriver et, cette fois, il faudrait savoir quoi dire. Brazos avait toujours su parler, en toutes circonstances. Amorcer les mots nécessaires pour commencer une phrase et voir venir après, en se laissant porter par l'instant. Improviser. Mais pas là. Là, il ne saurait pas. Ça ne suffirait pas. Les mots ne suffiraient pas. Cet instant était celui où se jetait une vie entière, comme le bayou Vermilion se jette dans le fleuve et le fleuve dans la mer. Une immensité. Un toujours. Beaucoup, à ce moment-là, décideraient de regarder en arrière, de faire une sorte de bilan. De repartir des premiers regards, d'un parfum qui reste dans un couloir, d'une lèvre que l'on mord pour retenir un sourire, des regards qui s'enfuient trop vite, d'une fausse assurance. Certains revisiteraient toute l'histoire, tout le chemin, les études, les soirées une guitare à la main, les joies et les peines, et les bières, et les joints, et la sueur dans les yeux, et les flirts avec les autres, et les diplômes, et les premiers cours, et les jours et les nuits, et les fêlures du cœur, les j'aurais dû, les pourquoi pas et les regrets. Le passé. Le temps en arrière. Brazos, lui, regarda la route qui longeait le bayou, l'épais rideau d'arbres aux bras drapés de mousse espagnole, d'un vert profond sur le ciel presque fluorescent. Il regarda au loin et pensa au contraire à ce qui allait se passer. Maintenant.

Une envolée de poussière allait se dessiner au bout de la route, une voiture en surgirait, oscillant entre les ornières. La voiture approcherait. Il attendrait debout, la main en visière au-dessus des yeux, que le véhicule arrive jusqu'à lui et s'arrête à quelques pas. La portière s'ouvrirait et Hélène en sortirait, ses longs cheveux auburn voletant dans le vent, son sourire découvrirait ses dents parfaites et ses yeux se poseraient dans les siens. Elle serait belle dans ce jean délavé et ce corsage blanc noué à la taille. Elle ressemblerait à la jeune femme qu'elle était dans les allées de l'université. Elle serait ce jamais qui deviendrait toujours. Elle s'avancerait vers lui d'un pas léger. Bientôt ses lèvres seraient à portée des siennes. Et Brazos savait qu'il faudrait dire quelque chose mais que les mots ne suffiraient pas. Il savait que le monde entier tiendrait dans cet instant. Tout le monde. Tout le sien. Que certaines évidences viennent de loin. Du fond de soi. De ce que l'on avait toujours attendu mais jamais espéré. Alors Brazos attendait. Et dans cette attente un sentiment nouveau vint battre comme une aile d'oiseau.

Hélène roulait le soleil dans les yeux. La poussière de la route entourait sa voiture d'un halo jaune pâle, une lumière de film Kodachrome, un temps à part. Plus elle roulait sur ce chemin, le long du bayou Vermilion, plus Hélène sentait cette chaleur sur son visage. Un corps qui, malgré ses quarante-cinq ans, semblait se réveiller. S'éveillait peut-être. Si Dieu lui envoyait ce cadeau, il ouvrait devant elle une nouvelle porte de la vie. Accepter. Accepter ce qui vient. Ce qui sera. Le ciel se fit plus léger au-dessus d'Hélène. Plus elle avançait sur ce chemin de terre, plus elle se sentait dans une sorte d'apesanteur. Elle n'avait pourtant jamais été aussi présente au monde. À ses propres sens. Elle rendit grâce à Dieu de ce bonheur immense. Cette vérité qui s'ouvrait en elle comme une fleur de magnolia aux rayons du soleil du matin, elle l'accepta. Comme elle avait accueilli chaque chose du présent, elle accueillit celle-ci. Il était temps pour un autre temps. Elle se sentait appelée à servir autrement, à éprouver sans s'éprouver. Et laisser un autre amour dans l'amour s'épanouir. Une bouffée de bonheur lui fit venir les larmes aux yeux. Elle se sentait infiniment libre. Une joie nouvelle vint éclairer son visage avec le soleil qui sortait de derrière les arbres. Elle embrassa le présent comme on accueille chaque jour, curieuse de savoir ce qu'il lui réservait. Oui, il était temps d'avoir cette conversation.

*

Ti-Bone Thibodeaux avait, dans sa grande sagesse, trouvé un nouveau motif de gloire. Comme le Dr Chance ou le révérend Billodeau, il pourrait ajouter un titre à son nom de scène, Blind, autrement dit aveugle, ce qui lui permettrait de rejoindre la longue liste des légendes du blues et du gospel qui, souffrant de cécité, avaient inclus cette référence à leur nom. Blind Lemon Jefferson, Blind Willie Johnson, Blind Blake, Blind Willie McTell, Blind Boy Fuller, les Blind Boys of Alabama… Blind Ti-Bone, ça aurait de la gueule, et avec une belle paire de lunettes fumées à monture d'écailles comme Ray Charles, ou cerclées de métal comme Gary Davis Jr, encore plus.

Pour l'aménagement, Ti-Bone avait bien réfléchi. Il n'aurait bientôt plus assez de vision pour se déplacer comme avant alors il avait choisi une chambre au rez-de-chaussée, même si on avait installé à l'arrière de la maison un petit ascenseur, invisible de la façade, et qui montait à l'intérieur d'une extension de la même couleur que les murs. On avait même réussi à reproduire des bardages de la même largeur, mais Ti-Bone préférait être en bas. Le rez-de-chaussée lui permettrait de sortir en suivant seulement le bruit des oiseaux et d'arriver plus vite, chaque jour, à un carré de chocolat qu'il partagerait désormais avec plus jeune que lui, et qui venait en paiement de son apport de musicien.

Les deux cousins, Chance et le révérend Billodeau, eux, optèrent pour l'étage. Et Sista Rosetta aussi. C'était moins loin pour se disputer. Et il y avait cette nouvelle infirmière avec eux. Bon, elle n'était pas encore complètement infirmière, mais elle était en train de le devenir. Les maths et la voyance ne rapportant plus et la propriétaire de sa caravane l'ayant incongédiée, Hông avait commencé des études d'infirmière. Parce que ça lui donnait une place là, avec les autres, et une compétence supplémentaire pour s'occuper d'eux. Elle continuait avec les cartes en interne. Neakita passait aussi souvent que possible puis finit par quitter son travail au casino pour gérer la comptabilité des concerts organisés dans la grange. Elle avait toujours voulu monter un business, ou le faire tourner, et on avait besoin de quelqu'un à plein temps.

Au rez-de-chaussée de la maison s'était installé, en plus de Ti-Bone, le grand chef Antwane DeVille. Un endroit idéal pour profiter de la lumière douce du matin sur son tambour de broderie. Il prévoyait de vendre ses œuvres aux visiteurs. Revenaient deux motifs dans de nombreuses pièces encadrées : une vierge de sequins avec un enfant noir et un Indien du Mardi gras aux couleurs du quartier de Moon River avec dans les coins les quatre états de la lune, pleine, noire, demi-lune droite et gauche.

Jodi avait gardé le miroir dans la chambre où elle dormait trois soirs par semaine. Le reste du temps, elle était à dix minutes en voiture, après la maison du vieil Al Dugas et ses chevaux, et la ferme des Broussard, et celle des Latiolais. C'était juste un miroir. Un miroir avec une histoire. Et parfait pour vérifier sa chute de reins.

Enfin, après la chambre d'Alfie destinée à Chantelle, il y en avait encore une. Elle était occupée par Adam, que Courville déposait tous les matins à l'école. Adam avait déjà le projet de se laisser pousser les bras pour lui ressembler. Chantelle les rejoindrait dans quelque temps, quand elle sortirait de sa cure de désintoxication. Alfie n'avait pas eu le temps de l'inclure dans le testament mais elle avait été ajoutée à l'unanimité à la liste des membres de la fondation Landreneau. On était au complet.

En se rendant à la grange, construite pour accueillir et retransmettre des concerts, chacun pouvait passer devant deux stèles de pierre blanche gravées du même dessin représentant une amulette de bois. On pouvait y lire les noms suivants : Joseph. Odah. Ils reposaient côte à côte dans l'ombre douce d'un grand chêne vert de Louisiane. Ces arbres qui ne perdent jamais leurs feuilles, ou plutôt dont les feuilles nouvelles poussent dès que les autres sont tombées, comme les jours succèdent aux jours pour faire une éternité. En face d'eux florissait un buisson de magnolias, là où l'on avait répandu les cendres d'Alfie Guidry. Les oiseaux-mouches qu'il aimait tant venaient virevolter autour dans leur ballet joyeux, s'enivrant de leur nectar. Il n'était pas rare de voir l'après-midi, à l'ombre de cet arbre, un vieil homme aveugle jouer sur une guitare en fer et prendre de longues pauses entre chaque morceau pour parler avec un public invisible mais omniprésent. Il était ensuite rejoint par d'autres vieux musiciens dont les chants s'élevaient là où volent les oiseaux, et au-dessus encore, plus haut que le ciel dont le bleu virait avec le soir au mauve incandescent.

*

Jodi était chez elle, dans la petite maison au bord du bayou. Elle resta assise sur sa véranda à regarder la lune posée comme un nénuphar à la surface de l'eau et au loin les lambeaux de mousse espagnole, longs fanions argentés accrochés aux branches des arbres.

Une nuit de presque jour. Tout était calme. Paisible. Elle savoura cet instant et repensa à tout ce qui s'était passé ces dernières semaines.

Jamais elle ne se serait crue un jour investie d'une tâche qui dépasse une liste de courses, une pelouse à tondre, un poisson à pêcher ou un bandage à changer. Jodi se découvrit un rapport à la beauté du monde, des choses et des moments. Elle rechercha ainsi tous les bons moments qu'elle avait vécus. Tous ceux dont elle pouvait se souvenir.

Il y avait ce jour où elle était partie seule dans le bayou, en pirogue, en pleine nuit. Bien sûr, on lui avait recommandé de ne jamais le faire. Mais ce jour-là, enfin cette nuit-là, Jodi l'avait fait. Par défi. Par envie. Par irrépressible besoin de tester sa liberté. Elle s'était enfoncée, sur l'eau, entre les arbres du lac Martin.

Au milieu du lac, il n'y avait pas une lumière à part au loin le halo de celles de la petite ville de Pont-Breaux. La nuit était noire et on voyait parfaitement les étoiles. Jodi ne les avait jamais vues briller autant. Elle resta longtemps allongée dans la barque à les regarder, dérivant doucement sur le lac dans le coassement des crapauds-buffles. Il n'y avait pas de moustiques, les arbres mesquites les éloignaient. Les mesquites veillaient sur elle. Dans la profonde beauté sauvage de cette nature intacte. Intouchée par les hommes. Rien qu'elle, les alligators autour qui devaient dormir dans leurs nids, et les oiseaux dans les leurs, en souvenir du temps où ils étaient des sortes d'alligators eux aussi, avant que leurs écailles ne deviennent des plumes et leurs pattes, des ailes.

Jodi se sentait dans un monde éternel, se disant que deux cents ans ou mille ans plus tôt n'importe qui, ici, avait vu le même ciel constellé d'étoiles, au-dessus des arbres aux branches chargées de mousse espagnole, à perte de vue. Elle avait rempli ses poumons de l'air humide du soir et s'était sentie, à ce moment-là, réconciliée avec à peu près tout. Même avec le fils de pute. Car pour la première fois de sa vie elle se sentait faire partie de quelque chose de plus grand qu'elle.

C'était le même sentiment qui emplissait à nouveau ce soir, sur sa véranda, ses poumons et ravissait son cœur. Elle eut la sensation que cela durerait toujours, que tout cela resterait en elle et dans le monde, à jamais.

Elle resta ainsi jusqu'à voir poindre à l'horizon les premières lueurs du soleil. Le téléphone sonna. L'hôpital appelait. Un accident venait de survenir sur une plateforme pétrolière et un ballet d'hélicoptères amenait en urgence les blessés et les brûlés. Oui, dans un monde où chacun peinait à se sauver lui-même, on pouvait encore sauver les autres. Les dernières semaines avaient gravé cela en elle.

Jodi dit qu'elle arrivait. Elle attrapa les clés de son vieux pick-up rouge, puisa une cannette de soda dans le réfrigérateur rouillé et sortit. Le pick-up démarra dans un nuage de poussière et s'engagea sur le chemin. Un instant, elle eut l'impression que le ciel et la terre avaient la même couleur. Quelque chose comme de l'or.

ÉPILOGUE

Une foule compacte était rassemblée dans la grange pour la première édition de la projection historique de la fondation Landreneau, nouveau lieu de mémoire et de transmission. Elle était composée de plusieurs classes du lycée de Lafayette, d'un car de touristes qui revenait d'un tour des bayous sur l'Atchafalaya, de personnalités des associations de la ville et de la quasi-totalité des clients réguliers du restaurant-café le plus proche, où l'on parle cajun et créole, à Arnaudville.

Après quelques mots d'introduction de Ti-Bone, le professeur Brazos Cormier avait allumé le projecteur et l'avait relié à son ordinateur. Il avait pour l'occasion revêtu une veste de couleur sombre sur sa chemise à carreaux, il vérifia l'écran, passa ses cheveux derrière ses oreilles et s'approcha du micro d'un air solennel.

Si vous tapez les prénoms Isaac et Rosa, dans un moteur de recherche sur votre navigateur Internet, vous arriverez, dans l'onglet « images » des réponses, à la photo de deux jeunes enfants. Elle apparaît à des dizaines d'occurrences. C'est une photo en noir et blanc, sur un papier devenu légèrement sépia. La photo est celle de deux enfants. Ils ont probablement cinq ou six ans. Ils sont bien habillés. Isaac porte un costume, composé d'un pantalon et d'un gilet de la même matière. Une étoffe épaisse, de couleur sable. Le gilet à manches longues est plutôt une veste sans col, bien boutonnée, qui laisse sortir celui d'une chemise blanche orné d'un nœud papillon droit, d'un blanc immaculé lui aussi. Le costume est neuf. Les chaussures que porte Isaac aussi. Ce sont de belles chaussures à bout carré, d'un cuir marron clair. Isaac tient dans sa main droite, bras pendant le long de son corps, un chapeau élégant, que l'on devine neuf, lui aussi. Son bras gauche est plié et le pouce de sa main posée sur son ventre est glissé au-dessus du bouton central de la veste pour y prendre appui. Dans l'angle intérieur de ce bras plié, au niveau du coude, apparaît une petite main, celle de l'enfant d'à côté, Rosa.

Rosa est debout à côté d'Isaac, qui lui donne le bras de la façon galante dont on marche dans la rue. Elle est vêtue d'un manteau cape à capuche, orné de trois boutons. En dessous du troisième bouton, à hauteur de ceinture, le pan droit de la cape passe derrière son bras, celui qui tient le bras plié d'Isaac, découvrant une jupe bouffante ourlée de trois galons noirs dont émergent des pantalons de dentelle et dessous, des collants blancs. Aux pieds, des bottines cirées, de belle facture, lacées avec soin. Rosa porte un chapeau orné de plumes. Un chapeau chic qui attire le regard. C'est d'ailleurs probablement ce que vous aurez remarqué en premier sur la photo. Ce chapeau. Et la pose des deux enfants endimanchés. Vous aurez peut-être remarqué aussi au sol le carrelage décoratif, en nid d'abeille. Un carrelage fait par des artisans chevronnés, habiles. Un carrelage de maison en pierre. Les enfants posent donc comme un couple de riches. Bien vêtus. Portant de belles matières. Petits adultes. Voilà ce que vous remarquerez d'abord, des enfants figés dans des poses d'adultes. Leurs visages vides de toute expression.

Non, ce n'est pas ce que vous remarquerez. La première chose que vous verrez quand cette photo apparaîtra sur votre écran est que l'enfant à gauche de la photo est noir. Et que la petite fille qui lui tient le bras est blanche.

Si vous avez sélectionné la vignette rattachant ce cliché à la National Gallery of Art, vous pourrez lire la légende d'époque imprimée en dessous de cette photo. « Isaac et Rosa, enfants esclaves émancipés, des écoles libres de Louisiane. » Un photographe venu de New York a pris ce cliché, c'est inscrit dessous. « Kimball, NY. » On comprend que la photo a été soigneusement mise en scène, les enfants habillés pour la circonstance, et qu'ils ont dû enlever ces beaux habits de quelques instants et retourner à leurs haillons après. D'où peut-être leur regard vide, proche de la stupeur ou de l'incompréhension.

Des mêmes taille et police de caractères d'imprimerie est noté en dessous : « Entré conformément à l'acte du Congrès, en l'année 1863, par Geo. H. Hanks, au bureau des clercs des États-Unis pour le district sud de New York. » Une photo « officielle » donc. Mise en scène avec soin.

Vous tomberez sans doute, en continuant à parcourir les vignettes à l'écran, sur une autre photo des deux mêmes enfants, prise le même jour, lors de la même séance et dans la même pose. Isaac, le pouce passé au-dessus du bouton de sa veste pour que son bras prenne l'angle qu'il faut, et Rosa glissant sa petite main dessous, à la pliure du coude. Cette fois, Rosa ne porte plus la cape et l'on peut voir le haut de ce qui n'est pas une jupe mais une jolie robe, dont on reconnaît les trois bandes décoratives en bas. Le buste de la robe est finement ouvragé d'un plissé qui laisse ses épaules nues. Les manches en corolle sont courtes, laissant les petits bras blancs de Rosa bien visibles jusqu'en haut. C'est une robe très élégante. Vous le remarquerez. Vous remarquerez surtout que Rosa ne porte plus son chapeau et qu'on voit ses cheveux châtains, coiffés avec soin d'une raie les séparant au sommet du crâne, des cheveux lisses ramenés en arrière et dont on perçoit une petite mèche, peut-être une couette, qui dépasse sur le côté.

Encore une chose. L'expression du visage d'Isaac est la même que sur l'autre photo, avec ses paupières lourdes, des yeux qui regardent sans voir, une pose, en attente. Mais le regard de Rosa, lui, fixe l'appareil photo avec intensité. Elle capte l'attention. Elle prend appui plus fermement sur Isaac, son pied droit légèrement en avant. Ses yeux, si vous les regardez, ne vous lâcheront pas. Ils disent quelque chose que vous devez bien regarder pour l'entendre. Rosa vous dit qu'elle est là, qu'elle n'est pas dupe, on peut lire dans son regard une intelligence, une détermination et une fierté qu'elle porte pour eux deux. On voulait montrer une jeune enfant parfaitement blanche, aux cheveux châtains lisses. Rosa vous dit qu'elle est une enfant esclave juste affranchie. Une enfant noire.

Brazos n'avait pas mis à l'écran ces photos par hasard. Ces photos et les suivantes. Car il y en avait des dizaines d'autres. Avec des enfants différents, Wilson, Augusta… Brazos expliqua que ces photos recensées par la librairie du Congrès avaient été prises avant la fin de la guerre de Sécession. Regardez la date, 1863. Rosa la Blanche s'appelait Rosina, Rosina Downs, et Isaac, par un malicieux hasard, s'appelait Isaac White. Isaac est d'un noir sombre, africain, sans aucune once de métissage. La photo a été prise à des fins de propagande. Il s'agissait de convaincre des hommes du Nord de s'enrôler pour aller combattre les sudistes. Et on leur donnait ainsi à voir que s'ils n'étaient pas prêts à aller se battre pour un gamin noir, ils iraient peut-être pour une enfant blanche, esclave selon « la règle de la simple goutte ».

On appelait ces enfants des quarterons ou octerons. Ils portaient un huitième de sang noir, peut-être moins encore, et n'en avaient plus aucune caractéristique physique. Ce que l'on voit sur ces photos, c'est l'inhumaine absurdité de leur condition. Et que les gens sont des gens. Quelle que soit leur race, la couleur de leurs cheveux ou les habits qu'ils portent. Alfie Guidry, descendant d'esclave, blanc d'apparence, était de ceux-là. Et ce n'était pas le moindre des paradoxes qu'on ait pensé qu'il n'avait pas sa place à l'institution Bon Temps. Bien sûr, Alfie n'en avait jamais rien dit. Il avait accompli sa tâche jour après jour, dans la discrétion des humbles et la ténacité des justes. Alfie, l'homme qui voulait réparer le monde en commençant par une maison dans un virage, était blanc comme on est noir, noir comme on est blanc. Il était ce que disait Rosa de son regard vers l'objectif. Je suis moi et je suis vous. Une âme humaine.

AVERTISSEMENT

Ce roman est une pure fiction. En dehors des personnages historiques connus, toute ressemblance avec des personnes existantes ou ayant existé serait fortuite et involontaire.

Le quartier de Moon River n'existe pas, je l'ai inventé pour ce roman, ne le cherchez pas sur une carte.

On raconte la même histoire à propos de presque toutes les maisons qui ont servi d'hôpital pendant la guerre de Sécession, j'en connais plusieurs, et j'ai séjourné à quelques pas de l'une d'elles. Celle-ci est en revanche imaginaire.

La bataille du Bayou Bourbeux, aussi dite bataille de Carencro, a réellement eu lieu.

Et la Muffuletta est vraiment le meilleur sandwich de New Orleans.

QUELQUES REMERCIEMENTS

Tout d'abord à Caroline Lépée, mon éditrice, pour sa confiance, son enthousiasme et son apport précieux.

À Laurence Peyrin pour avoir passé le ballon, ce qui en littérature comme au football américain mérite crédit et reconnaissance.

À Philippe Robinet pour sa bienveillance et son engagement.

À Marianne Levy (aka Queen Sabaca) pour ses multiples lectures, conseils et remarques tout au long de l'écriture de ce roman qu'elle a constamment encouragée.

À mes *brothers from another mother*, Fred Lopez de Ayora et Claude Samard Polikar, pour leur soutien.

À Lafayette, mon affection vers mes amis, Shane & Kelli Guilbeau, Todd Mouton, Tesa Laviolette, Jimmie & Luann Duhon, Craig & Kelli Strenge, Mark & Nicole Falgout, Gary Newman, Kara St Clair, Valerie Broussard, David Cheramie, Warren & Mary Perrin, Micki McCord, Dominick Cross, Jennifer Campisi, David Greely, Harold

Bernard, Bill & Kay Doré. Merci aux familles Guilbeau, Broussard, Babineau, Duhon, Fine, Leblanc.

Remerciements particuliers à Philippe Gustin, Meaux Brennan, Melissa Bonin, Pascale Lozano, Nathalie Beras, ancienne consule générale de France à La Nouvelle-Orléans, au grand Zachary Richard, à la Cité des Arts, à Dave Domingue du Centre international de Lafayette.

Et surtout à toute l'équipe du Festival international de Louisiane. En particulier Lisa Stafford. Sami Parbhoo, Scott Feehan et Heaven Moore.

Composition réalisée par Nord Compo à Villeneuve-d'Ascq

Achevé d'imprimer en juillet 2025
par CPI BUSSIÈRE (18200 Saint-Amand-Montrond)
pour le compte des Éditions Calmann-Lévy
21, rue du Montparnasse, 75006 Paris
commercial@calmann-levy.fr

PAPIER CERTIFIÉ

N° d'éditeur : 8907756/01
N° d'imprimeur : 2085577
Dépôt légal : octobre 2025
Imprimé en France.